HOW I BECAME A
FAMOUS NOVELIST

我如何成为一名
畅销书作家

[美] 斯蒂夫·赫利 著

王秀莉 译

中信出版集团 · 北京

图书在版编目（CIP）数据

我如何成为一名畅销书作家 / （美）斯蒂夫·赫利著；
王秀莉译 . -- 北京：中信出版社，2019.1
书名原文：HOW I BECAME A FAMOUS NOVELIST
ISBN 978-7-5086-8410-9

Ⅰ . ①我… Ⅱ . ①斯… ②王… Ⅲ . ①长篇小说 - 美
国 - 现代 Ⅳ . ① I712.45

中国版本图书馆 CIP 数据核字 (2017) 第 292206 号

我如何成为一名畅销书作家

著　者：〔美〕斯蒂夫·赫利
译　者：王秀莉
出版发行：中信出版集团股份有限公司
　　　　（北京市朝阳区惠新东街甲 4 号富盛大厦 2 座　邮编　100029）
承 印 者：北京通州皇家印刷厂

开　本：880mm×1230mm　1/32　　印　张：11　　字　数：229 千字
版　次：2019 年 1 月第 1 版　　　　印　次：2019 年 1 月第 1 次印刷
京权图字：01-2018-0369　　　　　　广告经营许可证：京朝工商广字第 8087 号
书　号：ISBN 978-7-5086-8410-9
定　价：49.80 元

由贫变富

阳光在渐渐褪去，但炙热依旧，一缕缕光线如同多年前阅兵仪式上使用的条幅一般，照射在老式福特车的引擎盖上，为金属染上了一丝丝 6 月里藤蔓上的番茄那新鲜欲滴的橙色。后座车门敞开，她灵巧的手指抚着吉他，如同一位娴熟的织工摆弄着梭子，织缀着一首歌，曲调是令人心痛的美式和弦的呼鸣，梦幻般的颤音构筑出孤独的长路。长路尽头，他们在暮色中渐行渐远，赛拉斯则靠在柏油路边，仿佛是在看着他们飘入阿肯色州的迷雾之中。

　　远处，越过麦茬低矮的麦田，他们看到了伊万杰琳的影子。它在高速公路上留下一抹灰色的阴影，微微颤抖着。

　　"这就是歌的方式，不是吗？"她说，"这就是它触动你内心的方式，让你的心如同雏鸟的翅膀般微微颤动。"

　　"故事也是如此。"他柔声地说，让她体会到他们有多么亲近。"故事也是如此，它会把你的心变成小鸟。"

摘自《龙卷风之灰俱乐部》| 作者：皮特·塔斯洛（也就是本人）

你们必须要明白，对我来说回想过去是多么糟糕。

那时，我习惯将收音机闹钟调到 AM 频段的范围极限处，音量开到最大，每天早上 7:30，我都会在一个咆哮着海地克里奥耳语[1]的播音员的嘶吼下惊醒，从振奋人心这一点来说，那个声音简直好到了极点。闹钟停止后，我别无选择，只能把自己从床上拉起来，气喘吁吁，心急火燎，非常尿急。

我床边经常摆着一两个灌满尿的啤酒瓶。我习惯在睡前喝上五六瓶啤酒，而夜里又懒得去洗手间。我的室友霍巴特——一个医学系学生，对此事件可能引发的公共健康问题只提过一次。我觉得，如果他想为此做点儿什么，就再好不过了。

1　海地克里奥耳语：演变自 18 世纪法国统治时期的法语，是海地的两种官方语言之一。——编者注（如无特别标注，本文注释均为译者注。）

有时候我醒来时还穿着牛仔裤。我每天都穿牛仔裤，因为它可以兼作抹布，睡觉的时候如果嫌麻烦我就不脱。所以醒来时，我身上往往都有一层黏腻的热汗。从某种角度来说，这也不错，因为这迫使我日日洗澡，否则我肯定能省则省。

走进厨房，我会把手探进一个皱巴巴的装着水煮式葱味酸奶薯条的袋子里，抓上两满把当作早饭。这和农夫们吃的那种健康的炸土豆块差别不大。接下来，我会打开一瓶 20 盎司 [1] 装的"山露"啤酒。制作咖啡本来就很费时，而自从咖啡机的过滤器坏了，而我能想到的只有找件旧衬衫代替滤网，便再也没有耐心煮咖啡了。因为使用旧衬衫对地板、咖啡以及穿在身上的衬衫和牛仔裤来说，都不是什么好事。

这样的早餐非常好，因为不会牵扯到碗碟。在小说《蟑螂集会》中，有一幕非常惊人：普劳德富特将他所有的脏餐具装在卡车后斗中，开进洗车场清洗。有时候我希望自己也能有一辆卡车，以便如此对付碗碟。

"山露"常常被改良。因为我总在洗澡的时候喝它，香皂的草药精华会流入瓶中，这就叫"加料"。

穿好衣服后，我就钻进我的卡姆里小车。我们总相互虐待却又不可分割。我倒车出车库的时候，总是会稍稍擦到支撑车库的木头椽子。这辆车活该如此，但是它也知道，我非常爱它。

我会在车上听多尼·韦伯。他是一个在边境问题上持法西斯主

---

1 1 盎司约合 28.35 克。

义立场的电台主持人，总是主张把所有非法入境者抓起来丢到伊朗去，看看那里的人如何对待这些在德黑兰[1]用购物车推着 12 个孩子，四处贩卖墨西哥煎饼的家伙。他的另一个主张是对中国实施核攻击。我想我应该说明，对此我并不赞同。我之所以听多尼·韦伯，是希望他能调动起我内心的一丝激情和愤怒。但是我早已麻木，我对政治漠不关心，如同不关心城市灰暗角落中隐藏着的一具被谋杀妓女的尸体。

我会沿着 I-93 号路向南开出波士顿，经过港口边的油库，一直开到一个连蛤蜊和贻贝都被垃圾熏得奄奄一息的地方——那里的滩涂上有一股汽车散发出的恶臭。然后我会顺着老城路开过圣阿格尼丝高中，在那儿我会停在一个住宅区前，看着一个身材畸形的亚裔女孩和她的朋友"悲伤眼神"从校服上不可思议的褶皱处拿出香烟。她们开始抽烟，而我会把收音机调到古典摇滚乐台，除非是11 月到次年 1 月之间，那时候古典摇滚乐台也开始全天候播放圣诞歌曲。

每个星期二，女孩会参加唱诗班或是做其他事情，这时我就会直接去工作。

亚历山大·汉密尔顿大厦与它的命名者之间只有一个共同点：忠诚地守在沼泽旁。汉密尔顿大厦位于奠基者商务花园的尽头，这个商务花园的建筑全以华盛顿、杰斐逊之类的人物命名，大多经营运动商品邮购、保险诈骗调查、毛伊岛旅行策划之类的业务。

---

1 德黑兰：伊朗首都。——编者注

在汉密尔顿大厦的门厅中有一个锦鲤池。我喜欢这个锦鲤池，但非常嫉妒那些鱼，它们全都吃得肥肥胖胖，生活幸福，无忧无虑，能随心所欲、自由地做任何想做的事情：张嘴、闭嘴、漂来漂去、吃石头上的水藻。也许我会以其他方式享受自由，但是这些锦鲤的生活方式和我期望的差不多。

走出电梯，进入三楼，我会经过坐在办公桌边的丽莎。她是一个山区黑人，是一支小额索赔案件律师团队的接待员。起初，我认为她是一个甜蜜而可爱的存在。由于我营养不良的体形，她经常提议带我回家，"让那些小骨头长长膘"，这听起来可爱而诱人，于是我总会咧嘴笑笑，说"随时都行"。

但是后来，她提到带我回家的时候总是补充说要给我洗澡。"我要好好地刷刷你，把你头发里的泥都刷掉。"每多提及一次洗澡，细节便多一点儿——要给我洗哪个部位，怎么洗，用什么牌子的香皂。因此，后来我每一次都假装读报纸并匆匆走过。

现在回想起来，这是我那时唯一的人际交往，而我猜测自己实际上很享受。今天我走过时，丽莎正在打电话，不过她看到我时依然做了一个用力刷洗的动作。我只好低着头眼睛盯着地毯快速走过。

这是一个星期五，一切并不会发展得太糟。我带着霍巴特买的上个星期日的《纽约时报》，同时有充足的时间上网浏览大熊猫的图片，上 YouTube[1] 看丹麦女孩唱歌、看电唱机上的猫咪、看印第安纳州的孩子们在弹跳器上蹦跳玩耍。（请记住，这是几年前，那

---

1 YouTube 是全球知名的视频网站，可供网民上传、下载观看及分享短片。

时的网络简单得多。)

我唯一的工作任务是为田中星先生撰写一份商学院的申请陈述。

我供职的公司叫"文案顾问"。在精美的宣传册中公司声称旨在"连通全球思维，普及教育机会"，"我们的200多名员工，在美国顶尖学府接受过培训，可以提供最高水准的咨询意见"。

而实际上——像强·斯特吉斯喜欢说的——是一些有钱的小崽子叽里呱啦地对我们说上一通后，我们将其转换成申请大学或研究生院所需的优美华丽的申请陈述。

这会造成诸多道德问题，如果你费心去思考的话。但这世界成为一个通过复杂的特权、人际资源与自私自利的系统联结为一体的腐败组织，并不是我的错误。我在这家公司工作三年了，我必须赚钱买"山露"。

我们的很多客户都是有钱的美国孩子。他们想要申请明德学院、波莫纳学院或是其他大学，他们会告诉你电视节目主持人或高尔夫球队如何改变了他们的生活。而我则负责雕琢打磨，将威尔·法瑞尔[1]改成托妮·莫里森[2]，将打高尔夫球改成跟随达尔富尔地区[3]的难民学习手艺。

对此，我并不觉得愧疚，反而感到自豪。有时候我们也会为在读学生服务，我就曾为一个极其笨拙的三一学院的大二学生就后现代小说写过一系列文章并取得了"A-"的成绩。他肯定会非常自

1　威尔·法瑞尔：美国演员、编剧，参演作品有《王牌大贱谍》《家有仙妻》。

2　托妮·莫里森：美国女作家，1993年诺贝尔文学奖得主，代表作为《所罗门之歌》。

3　达尔富尔地区位于苏丹西部，约有80个部族生活其中，种族矛盾突出，暴力冲突不断。

豪，如果他读过那些文章的话。

很快，强·斯特吉斯——我们伟大的企业家——便发现了我的天赋。他把我提升为高级文案顾问，由此我才得知公司真正的收入来自亚洲客户群。他们热情，花钱毫不吝啬，而且从来不会就"真实准确性"提出无聊的问题。我负责写最难的文章，然后把其余工作推给那些受了太多教育却饿得半死的兼职者。

除了我，文案顾问组还有一位全职员工。每当我在电脑前坐下时，她就会出现在我的门口。

"嗨！"

爱丽丝的体重绝对不超过 90 磅[1]，她的声音本应该像动画片里的老鼠那般尖细，但实际上却出人意料地深沉。她在那儿已经站了很长时间。

"你在忙什么？"

"服务一个想申请沃顿[2]的日本佬。你呢？"

"正在修改一些我外包出去的东西。我的组员们都太有才华了。我把一份申请科罗拉多大学的文章发给了在帕洛阿尔托[3]的一个家伙，他居然在里面引用了两段瓦尔特·本雅明[4]的话。"

"啊，得把那个删掉。"强总是警告我们不要把文章写得太有水平，否则校方会发现问题。爱丽丝探出胳膊，递过来一本精装版

---

1 1 磅约合 0.45 千克。

2 此处指沃顿商学院，美国名校。——编者注

3 帕洛阿尔托：美国加利福尼亚州的一个城市，是"硅谷"所在地。

4 瓦尔特·本雅明：德国现代卓越的思想家、哲学家和马克思主义文学批评家。

的书，封面上是用钢笔画的飞行鸟群。《与鸟为善》，作者普利斯顿·布鲁克斯。

"我一直在读这个。"

"哦，怎么样？"

"摄人心魄。"

我听说过普利斯顿·布鲁克斯，他是那种写畅销书的低级小说家。但我只是点了点头，因为我喜欢爱丽丝。爱丽丝身上有很多怪事。两年前，她的外婆去世，把自己所有的衣服都留给了爱丽丝，全是散发着卫生球味道的20世纪70年代流行的大高领毛衣。而爱丽丝就只穿这些衣服，以示纪念。回想那时，我穿着兼作抹布的裤子和邋遢走样的帆布鞋，头发不可思议地扭成一团，相比之下，爱丽丝简直就是惹人恨的唐娜·卡兰[1]。爱丽丝毕业于加拿大新斯科舍省或类似地方的某个女子大学，至于强·斯特吉斯是怎么发现她的，我并不知晓。

从宏观经济学角度分析，我们两个来办公室坐班毫无意义，因为既不会有人打电话来，也不会有人来拜访。强·斯特吉斯只是喜欢办公室里有人的感觉，这让他觉得自己的公司是一个正规的大企业。为了让我们在办公室里坐足工作所需的时光，他支付给我们超额薪水。

我的办公室里空空荡荡，只有一幅罗马水道桥的镶框画。强·斯特吉斯的商业哲学构筑在一本名叫《CEO（首席执行官）

1　唐娜·卡兰：美国知名服装设计师，纽约唐娜·卡兰公司和DKNY服装品牌的创始人。

恺撒——古罗马的经营秘术》的书之上。他经常拿古罗马打比方，他残缺的信念令他认为，知道一件如此高深的事会显出自己并非一个傻瓜。提到我们的竞争对手"学术之门"的时候，他总称其为"迦太基"[1]。他们对于我们的"帝国"确实存在威胁。这个季度，像田中星这样的客户越来越少了，文案"顾问"行业竞争也越来越激烈了。不过强·斯特吉斯在其他类似的灰色领域还有生意，他几乎不能把注意力投注在一件事情上超过一个小时。"帝国必须扩张"，他总是这么说。他还谈及过很多几乎无法实现的伟业。

我在电脑中打开田中星的文章，题目是："你认为沃顿商学院的 MBA（工商管理硕士）学位会如何帮助你实现职业理想，为什么现在申请？"

田中星如此回答：

沃顿商学院是全球首屈一指的学府。而现在我的职业生涯正好发展到了需要通过进入商学院学习以更进一步的阶段。这是基于我个人的经验和能力提出的结论。

沃伦·巴菲特强调过"协作"，这非常实际。很多污点公司能够成为论据，它们呼啦似大厦倾就是因为不够协作。我曾做过一年销售经理，这期间我不断挖掘日本的经营理念：忠诚，即牺牲自我，也即服从集体利益，全心全力。这能维持强有力的合作关系，令所有部分之间的连接非常顺畅。而我

1　迦太基指古代北非奴隶制国家，被罗马所灭。该英文单词的发音与"学术之门"的英文发音相似。

同样从汽车零件中学到"协作"，它们团结协作，否则车就会完蛋。

但是"全球化"却意味着在混乱中改变。市场成功只是一部分，对于公司和领导者来说，他们必须总是维持准确的环境判断。而对于商学院来说，则要"实事求是"，企业家必须要严肃对待他面临的严重问题。

这就好像车的机械构造。新的领导者必须做好准备，而这正是我的由衷希望。

现在到了每天我眺望窗外回想我是如何走到这一步的时刻了。

一切都得归因于我老妈。在看电视方面，她非常邪恶，严格禁止我观看，当然是在那个老妈们依然能够战胜孩子的时代。如果我晚出生10年，她可能就对我无计可施了。但那时候，我们连有线电视都没有。

另一方面，书，是被允许的。书虽然不如电视节目精彩，可读书是我能做的最有意思的事情，所以我不计其数地阅读。到12岁的时候，我已经读完了尼克·博伊尔的全部作品，从《战神的魔爪》到《致命的闪电》[1]。我会跑到图书馆，随便拿起一本封面上有剑、枪或是战船的书。这让我接受了饶有趣味的非正统教育。比如有一次我读了《百夫长之妾》，我由此知道"百夫长"是什么意思，而我曾以为"妾"是一种剑。

1　此为本书作者虚构的作家和作品。

由于没有电视干扰，我的脑袋如吸水的海绵一般，将所读之书全盘吸收。有一次我妈咬了一口核桃派说味道好极了，我就问她这能否引起"她细微的肌肉充满激情地微微颤动"，这个不合时宜的句子就出自《百夫长之妻》。阅读教会了我如何造句。不久，老妈就花钱雇我替她写感谢卡，每次一美元。当然那些词句也确实物有所值——"我不胜感激""感慨涕零"，诸如此类。

就这样，我也混过了高中。

高中毕业前，一个被我们称作"怪胡子"的英语老师向我推荐他的母校格兰比学院，他说那是一所小常春藤学校[1]。他给我看的宣传册上有一个亚麻色头发的女人，穿着短裙，半坐半躺在曲棍球场边，听一个戴眼镜的家伙读书。寓意不言而明：戴眼镜读书的家伙在那里能混得很好，所以我就去了那所学校。

突然我发现自己漫游于人间天堂，葱翠仙谷令人抛却纷纭俗事。我放肆地为所欲为，但事实证明我能做的不过是纵酒狂欢而已。我参与"一杯干""贝鲁特""打青蛙"等五花八门的饮酒游戏。酒会散了之后，我就到食堂吃奶酪薯条和比萨，女孩们则穿着昨晚的衣服，拿着吉他课传单匆匆溜走。我睡日式床垫，爱吃煎饼，在曲棍球比赛中撞坏眼镜，歪解《辛普森一家》[2]，愿赌服输，扔掷飞盘，和一些同学令人反感的老爸共进海鲜大餐。

1　小常春藤联盟包括美国十几所优秀的文理学院，如威廉姆斯学院等。此处的"格兰比学院"为作者虚构。——编者注

2　《辛普森一家》：美国动画情景喜剧，该片通过展现辛普森一家五口的生活，对美国的文化与社会进行了幽默的嘲讽。

那个每句话必提 Radiohead[1] 的瘾君子，那个把已经卷边的《阿特拉斯耸耸肩》[2] 借给我的想要戒烟的家伙，那个喜欢叼着荧光笔睡觉的预科生，那个喜欢引用《追梦赤子心》[3] 的台词、爱吃鸡翅的大肚子——我爱他们。我爱开车到海滩等待太阳渐渐升起时喝百威啤酒的感觉。

而所有一切中最令我留恋的就是我的女朋友。迷人的波莉·波森第一次和我上床是因为这比走回她宿舍要轻松便捷一些。我们微微活动之后便坠入了梦乡。她娇俏的身体上罩着褪色的汗衫和运动裤，秀发散发出树莓洗发香波的味道。

所有的课程都毫无意义。我主修英文，但教授全是些枯燥乏味的侏儒，只知道反复唠叨些"文本与反文本""小说就是共同幻觉的延续"。描写了一只鲸吃掉了所有人的《白鲸》[4]，是一本多么可爱的好书，但那些该死的教授却不给我们讲，反而假装自己喜欢无聊的《米德尔马契》[5] 和令人晕头转向的《尤利西斯》这类折磨人的书。教授是一个冷血且毫无幽默感的种族，他们把所有时间用于钻研 18 世纪的十四行诗或是过去刊登在《纽约客》上的那些隐晦描写同性恋的短篇小说。但是我摸清了他们的脾性。我可以在两三个小时内弄出一篇《〈白鲸〉——剖析资本主义》或其他类似的论文，

1　Radiohead：英国摇滚乐队，国内大多翻译成"电台司令"。

2　《阿特拉斯耸耸肩》：美国女作家安·兰德创作的小说，美国的超级畅销书，篇幅超长，饱受争议。

3　《追梦赤子心》：美国电影，由大卫·安斯鲍夫执导，于 1993 年上映。

4　《白鲸》：19 世纪美国作家梅尔维尔的作品。

5　《米德尔马契》：19 世纪英国女作家乔治·艾略特的作品。

并且得到"A-"的成绩。

而面对论文和考试，波莉有她的独门妙计。

波森氏秘籍：放一些碎花瓣或胡椒粉在眼睛下面，眼睛就会通红肿起。在教授的办公时间去他的办公室。他（也有可能是她，不过波莉这招对男性尤为管用）会目瞪口呆地看着你，因为从来没有人在办公时间来访。他将极度兴奋，于是开始胡扯北欧文艺复兴之类的话题。你要装出很沮丧的样子，盯着窗外，环顾办公室，随便拿起一本书或是别的东西。然后抽鼻子——只抽一次，不要太大声。双手捂脸，直到他停止胡扯。他会问你怎么了，你就说："我……我需要回家一阵子。"千万不要讲细节。要记住，教授只是一个笨拙的毕业生，一个不成熟的成人而已。如果他掌握一些为人处世的技巧的话，就会去做比给20岁上下的孩子们讲北欧文艺复兴酷得多的事情。他会惭愧自己唠叨不停。然后你就说："我认为自己现在无法参加考试。"记住，这些学术人才对于抑郁症、精神分裂等都充满了警觉，他会勾勒出你自杀的画面，想象出他要面临的调查和因诉讼缠身而无法续聘的前程。他会对你百依百顺。最后你要站起来给他一个拥抱，抱得长久一些，以加深他的尴尬。

波莉非常聪明。

如果我能够永远待在大学里，一切都会是完美的。在那些阴郁的下午，我会钻进塔伯特阅览室，那是图书馆里一个有木板墙的房间，里面摆满了奢侈的真皮椅子。我会拿出一本《格兰比学院的斯塔克普尔》，它描写了一个和我情形相同的 19 世纪的男孩——斯塔克普尔的故事。他曾经无知地纵酒狂欢，频繁拜访一个农民的女儿，最终为格兰比赢得了一场重要的足球赛。斯塔克普尔对大学时光的评价如下：

> 我歌颂那些幸福的日子！歌颂那些友善的烟斗，还有那些已经破损的低矮的圈椅。歌颂那些和良师益友一起度过的夜晚，我们读着古卷，思绪飞扬。我歌颂那些在学术狂欢中自由驰骋的日子，那些社会的关心和忧虑还没有让我们愁眉紧锁的日子。我歌颂那些不必去回应成人世界召唤的日子，一个年轻人可以自由游荡的日子。

写得妙极了。我将陷入梦中，梦到波莉。

斯塔克普尔大获全胜地结束了大学生涯。我并没有这么幸运。

我早该知道，因为处处有预兆。我甚至在她房间看到过一本考试辅导书。她说那是她室友的，我想无论她说什么我都相信。

波莉·波森在最后关头背叛了我，她通过了法学院的入学考试。她一直都在秘密准备申请法学院的事情。她总告诉我她要睡个回笼觉——睡个回笼觉！想一想吧，我是多么爱她，而她却在学习！

直到毕业那天，她才向我坦白被法学院录取的事情。然后，她提出和我分手。我恳求她，告诉她我对我俩未来的打算（如同在哄骗一位家财万贯的贵族遗孀）。她反驳说，这一切都不现实，糟透了。我开始歇斯底里，如果不是宿醉未醒，我会歇斯底里得更加厉害。我厉声咒骂她，然后开始在普伦德尔大厅的花岗岩台阶上呕吐。

所以，带着累累伤痕，我被甩入了成人世界。

我的朋友露西让我去找一份她那样的工作。她在曼哈顿的蒿雀出版社担任助理，但我知道他们会让我去做编辑教科书这类变态的工作。我可不希望这种《阴阳魔界》式的狗血反转发生在我身上。

无论如何，那个夏天，我决定不再读书，因为我读到了最糟的书。

我读过的最糟的书

毕业后的那段黑暗时期，我一直失魂落魄地在格兰比校园周围游荡，挤在朋友的床上，在一个叫"存储器"的卖三明治的地方工作。如果那个夏天你在"存储器"吃过饭，那你应该知道，我几乎不洗手。

由于担心我的境况，老妈专门来看了我一趟。她给了我一本《埃斯特班编年史》，她的同性恋妹妹告诉她这本书能鼓舞人心。书的封面上就写着"关于爱、痛与治愈，感人肺腑，振奋人心"，看起来正是我需要的。

错了。《埃斯特班编年史》的情节是这样的：看到 10 岁的女儿躺在病床上，因白血病而奄奄一息，道格拉斯自己编了一个故事来哄女儿开心。故事围绕一个西班牙舰队的水手埃斯特班在船只失事后被困在爱尔兰展开。女儿病入膏肓，道格拉斯仍继续编造着故事，故事中的埃斯特班也生了病，但得到了满口民间谚语的渔民的热情帮助。他游走爱尔兰，想要寻找一个神秘的泉，据说圣帕特里克[1]曾经赐福于那处泉水——也有传言是某个精灵赐福的，答案取决于埃斯特班询问的对象。在道格拉斯的故事里，所有人都操着一口滑稽的爱尔兰土话，但是他们全都认同，某地有一处泉水，具有治愈力量。

下面是《埃斯特班编年史》的最后一段。道格拉斯对他的女儿说：

"在那个地方，除了清冷、空旷与黑暗之外，还有温暖的泉水。埃斯特班抬起的手微微颤动着。他抓住那淡淡的雾气，仿佛抓着一只蝴蝶。"道格拉斯停了下来，四周鸦雀无声。他知道，女儿那紧张而胆怯、如同他第二次心跳的呼吸声，关于生命与爱的那些变幻莫测的梦，都消失了。月光静静照射着那令人难堪的呼吸器，在床上投下淡淡的光。但是，道格拉斯没有去看。他知道在讲完故事前自己不能去看。于是，他打起精神继续讲下去。回忆中的点点滴滴，此刻都浮上他的心头，让他声

1　圣帕特里克：天主教圣人，出生在威尔士，少年时被绑架到爱尔兰成为奴隶，后来逃走。他冒着生命危险回到爱尔兰传播天主教，成为爱尔兰主教，后成为圣人。

音坚定地将故事讲完，讲给静止的空气听。"埃斯特班跪在了泉水前，跪在了他有生以来见过的最神圣的水前。这水能够疗伤，能够使人康复，能够赐福于人。他低下头，闭上双眼，嘴唇触碰到水面，然后开始畅饮。"

读最后一章的时候，我正往"存储器"的"丰肉套餐"中加熏肉。由于愤怒和难以置信，我几乎把书掉进了装辣酱的盆里。

"哦，搞什么鬼！"我大声叫道，吓了几个顾客一跳。

那时候，这并没有什么大不了。我不再读书，并且毫无负罪感。时间的浪潮终于将我推向了电视机。

那个夏天快结束的时候，我在怪兽网站[1]上找到了"文案顾问"的工作。我的格兰比大学文凭，以及肤浅但令人信服的学识，都令强·斯特吉斯印象深刻。在一次实践技能测试中，我把一个韩国高中生糊成粥的唠叨变成了简明易懂的五段文字，记述她的宠物蜗牛如何教会她热爱大自然。

现在，是这个田中星。他的文章共有四个段落，真诚贯穿始终。看得出来，他是想到什么就说什么，无论是否有用。

田中试图让人明白，他在一个汽车公司工作，而这让他学到了很多东西。所以我编造了一个田中从一位年长的机械师那儿学到了汽车零件有多重要的故事。机械师将他带入工作间，向他展示所有的零件必须拼合在一起才能发挥作用。最后以一个染着油污的握手

1　怪兽网站：美国的大型招聘类网站。

作结，非常漂亮的瞬间。由此，我得到了田中想要的结论——关于公司运营的绝妙隐喻。

它包含了一篇紧凑的商学院申请陈述所需的全部元素：朦胧的隐喻、互相尊重的交往情境、一个导师式的人物、表明申请人并不认为钱即一切的暗示和创造性思维（虽然也没有太多创意），读起来十足日本化。我对自己的成果非常满意，于是决定停下工作去吃午饭。

至于午饭，我偏爱去斯里的美式尼泊尔美食店。这家店坐落于与汉密尔顿大厦相隔四条高速车道的沿街商场中。努力活着穿过车道，是一天里最让我精神振奋的事情。现在，正好是一月，正在消融的积雪增加了挑战的强度。这重重障碍令斯里的店更加充满慰藉，仿佛它位于被鲨鱼包围的小岛的沙滩上一般。

斯里的店中装饰着电影《捉鬼敢死队》的尼泊尔版海报。他热爱《捉鬼敢死队》，并且也喜欢我，所以他是个不错的家伙。

"你好啊，皮特！"

"嘿，斯里。"

"你昨晚看《柯南·奥布莱恩[1]脱口秀》了吗？"

"没。"

斯里喘着气低声笑着说："哦！他讲了一个关于女人大腿的段子。天啊！"

这也许并不是我们那一天的对话，不过我们的对话差不多就是

---

1 柯南·奥布莱恩：美国脱口秀主持人，喜剧演员、作家。其主持风格活泼无厘头，深受全球观众喜爱。

如此。实际上，我认为那一天他待在后院，在为捕某种动物而设置陷阱。所以我是通过他那个长得像南瓜的老婆点的餐，我要了一份尼泊尔煎鱼，其实就是表面涂了菠萝果酱的鱼肉块，售价 3.99 美元。

唯一的另外一个常客那天也在。那是一个跛脚的兔唇老人，总是穿着新英格兰爱国者[1]大衣，吃咖喱汉堡，喝百威淡啤。他吃完东西后，就会晃到我身边，给我讲他住在亚利桑那州的女儿如何在小时候就能唱歌像朱迪·嘉兰[2]一样动听，接着就会提及他当海军时在朝鲜做过的可怕的事。

听他倾诉是我做过的最慈善的事情，但是今天我并不想行善。为了不理他，我特地带来了霍巴特上周日买的《纽约时报》。我一边吃一边浏览着杂志。我盯着封底的豪宅广告，那是些在巴斯港或榆树拐这种地方的巨大哥特式城堡。我思忖着如何才能弄到他们开出的那 350 万美元，同时快速翻阅了一篇讲新一代厨房设计师的文章。

又翻过一页，一幅占据整版的照片攫住我的眼球。

那是一幅黑白照片。照片上，在一家电器折扣店破旧的窗户前，悬疑小说家帕梅拉·麦克劳克林[3]缩在地上，抓着一个笔记本。她趴在一个用粉笔勾勒出的人体轮廓上，坚定地望着摄影机镜头。她身上挂着一把手枪，枪套上的肩带紧勒着她所穿的直筒式抹胸，这使得她的乳沟过度明显。粉笔轮廓旁边放着一本书，看不清楚是

---

1 新英格兰爱国者是波士顿的橄榄球队。

2 朱迪·嘉兰：美国知名女演员、歌唱家，曾获金球奖、格莱美奖等多项大奖。她曾主演《绿野仙踪》《一个明星的诞生》等音乐电影。

3 麦克劳克林与后文提到的几位畅销书作家均为本书作者虚构的作家。

本什么书。不过只要你不是她笔下意志坚定、身手矫健的罪案报道记者兼特约自由调查员越南古巴混血儿特朗·马丁尼斯，也就不必去意识到这是一条重要线索。

这是他们偶尔会刊登的图文报道中的一幅。这组报道叫"畅销书作家"，全是当下畅销书排行榜上作者的肖像。

帕梅拉·麦克劳克林的照片暗示了"读者是美国真正的受害者"这样的信息。如果你读过她的最新小说《时尚牺牲者》，你恐怕也会赞同。在这本书中，特朗潜入了内衣行业，千方百计想要找出一个以婚纱设计师为谋杀对象的连环杀手。有一章特别令人恼怒，特朗乔装打扮得像个异装癖患者，居然引得皮革大亨一见倾心，大诉衷肠。那本书封底上的宣传词是"血就是新的时尚"。

我咬了一口鱼，带着满嘴甜腻的酱，将注意力转到了另一页上：戴着反光太阳镜的尼克·博伊尔——我挚爱的惊悚动作小说作家。尼克·博伊尔穿着一件风衣，头戴一顶印着"USS Homet-CV-12"（国安局大黄蜂—12号指挥车）字样的棒球帽。他背倚一片蓝天碧海，坐在一艘笨重的"二战"时使用的两栖登陆艇的舵旁。当然，真正的尼克·博伊尔的粉丝不会把那艘船叫登陆艇。他们会认出来那是一艘 LCT Mk-5，或是别的东西。因为如果你不去研究那些军事器材，便会觉得博伊尔的书很难懂。

尼克·博伊尔长了一张牛蛙般皱巴巴的脸，脸颊的皮肤如果被展平，就有别人的一整张脸大。我数过，他的脸上有 26 个褶子和 8 块各自独立的凸起。他摆出一副邪恶的美国式愤怒鬼脸，样子确实足够邪恶，看起来像是准备揣着一把 20mm 口径的机枪去干坏事。

尼克·博伊尔让我体会到了与武器如此紧密联系带来的快感，但他的眼神却看穿了我这个普通人的弱点。他有所保留地望着我，仿佛知道我不配与他并肩作战，仿佛我最应该做的事情就是从他面前消失，不要挡路，这样他就能够射出力可穿甲的弹药，为那些不知道如何争取自由的脂粉男赢得自由。之后，在一个战旗飘扬的小酒吧里，他会和战友们端着波旁威士忌谈笑风生，对着彼此沾满血迹的衬衫点头赞许。

我喝了一口尼泊尔果汁，翻了一页。

接下来是乔什·霍尔特·克瑞狄。他的照片像是内战时期的锡版照，对技术要求很高，尽管看起来有点儿像那种在游乐场里能够领到的过时相片。乔什·霍尔特·克瑞狄是早熟的文坛"老匠"，写了一本叫《玛纳萨斯》的小说，讲述他的祖辈为了联邦战斗，最后在冷港战役中壮烈牺牲的故事。写关于内战的小说是极懒惰的行为：手足相残，桃园或麦田中的战斗，来自《圣经》的各色人名，复杂精妙的地理，亚伯拉罕·林肯和奴隶。有这么多东西可以引发人们的多愁善感，它们本身就能写成一本书。

但是我自己也很懒，没有资格去指责乔什·霍尔特·克瑞狄投机取巧，所以我并不讨厌他。即便他的书进入了畅销排行榜，即便这个耶鲁大一神童的传奇档案铺天盖地随处可见，即便《娱乐周刊》花了三版来写他，仿佛你不对他的才能佩服得五体投地你就是一个疯子，我依然可以肯定自己一点儿都不讨厌他。即便我在努力消化掉一碗果脆圈时看到他在《今天》节目上用那双讨好的大眼睛望着安·柯莉[1]，我也不讨厌他；即便他和斯嘉丽·约翰逊[2]传出绯闻，我也不讨厌他；甚至蒂姆·罗宾斯[3]将执导同名电影，而西恩·潘[4]答应在其中出演格兰特，我依然不讨厌他。

由于带着强烈的"不讨厌"的感觉，我飞速翻过了这一页报纸，以至手指被纸割破了。

在一个自然历史博物馆中，《达尔文传奇》的作者提姆·德鲁抱着胳膊，站在维多利亚时期的骨相学模型前面。

我又翻了一页，这一次我面对的是一个 60 岁上下的男人。他和尼克·博伊尔截然不同，脸上的皮肤绷得紧紧的，像鼓面。下巴两边细细的胡须在一个狡猾的点上会合。他坐在公园的长椅上，背后是灰暗阴沉的天空。胳膊和双腿上栖息着各类大小不一的鸟儿，有一只就卧在他穿着灯芯绒裤子的大腿上。

这幅照片，和"畅销书作家"系列其他的照片一样，只能根据作家的名字和他目前的畅销作品"普利斯顿·布鲁克斯，《与鸟为善》"来鉴别。这个胳膊上歇息着鸟的老家伙实在太差劲了。我把一些鱼皮吐在他脸上，将他扔进垃圾桶之后，跟斯里道了别。

很有可能我将永远不会再想起普利斯顿·布鲁克斯，如果不是我一回到办公桌前就读到了那封电邮的话。

---

1 安·柯莉：美国记者，《今天》节目的主持人之一。——编者注

2 斯嘉丽·约翰逊：美国知名女演员。其代表作有《戴珍珠耳环的女孩》《迷失东京》《赛末点》《保姆日记》，在《复仇者联盟》系列电影中饰演"黑寡妇"。

3 蒂姆·罗宾斯：美国知名男演员、导演，主演作品有《肖申克的救赎》《神秘河》，导演作品有《天生赢家》《死囚漫步》。

4 西恩·潘：美国演员，代表作有《神秘河》《死囚漫步》《21 克》《我是山姆》。他曾是蒂姆·罗宾斯的"御用演员"，与后者合作多次。

发件人：pollypizzazz@gmail.com
收件人：地址保密
主 题：喜讯……

大家好——

很抱歉群发邮件，我并不知道什么时候能够再见到你们，但我却有重要事情要宣布。我认识詹姆斯已经有一年半了。回首过往，我觉得他是华盛顿唯一一令我开心的存在：）上周末，我们去了谢南多厄河谷，有毯子、热巧克力、温馨的旅馆。詹姆斯还为我演奏了钢琴曲（他简直帅呆了，不是吗？）——然后，你们知道要发生什么了——我们要结婚了！敲出这几个字有些奇怪，但我已经美晕了。

好的，来说一下时间，伙计们——婚礼定在明年4月。我知道日子尚远，不过现在，你们的时间就被预定下来了。我们只能在那个时候把詹姆斯远在澳大利亚的所有亲朋好友都接过来，而且那时的弗吉尼亚春暖花开——棒极了！另外，你们全都要来！你们当然全都会来！在日历上做好标记！准备忍受醉醺醺的婚礼派对，俗不可耐的乐队表演，疯狂的亲戚，以及其他的一切吧。

无论如何，给我回个消息，让我知道会发生什么。我依然在明茨－科恩勤恳工作，并且努力避免卷入办公室斗争。也许这个春天我会找机会去看看你们这些在纽约的家伙。我同样期待能够重返格兰比，带詹姆斯去看看所有我呕吐过的地方。你们这些家伙必须全部回复我并告以详情。

愉快！

波莉

波莉·波森
明茨－科恩－康登－基恩公司 合伙人
华盛顿

寄给皮特·塔斯洛的邮件

现在，我并不是说我对一切都无所挑剔——根本不是这样。但读到那封邮件最上方的地址就令我坐立不安。我并不介意那地址是"pollypawson"[1]、"ppawson"或是"pawsonpolly"，但"pollypizzazz"[2]却让我难以接受。

在我对你讲述了一切之后，想象一下你读到类似邮件的心情。说实话，我觉得我的反应也许不算太过激。

实际上，这个消息并不令人意外。在我们罕有的别扭交流中，她已提起过詹姆斯。失去波莉并不让我困扰。太平洋沿岸地区的任何一个蠢货只要肯叫她老婆，这个假情假意的资本主义荡妇都会欣然接受，并以身相许。

1　此为波莉·波森的英文原名。

2　此处意为波莉艳光四射。

困扰我的问题是婚礼。

我能勾勒出婚礼的画面：我被安排坐在一大堆与现在的波莉交往密切的讨厌的半成年人中间，与那些穿着卡其布或蓝色牛津布衬衫且满脸堆笑的魁梧男人虚意逢迎。他们看起来都生龙活虎，在贝恩咨询公司[1]之类的地方担任初级分析师，前途一片光明。他们已习惯于从丹佛或达拉斯的机场飞回家的时候，让黑莓手机和笔记本电脑接受安检。

如果你觉得我描述的只是某个特指的人，说实话，的确是——那个和我们一起在格兰比读书的查德·库利，那个我们过去看到他经过就会嘲笑他的家伙，那个如今在"友人网"（Friendsters）上（请记住这还是脸书兴起之前的时代）和波莉交流密切的家伙。这个无聊的蝼蚁之辈错漏百出地引用杂志上的文章和电影中的台词，或者拿体育赛事打比方却记错了数据时，我就会忍无可忍地往嘴里塞满菊芋做的开胃菜。

婚礼上当然也会有女人，她们会夸赞波莉有多么漂亮，当然，在她们心中隐秘的一角，嫉妒会如潮水般翻涌不停。她们疯狂的女性思维会说，如果不想孤独终老，最好迅速出击。

所以，还要对付这些事情。

但最糟糕的是，波莉的婚礼上会挤满澳大利亚人。这些人一直在太阳炙烤的沙漠中耍蛇，举着澳新兵团的老式步枪，并瞪着一双澳洲野犬般的眼睛。这些人一直在鲨鱼的血盆大口中冲浪，一口气

1　贝恩咨询公司：世界 500 强企业之一。

就能喝下好几罐20盎司装的维多利亚苦啤酒[1]。这些人会在毕业旅行的时候带着醉意徒步穿越泰国和印度，对当地的警察不屑一顾。这些人，就是新郎的亲友，全都擅长拼酒。他们中的一个，也许叫作邦吉或瑞诺，会迷迷糊糊地从椅子上滑落，引得周围的伙伴们全都哄笑成一团。

而那些绝望的女人，特别是女傧相们，看到这些"袋鼠"全都会欣喜若狂，而那些有婚姻恐惧症的女人就会和他们在衣帽间的地板上精力充沛地进行交配活动。

至于我这桌的人，某个好心的秃头佬，也许是波莉的老板或是别的什么人，会和我搭话："皮特，你在哪里高就？"

我会回答说："我替外国小孩撰写内容虚假的入学申请。"

我的邻座会带着足以羞死两个人的表情看我。逮着机会他就会自己转动轮椅离开我去吧台——出于某种原因，在我的想象中，他是一个坐轮椅的家伙。

然后，关于前男友潦倒现状的流言就会传遍整个大厅，七大姑八大姨们全都会知道。而在我趔趄着走向洗手间时，光彩照人万分优雅的波莉会紧挽着新婚丈夫的健硕手臂，对我指指点点，轻声告诉他自己在年幼无知时如何耍弄了一个可怜鬼。然后他们会接吻，缠绵悱恻，全体观众则鼓掌致意。

最后，我会被两个大学时代的朋友——露西和德雷克带走。他们会把我拉回万豪酒店，而半路上我有可能会哀求他们停车买个

1　这是澳大利亚人常喝的一种啤酒。——编者注

煎饼给我吃，或是烂醉如泥毫不知情。

波莉会取得最终胜利。从头到尾，从朗读《哥林多前书》的第13章[1]到精致的覆盆子夹心巧克力馅饼，还有那个和小孩子们跳舞的诡异的老家伙。这并不仅仅是一场婚礼，更是一场波莉打败我的庆功会。

那个时候，我确实是这么想的。

现在，你也许会建议我拒绝波莉的邀请，但是这无异于直接认输。我很懒，但绝不是懦夫。我不会让波莉有机会对她朋友讲"我真希望皮特能来"，然后晚些时候给我写封信说我"不能去"让她感觉多么"遗憾"。

重申一遍，我并不以这些想法为傲，我只是在试图告诉你们我那时在想些什么。

下班后，在回萨默维尔的路上，我在一家酒馆门口停了下来，买了一箱"上游"啤酒。我一点都不喜欢"上游"啤酒，它那股冲味儿，像是使用苏打水和奶油玉米混合酿造的。

但是啤酒瓶的标签上有一条咧着嘴笑的卡通大马哈鱼，它正从激流中飞向天空，它笑着，仿佛喜欢这种挑战，而这正是我需要的精神。

几个小时后，我坐在公寓的沙发上，一边吃着我在厨柜中找到的烟熏杏仁一边看电视，而摆在我面前的是7个酒瓶。

---

1 这一章可以说是《圣经》中谈论爱的教义最动人和最全面的一篇，因此经常会被在婚礼上诵读。

我的室友霍巴特坐在我旁边。他正端着锅吃速熟土豆泥——他只吃这种东西。

霍巴特的头发看起来像是一只笨鸟搭出来的窝，而且他似乎并不知道该怎么修理，所以脸上总是悬晃着一绺头发。

不过说到智慧，他似乎就胜过我了。霍巴特毕业于哈佛，目前正在攻读化学和经济学的双科博士。他的书架上垒满了厚厚的医学参考书，此外就是一本叫《绅士密码——21世纪男士礼仪》的书，这本书由"成立于1818年的麦克阿莉丝特美酒过滤器公司"出版，是霍巴特买一瓶威士忌时附赠的。买酒那天晚上，他送女友回到"偏僻"的纽约的家，两个人进行了一场令人痛苦的谈话。一般来说，与这个女人对话之后，霍巴特五成以上会经历几个小时的抽泣。作为室友，这是他主要的瑕疵。好的一方面是，他很少在家。他不上课的时候就在拉斯卡药品公司担任研究助理，研究能治疗注意力缺失紊乱的药品。

霍巴特和我坐在沙发上，这张二手的米色沙发松松垮垮，像老女人的胸部。我们在看电视。三个月前，我把鞋子砸向扎克·布拉夫[1]一部电影的商业宣传片时，出了一点儿小事故，鞋子一击即中，电视上自此出现了一条绿色杂纹。

我希望读者能够真切地感受到我们的公寓有多寒酸。对于讲故事来说这很重要。其实你们只需要看一眼我们那染满了罗夏墨迹测试图般污渍的破旧灰地毯，以及墙上翘起的螺丝和墙面上深深的裂

1　扎克·布拉夫：美国演员、导演、编剧，代表作有《情归新泽西》。

纹。没有粘贴海报。我从来没贴过海报，这并不会引人笑话，不是吗？干吗要费力气去折腾那东西？一个美国邮政系统的快递货箱中装着我的旧书，露西寄给我的赠阅本小说《北京》放在咖啡桌上有好几个月了，我们一直当杯垫用。

我又开了一瓶啤酒。

霍巴特只有一个恶习，而且他现在正沉迷于此。那就是痴迷于看 CBS（哥伦比亚广播公司）播的一个叫《夏令营》的节目——也许你从来没有看过。这是一个真人秀节目——基本上在剽窃《幸存者》。这个节目中会有四组"营员"，彼此角逐，比赛制作独木舟之类的东西，马里奥·巴塔利[1]这类人物会担任嘉宾评审。相较于《幸存者》，这个节目最令人难以置信、坐立不安、毛骨悚然之处是每个小组的成员一半是成人，另一半则是 6~8 岁的孩子。

现在，很显然，如果我想要记述这个电视节目如何诡异，如何昭示着西方文明的"后后现代式"崩溃，我可以写够一整本书。所以我只想指出一点疯狂的地方，就是那些孩子。那些孩子都在乌烟瘴气的娱乐圈中早熟——思维扭曲，知道适时地微笑摆造型，还懂得许多其他类似的事情，有时他们甚至比成年人还要机灵。

霍巴特每个星期五都会看这档节目，期期不落。至于究竟是他大脑幽暗深处的哪股"黑势力"迫使他如此，我不知道，不过我也没什么怨言。今天晚上，布鲁克，一个 6 岁孩子，要和一个离婚的会计师通力合作，参加激动人心的采野果比赛。

---

1 马里奥·巴塔利：美国著名厨师。——编者注

这让我暂时忘记了波莉的婚礼。

节目插播广告的时候，霍巴特拿起遥控器，开始逐台浏览，从警匪片到欧洲足球赛。

我猜测，从某种意义上讲，之后发生的所有事情都是这次换台的结果。霍巴特又按了一下遥控器后，停了下来，因为他看到了汀丝莉·霍尼格的动人身影。

霍巴特和我都认为汀丝莉是我们最喜爱的电视新闻杂志记者。我们看了她的多场人物采访，从做出了超级美味咸太妃糖的修女到对于开国元勋了如指掌的自闭症儿童，或是一个在贫民区学校里教孩子们做填字游戏而让课堂变得十分精彩的老师。其实更多时候，我们只是在看她棕色秀发映衬下的瓷娃娃般的脸庞。

今天晚上，汀丝莉坐在一所乡下房屋门廊前的木头长凳上，和一个年长者并肩。这个家伙像啤酒桶一般粗壮，留着淡淡的络腮胡，仿佛故事中邪恶的伯爵。摄像机拍的是远景，以便能够将巨大的房屋和远处葱翠的群山框入画面。房子是那种豪华的乡村别墅，适合《名人录》里的大人物居住，在这儿，穿着合身的海松兰利奇针织罩衫的女人，会将凉茶递给穿着合身的亚麻布衣服的男人。

汀丝莉带着她标志性的聆听表情，脸向左转 15 度，一根细长的手指放在腮边。那个健壮的男人正在说话，仿佛是出于某种生理原因必须尽可能地让双唇紧抿，他的声音听起来像在揉搓纸张。

"有人说，小说已经死了。好吧，还有人说魔鬼死了呢。但我不赞同，"他说，"写作是我的武器，我用它来赶走那些劫掠人心中宝贵精神的强盗。当今，图像和视频充斥在我们生活中的每个角落，女孩子们都花天酒地，像土耳其妓院中的妓女一样。但是语言和文字依然具有重大意义，依然可以震撼人心，也治愈人心。"

"不要换台！"我大叫道，叫得有些困难，因为此时我正在测试自己能够将8个"上游"啤酒的瓶盖含在嘴里多长时间。我认出了那个留着小胡子、说话像揉纸的男人。他就是那个糟糕的小说家普利斯顿·布鲁克斯。

镜头切换到汀丝莉和普利斯顿沿着溪流边的芦苇步行的画面。画外音中，汀丝莉说："书里面没有十几岁的巫师，或是隐藏在画作中的密码。但是《与鸟为善》这个关于爱、家庭，以及信任之力量的安静故事，已然触动了全国的读者，因而进入了畅销行列。我来到西弗吉尼亚普利斯顿·布鲁克斯的马场，和一个自称是一只老狗的作家对话。"说到此处，她的语调开始上扬，"这只老狗称自己学会了一些新把戏。"

我像眼镜蛇一样迅速地伸出胳膊，从霍巴特手中抢过了遥控器。

"我是个蠢孩子，是个笨孩子，所以我退学去参了军，是空军，"普利斯顿说，"军队中有很多问题，现在比那时更多。不过他们知道如何对待一个笨小孩，他们把我派去阿拉斯加远程防御网的雷达站。我在那儿待了三年，工作内容是——听。当时我并不了解，对于一个写作者来说，那是完美的训练。在北极，我聆听哥威迅长者的教诲。他们已在那里居住了数千年，明白事理，精明能干。如果我的孙子能够抛开林赛·喽呼和傻帽迪杰之类的饶舌歌手，去听听哥威迅长者的谈话，他们的未来肯定会更美好。"

普利斯顿伸出胳膊，拦住了汀丝莉。他蹲下身子，从地上捡起什么东西。随着镜头推进，可以看到是一只蝾螈或火蜥蜴或其他类似的玩意儿。普利斯顿的手掌中，一只吓坏了的蜥蜴科动物不停颤抖。

　　研究了一阵子之后，普利斯顿将它放下。那只蝾螈迟疑了一秒钟，然后意识到自己自由了，便向芦苇丛飞奔而去。

　　"哎，皮特？"

　　霍巴特盯着我。

　　"我们会错过'篝火畅谈'的。"

　　我很想相信自己当时做了镇定的回答，但是我觉得自己实际上正在做类似捶胸顿足的事情。无论如何，我没听清汀丝莉的下一个问题。

　　"……四玫瑰、老宪章、浑水河、吉姆·宾、华人骗子、上校之女[1]，"普利斯顿说，"我会把瓶子里的任何液体喝掉。我不断跳槽，有一阵子我在一个花岗岩采石场里上班。我还做过伐木工。有一年夏天，我还去开采过铀矿。我甚至在塔科马的一个鱼类加工作坊里待过一阵子。不过是为了赚一美元，为了求生。

　　"一天早晨，我在北达科他州迈诺特市的一条巷子中醒来，整个世界白雪纷纷。我的脚生了根似的定在一个垃圾桶边，我希望能够找到一件旧衣服，却发现了一本破旧的《人鼠之间》。也许是天使放在那儿的，也许只是一个懒惰的学生随手丢的。但是我读了那

────────────

1　这一串名词都是酒的品牌名。

本书。约翰·斯坦贝克[1]告诉我，世界上有比威士忌更强大的东西存在。"

我跳了起来，把遥控器砸向墙壁，遥控器四分五裂，电池四处乱滚。首先，书显然是一个懒惰的学生放在那儿的。我百分之百肯定，并没有天使在那儿放下一本破旧的《人鼠之间》。

第二，《人鼠之间》？这本90页厚，明显用八年级英语水平写就的、讲述一个喜欢兔子的弱智的垃圾书？你想让我相信这让你远离了威士忌？

霍巴特打量着破损的遥控器。"也许我们能手动换台。"

电视画面切换到了普利斯顿·布鲁克斯领着汀丝莉走进一间窗户朝向一片平静湖水、摆满了书籍的宽敞工作室。

"我把这里唤作舞厅，"他说，"因为角色会出现，介绍自己，邀我共舞。总是那些角色处于引导地位，我颔首接受，和他们共舞。"

汀丝莉认真地点了点头，仿佛听到了至理名言。然后她指着一台年代久远的打字机问："你总是在打字机上写作？"

"我女儿让我去弄台电脑。但他们也告诉我吉米·卡特任职了8年[2]，世界上还发明了什么磁力车——你说，他们知道些什么？我讨厌那些乱七八糟的东西，福克纳认为打字机非常好，我也如此。"

"哦，拜托！"我对着电视大喊，霍巴特蹲在地上收集着破损遥控器的零件。

1　约翰·斯坦贝克：美国作家。他在1937年发表小说《人鼠之间》，1939年出版小说《愤怒的葡萄》，1962年获诺贝尔文学奖，1968年因心脏病发作逝世。

2　吉米·卡特：美国总统，实际任职4年。

普利斯顿用脸颊去蹭尖桩篱栅中探出的马舌头。"马儿能宽恕除骗子之外的一切事物。马儿知道如何分辨骗子，读者也能。如果我在书中说了一句假话，或者一个谎言，读者就会像马弓起背甩走笨蛋一样将我抛弃。"

然后汀丝莉开始描述《与鸟为善》的情节。大约是一个名叫加布里埃尔的获刑罪犯，在卡特琳娜飓风期间获得救赎。这部分配的画面是普利斯顿在一支柴迪科[1]乐队中摆弄着搓板似的东西。显然他花了很多时间在路易斯安那"帮助飓风受害者，聆听他们的故事，学习他们语言的韵律"。

汀丝莉解释说，普利斯顿是谢南多厄学院创意写作计划的负责人，而我们看到的画面是他站在一个挤满人的讲堂中照本宣科。

"咖啡里面有菊苣吗？"她大声喊道，声音透着疲倦，但是依然如同惊雷，如同猎犬的响亮叫声。

"没有，女士。"加布里埃尔喊道。他靠在"潮汐工艺火鸟"的马车上，在如同沉睡母亲的胸膛般上下起伏的泥水中微微摇晃。"没有菊苣。不过女士，你肯定是凯金人[2]，才会站在一个破屋顶上还想要菊苣咖啡。据说洪水即将再次来临。现在，把手伸过来，梅茨·德沃洛克斯。"

然后，缓缓地，她如同针织毯子般柔软的手指，滑入了加布里埃尔那沾满机油和培根油的手掌中。他们四目相对，感受着彼

---

1 柴迪科：一种起源于美国路易斯安那州西南部，混合法国舞曲、加勒比音乐和蓝调的音乐体裁。

2 凯金人：移居美国路易斯安那州的法国后裔。

此的触碰。他们的心互相安慰，融为一体，忘记了身外的滚滚
红尘，唯余执手相看的款款情深。

一个人花上几个小时就能分析出这部文学垃圾错综芜杂的脉
络：夸张讽刺的河地方言，"细致的"现实主义笔触，标志性的民
间风情，关于灵性与超然的模糊叙述。这足以取悦所有人。但我一
点儿都不想费力干这个。我将注意力放在普利斯顿的观众身上。

你们一定要明白我的这场顿悟，如何诡异地和波莉联系到了一
起——我并不打算对自己进行精神分析，我只告诉你我看到了什么。

在讲堂中，聆听着普利斯顿，背向前屈，眼神充满期待的，全
是成排的大学女生们。这些年轻的女人穿着小汗衫和紧身牛仔裤，
温顺而贫瘠。这些叫萨拉、凯蒂、柯瑞斯的女孩，无疑都曾穿着内
衣和睡裤蜷在沙发上阅读《埃斯特班编年史》和《与鸟为善》，将
自己全身心地献给那些充满魔力的文字。这些吃玉米长大的小镇姑
娘，只有她们还保持着充满女人味的优雅。她们是选美比赛冠军，
或是足球赛选手，或是弱不禁风的口水诗人。她们精巧机敏，激情
狂野，会从康涅狄格州或加利福尼亚州专门赶到谢南多厄学院，臣
服于普利斯顿·布鲁克斯，她们的脸上写满了无名的欲望，祈求着
普利斯顿用坚实的真理引导她们，充实她们。

就在那时，一切都水到渠成。我一直告诉大家普利斯顿·布鲁
克斯是我的灵感源泉。因为就在那时，我看透了他。我意识到他是
一个多么不同凡响的荒唐浑蛋。

在矿场和鱼作坊，他意识到了只有傻瓜才会工作。某天，他得

到了一本《人鼠之间》，然后他意识到："嘿，我能干这个。"

他肯定看到了一幅画面。他看到知名小说家的生活意味着可以坐在乡下的豪宅别墅中和马嬉戏。于是他将一些多愁善感的小说片段剪辑拼凑在一起，兜售给数以千计的书呆子。然后他立刻搬去了西弗吉尼亚。这一招以退为进实在太高明了，难道曼哈顿的出版商敢质疑一个西弗吉尼亚人的真实性吗？在出版社和新闻节目的会客室，人们像对待一个从穷乡僻壤里走出来的圣人一样对待他。他们将他当成一个睿智的老人，认为他能传授真理。他喝着酒，口中吐着陈词滥调的泡泡。他用那台破旧的打字机炮制出来的"真实的"细节，为他换来了大笔财富，连汀丝莉·霍尼格都专程跑去向他致敬。

而最好的收获是那些大学女生，她们性感饥渴地对他讨好献媚。在傍晚时分，她们会用颤抖的手捧着一些蹩脚的故事来到他的办公室，然后他就会用他揉纸般的声音开始老生常谈。

"在一个狂徒会将我们所有人炸飞的年代，我像躲避炸弹一样躲避着某些东西。"普利斯顿对着讲堂宣讲，"文字，只有文字能够修补我们破碎的心。"普利斯顿一边合上讲义一边说。凯蒂和萨拉们的嘴唇全都入迷地微微颤动。

画面又切回到普利斯顿和汀丝莉走路的画面，已是夕阳西下。

"我来给你讲个故事吧。毕竟这是我的本行，我就是个讲故事的。这件事情发生在1653年，英国正处于黑暗时期，"汀丝莉向前探身倾听着，"教堂全被摧毁。但是在一个地方，一个叫斯坦顿哈罗德的地方，有一个人建起了一座教堂。我曾经参观过那座教堂，并在那里祈祷过。教堂的墙上有一块纪念碑，写着'在1653年，当举国所有神圣的东西遭到破坏和亵渎的时候，罗伯特·雪雷爵士建起了这座教堂，以一己之力在一个最坏的时代中做出了最好的事情，在灾难中播下了希望的种子'。"

如果你尝试想象这幅画面：一个蹩脚的二流演员扮演一位庄严的传道士，那么你就能读懂普利斯顿的天才所在。我意识到了这一点：他是一个为自己写好了完美脚本的演员。我只想知道他是从哪本花边小书中读到这个小故事的，但我必须要称赞他——这的确是条好素材。

普利斯顿停下了脚步，汀丝莉也停在了他的身旁。

"在最坏的时代，做最好的事情，在灾难中播下希望的种子。这就是我写作的初衷。"

电视画面转换到纽约的一个新闻主播。她适当地停顿了一下，接着才微笑着评价道："震撼人心。"然后她便开始讲述一个拿自己曾被大巴撞断的腿作笑料说相声的卡车司机的事迹。

霍巴特回到自己的房间上网查看《夏令营》的相关信息。而我因为啤酒和顿悟而激情燃烧，不停跺脚。普利斯顿·布鲁克斯是个天才，我想。他是这个世界上最伟大的骗术宗师。

这种发现了事情真相的心情是难以形容的，必须亲身经历。我猜测，与此最类似的就是解决了一道迷惑了你很长时间的愚蠢谜题后的心情。

我想起了吃午饭时看到的照片：帕梅拉·麦克劳克林和尼克·博伊尔还有乔什·霍尔特·克瑞狄。毫无疑问，他们都是骗术大师。他们像骗子看上当的傻瓜一样看着我。所有的服饰道具，那些内战时的装扮，虚假的犯罪现场，还有登陆艇——全都是表演。如果你能写出一本书，并且按照自己想要的方式在生活中表演，所得到的奖励就是乡村别墅和温柔的女大学生。

我得找个人聊聊。我拿起电话，拨给了在纽约的露西。

"皮特？怎么了？"

"露西，嘿，你怎么样，我是皮特。"（我已经有些醉了。）

"你听说波莉婚礼的事情了吗？你激动吗？"露西来自中西部，认为一切事情都好极了。

"的确，大消息。听着，咱们说说书吧。"

"哦，你开始读《北京》了？"

"还没有。嘿，普利斯顿·布鲁克斯是怎么回事？"

"《与鸟为善》那家伙？你晚上 11:00 给我打电话就是为了跟我谈普利斯顿·布鲁克斯？"

"哦，只是想和你说说话。"

"嗯，我们没有出版过他的任何东西。不过，每个人都……"

"听着，你觉得他那种家伙能赚多少钱。"

"嗯，我说不好，得视情况而定。你知道，平装本版权，还有……"

"大约有多少？"

"实际上，我今天刚好读到他卖掉电影版权的消息，据说高达六位数。"

我放下电话。我能听到露西的低声细语依然在继续，但是我开始急切地勾勒波莉婚礼的画面。

　　我会穿着我雇人帮我挑选的衣服出现。在吧台我会点某种名字文绉绉的，比方说叫"熄灭"的，但是他们没有的苏格兰威士忌。我的同龄人，那些市侩庸俗的美国男人，也许还不认识我，因为我的书出版的消息还没有渗透到CNN（美国有线电视新闻网）或是体育频道，他们坐井观天，所以并不知晓。但是那些女人必然会悄悄谈论。七大姑八大姨们会勇敢得多，向我走来，抓住我的胳膊，告诉我她们有多喜欢我的小说，有多想知道我是怎么迸发灵感，又是如何进行创作的。年轻的女人们会伸着脖子听我说话。我提到"伊利亚"了吗？现在他们肯定都在《娱乐周刊》中读到了伊利亚·伍德[1]将出演根据我的书改编的电影，朗·霍华德[2]也会参与制作。詹姆斯和他那些粗鲁的澳大利亚亲戚全都会对着他们的啤酒生闷气，彼此推推搡搡。而波莉会一次又一次地从他们身边溜开，因为伴娘们全都要求波莉把她们介绍给皮特·塔斯洛。夜幕降临时，我会向其中最漂亮、最聪明、最迷人的一个解说"一个作家如何充当灵感与思想的助产士和接生医生"。然后我就会带着她离开，尽管我们行事小心谨慎，但是她依然窃喜，多双眼睛敏锐地察觉到了她与大作家皮特·塔斯洛一起离开。而波莉会在她自己的婚礼上暴跳如雷，将花猛砸在桌子上，一败涂地。

　　我决定要成为一个知名小说家。

1　伊利亚·伍德：美国男演员，童星出身，代表作有《雾都孤儿》《危险小天使》《魔戒三部曲》。

2　朗·霍华德：美国演员、导演、电影监制，执导作品有《阿波罗13号》《美丽心灵》《达·芬奇密码》。

《纽约时报》
书评榜畅销书

　　排行榜根据全国 4000 多家书店和 50 000 多个零售商的销售数据统计而得，星号（＊）标记表示该书与上一排名的书籍销售量几乎相等，加号（＋）表示某些书店接到了大宗订单。

　　更多排行榜请登录《纽约时报》网站查看，网址：mytimes.com/books。

虚构类

本周名次	具体项目	上周名次	上榜周数
1	《思绪飘忽》，作者帕梅拉·麦克劳克林，华纳出版，售价 $24.95。特朗·马丁尼斯怀疑她的普拉提教练是一个邪恶的连环杀手。	–	1
2	《黑号圣骑士》，作者格里·巴尼昂，明日出版，售价 $26.95。阿斯特丽德·索布赖特试图从邪恶的斯卡克里格家族手中夺回王位。"血域"系列第 15 部。	1	3
3	《巴萨泽灵药》，作者提姆·德鲁，双日出版，售价 $24.95。一位主教遭到谋杀，一位耶鲁教授和一位内衣模特因此深入中东，揭露隐藏在深处的惊世阴谋。	3	58
4	《大鱼》，作者莉兹·马丁，西蒙与舒斯特出版，售价 $23.95。从鲸鱼的视角讲述《圣经》中约拿的故事。	5	18
5	《尼克·博伊尔的震颤刀锋：关键人物》，作者西蒙·莫斯考维茨，布罗德曼与霍曼出品，售价 $24.99。周上将的政变对国际社会造成了威胁，震颤刀锋小队不得不和他们的中国敌人联手。	–	1
6	《与鸟为善》，作者普利斯顿·布鲁克斯，企鹅出版，售价 $25.95。在穿越中西部的旅行中，一个名叫加布里埃尔的失业工人感动了无数受过伤害的人。	2	4
7	《阳伞与干酪》，作者詹妮弗·奥斯汀 – 梅耶斯，飞鹦出版，售价 $19.95。在西西里一座山顶的别墅中，一个美国离婚女人与一个背负血海深仇的当地奶酪工人真心相爱。	6	11
8	《控诉气馁》，作者维克·查斯特，帕特南出版，售价 $24.95。一个检察官被秘密调查，幕后黑手是他曾经在高尔夫球赛意外中伤到的一个国际杀手的女儿。	11	3
9	《情迷博柏利》，作者伊夫·斯穆特，西蒙与舒斯特出版，售价 $23.95。一个曼哈顿年轻女人，每日穿戴 - 各种奢侈品，参加各式派对，却怨声连连。	–	1
10	《史前秘密》，作者 T. 阿狄森·里奇，明日出版，售价 $26.95。在核爆后的未来，存活的只有高智商的蟑螂。Cccyxx 中尉发现曾经有人类的存在。	7	6
11	《天堂中的流浪者》，作者加里·里德，亥伯龙出版，售价 $19.95。一个满腹牢骚的老人发现死后的生活和他曾经关闭的夏令营有很多相似之处。	12	112
12	《薰衣草之柳》，作者汤姆斯·奎因，维京出版，售价 $24.95。在楠塔基特岛上，一个禁欲的美丽修女发现自己爱上了一个巫师，而这个巫师极有可能是一个危险的纵火犯。	8	12
13	《玛纳萨斯》，作者乔什·霍尔特·克瑞狄，里根图书、哈珀柯林斯联合出版，售价 $26.95。在尤利西斯·格兰特[1] 幽灵的陪伴下，一个年轻的作者开始寻找自己的祖先 —— 一个内战时的好兵。	14	28
14	《简·奥斯汀女子调查俱乐部》，作者罗瑞塔·尼尔，圣马丁出版，售价 $24.95。家庭主妇们在 19 世纪小说家的启发下调查在安静郊区中发生的神秘谋杀案。	–	1
15	《审视死亡》，作者肯特·克莱尔，戴拉寇特出版，售价 $20.00。一个秘密反恐组织的首领保护一位性感明星在一位音乐人的葬礼上免于被谋杀。	9	14

1　尤利西斯·格兰特：美国内战后期联邦军总司令，第 18 任总统。——编者注

本周名次	具体项目	上周名次	上榜周数
1	《疯狂的牙齿》，作者德克斯特·伊根，明日出版，售价 $25.95。一个 9 岁时开始对颜料稀释剂上瘾的作者，记录自己犯罪、酗酒闹事，以及如何康复的过程。	–	1
2	《伍丝特的卷饼》，作者詹姆斯·沃茨比吉，法勒尔、施特劳斯与吉茹克斯出版，售价 $27.50。从喀土穆游走到马德拉斯再到罗德岛，一个 CNN 的新闻评论员认为 21 世纪的全球化会将世界变得更陌生而非友善。	–	26
3	《大错特错：所谓自由只会让孩子误入歧途》，作者凯蒂·克里斯平，里根图书、哈珀柯林斯联合出版，售价 $25.95。《脍炙人口》节目主持人炮轰好莱坞思维强盗、鼓吹战争的媒体、公立学校教师以及其他。	–	1
4	《有待全面提升》，作者玛格特·吉尔伯、肖恩·波伊兰德，里根图书、哈珀柯林斯联合出版，售价 $29.95。乔治·布什总统的幼儿园老师对他的打击。	3	4
5	《丁字裤不是用来吃的》，作者 J.D. 普雷格森，圣马丁出版，售价 $29.95。前密西西比队主教练讲述关于足球与人生的故事。	7	2
6	《自由的契约》，作者劳伦斯·杜宾，诺普夫出版，售价 $30.00。《独立宣言》签署的经过，重点描写了华盛顿、杰斐逊和一个不为人知的费城孤儿之间的感情。	5	19
7	《用力呻吟全情表演——来自一个色情片明星的生活建议》，作者娜塔莎·塔茨，火缘、西蒙与舒斯特联合出版。售价 $21.95。"巨乳蜂后"的回忆录。	4	31
8	《詹娜 vs 切尔西》，作者大卫·芬尼、乔什·德切德，里根图书、哈珀柯林斯联合出版，售价 $21.95。根据目前的情况，两个政治家预测 2032 年大选。	-	1
9	《洞穴》，作者刘易斯·I.塔尔博特，芝加哥大学出版社出版，售价 $19.95。伦理学家针对社会是否会包容某些反复出现的恶习提出英明见解。	9	18
10	《孜然拯救世界》，作者亚瑟·格伦伯格，漫步者出版，售价 $19.95。一种不常使用的调料为何能在西方历史中占据中心位置。	12	9
11	《凯普、杰伊与我们》，作者马特·马克肯纳，飞鹞出版，售价 $22.95。一个新闻专栏作家和他的女儿从一只顽皮的松鼠身上得到的启示。	8	40
12	《猜》，作者哈登·卡利斯特，里特布朗出版，售价 $25.95。从选择寿司到专业骑牛比赛，一位经济学家解密随机选择在万事中的重要性。	–	1
13	《抛开奶油刀》，作者威廉·苏–蔡·凯珀，里特布朗出版，售价 $24.95。《哪只狗炒我鱿鱼》的作者为你带来关于家庭与童年的幽默随笔	10	12
14	《飞越的意义》，作者艾尔莎·申恩、汤姆·德灵，达顿出版，售价 $24.95。瞬间的缺失意味着曾与死亡对话。	15	6
15	《鹰之旅程》，作者阿兰·卓斯特，企鹅出版，售价 $25.95。"二战"时期，一支经验丰富的突击队伍奉命从纳粹手中拯救丘吉尔的斗牛犬。	11	4

③

作家的职责就是讲述真相。

——欧内斯特·海明威

作家应为表达出四海皆准的真相而奋斗。

——威廉·福克纳

如果你想要写作，并且想让你的文字
对读者产生影响，你首先必须讲真话。

——普利斯顿·布鲁克斯

简直一派胡言！从什么时候开始居然有人想听真相了？人人都讨厌真相。它是全宇宙最不讨人喜欢的东西。人们会相信数以千计不同的谎言，却不愿面对丝毫的真相。人们喜欢跨越千年的永恒爱恋、趣味横生的工作场所、拯救圣诞节的愚蠢老爸、激光剑大战，看满腹牢骚的"老巫婆"嫁给了魅力十足的意大利人，看有个性的大侦探，但是如果你试图告诉人们人类生活经验的真相，他们就会打开电视或上网看囤积的剧集，任你在滂沱大雨中饿死。人们跑去巴诺书店[1]花 24.95 美元可不是为了真相。

　　我很乐意放过福克纳和海明威，但是发表"写作是我的武器"这一言论的普利斯顿·布鲁克斯，他谈论真相时完全是在撒谎。

1　巴诺书店：美国最大的连锁书店。

法则 1：拒绝真相。

这是我创作小说的第一法则。到星期六晚上 6:00 时，我已经列出了《龙卷风之灰俱乐部》的大纲。接下来我将详述我是如何做到的。

决定成为知名小说家的第二天早晨，我的头脑与其说是充满了理想，不如说是在嗡嗡作响。但是普利斯顿·布鲁克斯和他的大学女伴团的画面始终晃映在我眼前，如同引导登山者的火炬一般刺激着我。而波莉·波森和她那堕落的澳大利亚新郎的婚礼则如同举着大棒的野人一般在后面推动着我。

我迈出了第一步：列出目标。

作为小说家的目标

---

1. **出名**——现实意义上的。名气大到足够开启一段艳遇之旅，拥有替我回复邮件、采购日用品以及处理其他事务的私人助理。

2. **发财**——再也不需要工作，彻底退休。余生全"浪费"在四处闲逛、追逐爱好上。（划船？飞碟射击？）

3. **住海景大房（或湖景房）**——宽敞的图书室，面朝海湾的窗户，酒吧，需要小心放置的高清电视，舒适的沙发。

4. **在波莉的婚礼上让她难堪。**

接下来，设立写作规则。我在谷歌搜索"写作规则"，结果揭开了真相的荒谬面纱。网络上经常被引用的一段话如下："通常，作家的生活远远好过搬运工或屠宰场中眩晕的牲畜。但真正的写作，诚实的写作，会令你呕心沥血。"

在这一点上，我对说出这话的家伙由衷钦佩，他必定得用尽全身骗术来掩饰自己的虚伪。不能信任作家们的说法，我必须亲自去发现写出成功小说的真实法则。

我有自己欣赏的小说家，但他们对我毫无启示。

想想惠特·科纳[1]，他写出了《世界禁史》。这本书讲述了一伙秘密掌控着宇宙运行的老巫婆的阴谋，妙趣横生，精彩纷呈。但是在目前少数几个还关心惠特·科纳的人之间流传着的消息称，惠特·科纳嗑了太多海洛因，手已麻痹，被困在英属哥伦比亚的一个小木屋中，无法使用电话。所以，我设定的四个目标，他自己也一个没达到。

进入大学前的那个夏天，《蟑螂集会》冲击了我的思维。我读到普劳德富特沉重地走过墓地，便立刻从头又重新读了一遍。但是吉米·丁瓦德尔，那个写出这一切的人，1978 年被孟菲斯警察发现死于一个垃圾箱中，头上还罩着一个塑料袋。同样地，他也无一达到我的目标。

写出好到不可思议的《良好教养》之后，海伦·艾森斯塔德特就变成了一个只会骂街的极左派小丑，写关于"石油霸权"的文章，全被登在最激进的报纸上。我不知道写出《闭嘴，杂种》的金·思齐德罗斯基和写出《泄洪沟》的 T.T. 豪瑟下场如何，他们

---

1 惠特·科纳及以下几位作家均为作者虚构。——编者注

从来都没有上过电视，可想而知，他们全都命途多舛。

　　一个作者经济上的成功与其作品的文学价值是成反比的。以《圣经》的作者为例。这些傻瓜全都衣衫褴褛，只能住在加沙沙漠的山洞中，吃着蟑螂的粪便，用潦草的笔迹在莎草纸[1]上记下痛苦的觉悟，最后被人用石头砸死或死于瘟疫。再说赫尔曼·梅尔维尔，为了躲债，他在纽约港计算了 20 年的进口羊毛关税。而帕梅拉·麦克劳克林——她的书顶多适合在中餐馆等菜的时候打发时间，很快就会被忘得一干二净——却可以乘坐私人飞机去加勒比海的私人岛屿度假。她把那个岛屿命名为"美人居"——我并没有开玩笑，这是我在《名利场》里读到的。

法则 2：写一本畅销的书，不要费力气去写一本好书。

　　我决定前往波士顿市中心的大书店，在那里可以好好研究那些买书的人的行为。我拿上霍巴特两周前买的《纽约时报》书评版便下了楼。

　　等地铁的时候，我看到一个戴着猫眼眼镜的女人正在读德克斯特·伊根的《疯狂的牙齿》——当时戴猫眼眼镜的女人都会读这书。很可惜回忆录不是我的创作选择，因为我的青春快乐得可恨。老妈丝毫没有远见，从来都没有打过我，让我去小偷小摸，或是辛苦求生，垂死挣扎。我也不是从南部来的——那都能写上几十页。对

1　莎（suō）草纸：古埃及人广泛使用的书写载体，是用当时盛产于尼罗河三角洲的纸莎草的茎制成，类似于中国的竹简，但比竹简的制作更复杂。

于写回忆录来说，撒谎并没有什么效果。有些"回忆录纠察员"总是纠缠着要确认你写的一切悲惨遭遇全部属实。而关于"悲惨"的界定则非常高，书评家们对于一般水平的酗酒和家庭暴力已经没有兴趣了。

在地铁上，我开始过滤自己的回忆。有一次，黄蜂飞进我的裤子，叮了我好几下。小时候有几次，我见识了"快乐版老妈"，她唱着珮茜·克莱恩[1]的歌，想要和人拥抱，不久，我就明白这其实是"醉酒版老妈"。一个二月的假期里，我到佛蒙特的一个素食农场拜访同性恋的姨妈伊芙琳和她的朋友们，和她们一起去越野滑雪。她们让我在可降解的高粱纸上写下一个对地球的祝愿，然后塞到石头裂缝中。还有，那儿的奶酪非常薄。

法则 3：不要涉及任何我的私人生活。

我的经历简直枯燥至极。如果想经历有趣的生活，我应该去当一个走私犯，一个牧民，或是一个潜入邪恶的东京黑社会的调查记者。

我从商业区十字路口的地铁里出来，顺着华盛顿街走到边境图书音像店。

对于进入书店的顾客来说，如同圣坛一般的必经之处是书籍堆放得非常别致的一张桌子——上面的作品全都出自畅销作者，有普利斯顿、帕梅拉，还有尼克·博伊尔。最引人注目的是格里·巴

---

1 珮茜·克莱恩：美国民谣歌手，她被誉为 20 世纪五六十年代的第一天后。

尼昂的《黑号圣骑士》。它的封面如同一个讨厌上课的 10 岁学生在几何课上的涂鸦：一个方形身体的国王用他粗壮的手臂从一匹似乎在颤抖的马的背上抽出一把粗糙的宝剑。人与马都极端扭曲不自然，国王左腿上竟然长了两个膝盖。

我的手指抚过这些光滑的封面。它们都不是你会一读再读、热情推荐给亲朋好友，并装进破旧行李箱中随身携带的好书。这些是包装精美的书，你会把它们再包装起来作为礼物送人，把它们从书店的书架搬到家里的书架，再搬到二手店的书架，却始终一页未读，而就在这个过程中，钱流入了作者的钱袋。这就是我想分的那一杯羹。

我走入二楼的咖啡厅，要了一杯盛在如狗头般大的杯子里的咖啡，然后打开《纽约时报》，翻到畅销书排行榜，开始研究。就在我舀糖的时候，我发现了另一条法则。

法则 4：必须包含谋杀。

那个星期上榜的畅销小说中，有 60% 都涉及谋杀。环顾书店，我估计每年会有 5 万个虚构人物死于谋杀。你不写谋杀，就如同你坚持用木头球拍打网球一样不合时宜。诺贝尔文学奖也许会墨守成规，但是你又何必作茧自缚呢？

很多类型的畅销作品都可以被排除掉。惊悚、悬疑、奇幻和科幻，它们全都需要精巧的结构和缜密的调查。我可不打算每晚与嗜杀成性的警察同游，或是构筑魔法帝国，让兽人生长繁衍。

从现代视角讲述公众熟知的故事，仿佛是通向文学成功的坦途。唾手可得的故事情节可以降低我的脑力劳动。实际上，我只需要加些导读注释就可大功告成。我在笔记本上写下了几点想法：生活在圣迭戈[1]豪华社区中的雾都孤儿？开气垫船的哈克贝利·费恩？爱玩数独游戏的哈姆雷特？遇上夏威夷冲浪少女的伊利亚特？但是这些对我来说，任何一个要写上 100 页都十分困难。

就在我抬头的一瞬间，从畅销排行榜中得到的灵感顷刻悉数冻结了。因为那一刻我看到了"疯狂的松饼开膛手"。

法则 5：必须要包含一个俱乐部，秘密或是神秘的使命，害羞的人物，生活遭遇突变的人物，令人惊异的爱情故事，放弃真爱却倾国倾城的女人。(松饼开膛手法则)

咖啡厅内除我以外只有一位顾客，是个头发很有个性的 50 岁上下的女人。在我看来，她应该是在一个艺术品商店工作，也许是柜员。她正以超乎想象的暴力将一块蔓越莓葡萄干松饼一掰两半，碎屑纷纷落在她摊开的《简·奥斯汀女子调查俱乐部》之上。

我瞬间断定，这个坐在书店中一边谋杀松饼一边阅读的女人，正是我的目标读者。

当然，这样一个女人必然会沉迷于俱乐部。所有孤独的人都希望自己能属于一个很酷的俱乐部，我当然也是——我希望俱乐部中的人们都穿着优雅的服饰，唤彼此的昵称。因此，美国很多俱乐

1　圣迭戈：美国加利福尼亚州的一个太平洋沿岸城市。

部的创建者都是读书人。

她当然会喜欢秘密或是神秘的使命。对于孤独者来说，仅次于俱乐部的就是守护一个黑暗的秘密，或是完成一项使命，这让羞怯成为英雄的必备性格。也许，她可能已有了一个属于自己的黑暗秘密呢—— 一间堆满了像柴火一样叠放的猫的尸体的屋子。

她当然也会喜欢突如其来的爱情故事。松饼开膛手可不会把星期二用来在夜店与花花公子周旋。她喜欢的爱情故事肯定是突然降临的，并且对方必须是一个背负着很多黑暗秘密的男人，这也能解释他为什么这么久才出现。排行榜上的畅销书总是围绕着离婚或受伤的女人，她们在风雨飘摇的孤岛或意大利的山顶上收获了惊喜——风度翩翩的男子小心翼翼地将孕育于寒武纪之初的永恒爱意献给她们。

如果这就是她想要的，我可以给她。

我对着引燃了我的思维之火、令我的思绪因创意和咖啡因而阵阵抽搐的女人喝光了杯中的咖啡。然后，我合上书评，走向走廊。

我可不会自负到认为我的第一次努力成果将不朽地停留在畅销书排行榜，特别是只有一两周内容热度的排行榜。我还有一个更实际的目标：被一所名校聘为写作教授。威廉姆斯学院，或是普林斯顿，其他同等水准的学校也可以。为了想象出光明的前程和性爱生活，我已读过很多校园小说。

但是要想成为一名教授，需要写作一种特别书籍——具有文学性的书。这类书有两种鉴别标准。第一种：读到一部文学小说的结尾，你必然会觉得异常伤感，甚至可能会哭泣，但是完全说不清为了什么。

法则 6：在结尾能够唤起莫名的伤感。

第二种鉴别标准："抒情"一词总是出现在文学类小说的封底上。

法则 7：行文必须抒情。

既然"抒情"的定义实际上和"糟糕的诗歌"类似，我觉得自己能炮制出来。作为练习，我开始在头脑中试图描述松饼开膛手的举动。"如同一只静止的燕子的尾巴，她的手带着优雅的迟疑，从雪白的地板上拾起一颗坠落的葡萄干，缓缓地举到唇边，仿佛是在进行一场庄严的圣礼，在微微飘扬的面粉浮尘中，细细地咀嚼回味。"已经足够好了。

既然我现在已经揭开了小说的密码，洞察力就如同鞭炮一样驱使我离开书架。走过有声书的时候，我意识到，原来还有一整个普通小说家未曾占领过的市场：有很大一群人是在开车时听书的。

法则 8：小说必须包含高速路元素，让驾驶显得诗意、有魔力。

接下来，我进入了烹饪书区域，一面巨大的墙扑入眼帘，上面全是各式各样的意大利面、冒着热气的炖肉、通心粉、奶酪和浸满肉汁的薄饼图片。我决定去吃午饭——人脑很容易被食物诱惑。现在人们比过去胖了，但仍然整天想着吃。

法则 9：在沉闷的地方加入关于美食的描写。

走过角落的时候，我将几本超大开本的《猪肉的艺术》碰到了地板上，附近一个正在走神的书店店员面无表情地抬头看了一眼。书店里挤满了讨厌自己工作的人，顾客和店员同病相怜。

法则 10：主角能够奇迹般地摆脱一份糟糕的工作。

店员过来拾起地上的书，我继续向前走。

法则 11：尽可能多地包含读书人甚多的小镇场景。

我走出去时经过了"本地特色"的书架，就在收银台旁边。上面摆着波士顿旧影集、红袜队[1]创作的或是关于红袜队的诗集，纽伯里街的历史，以及一些和波士顿有关的小说，比如《莫达哈与周达哈》《百威淡啤》《雀斑与啫喱：南方爱情故事》。

我意识到这是一个有待开采的空间。我的小说应该出现在全国

---

1 红袜队：波士顿的棒球队。

所有书店的"本地特色"书架上。我要在书里加入安阿伯[1]、奥斯汀[2]和波特兰[3]等地受人欢迎的酒吧名字,让我们的主人公走进去喝杯啤酒,或是吃点儿智利烧烤。鉴于我的资料真实准确,当地的独立媒体全都会对我的小说大加吹捧。于是在巡回签售的时候,那些慷慨的店主就会免费为我奉上大餐。

该去大吃一顿查卡雷若!这种美味的智利三明治来自菲林大厦旁边的一个小摊。午餐时刻,队伍已经顺着烤牛排和辣子鸡的油烟排到了街角。这是一个暖烘烘的怪异冬日,虽然是星期六,不过队伍中依然满是挂着工牌、抱着胳膊的办公室职员。

我给我的主人公选定了一份工作。他应该像这些边走边吃午饭的人一样,在公司上班,由于我并不清楚真正的商业运作模式,所以把他放在"人力资源"部门是比较安全的。但是他必须绝对潇洒,是一个身手敏捷的运动健将,也是一个深情款款的爱人,还必须有多种神秘技能,比方说水下勘探。那些让 J.K. 罗琳变成百万富翁的学生就是这种设定的支持者。

法则 12:让读者看到自己,并注入敬畏感。

令人敬畏的英雄为平庸生活所困,总会引起共鸣,因为读者会觉得生活平庸、碌碌无为并不是自己的错误。

---

1 安阿伯:美国密歇根州的一个城市。

2 奥斯汀:美国得克萨斯州的一个城市。

3 波特兰:美国俄勒冈州的一个城市。

从某种意义上说，这是所有作者应该铭记在心的一条法则。

法则 13：针对目标人群。

我的理想主角应该具有多元文化特征。不同寻常的血统背景会吸引所有读者的注意，但是作为一个标准的白人男子，我本身无法拥有更多元的经历。我倒是对一个黑人很熟，那就是我的大学室友德雷克，但是肯定没有人愿意读一个来埃克塞特读大学却整天穿着浴袍和星球大战 T 恤衫玩《魔兽世界》的人的故事。德雷克身上只有一个有意思的故事。

关于德雷克的唯一有意思的故事

大三的时候，他决定结束自己的处男生涯，于是搭上了一班去霍利奥克山的大巴，发誓不达目的绝不返程。他在树林里睡了一个星期，躲避着当地的林警，然后，他遇到了民间传说中才会发生的事情。据他描述，一个"长得并不难看"的女人由于同情他而满足了他的愿望。

由此，我不得不将主角设定为一个白人。

我将他命名为赛拉斯·奎尔特。赛拉斯有着某种文学韵味，能让读者觉得高深莫测，奎尔特是我在特价书区域看到的一本古币书籍作者的姓氏，来源模糊——很多文化群体都能够与之扯上关系。

我终于吃上了三明治，等到了美味的面包、牛肉、明斯特奶酪、西红柿、烤红辣椒以及青豆。我全身心沉浸在特制辣酱和鳕鱼酱中，满口噙香，每咬一口，便对智利人民献上一份谢意。我一边吃一边走入了附近的巴诺书店。

规则 14：包含音乐。

伴着班卓琴的背景乐，话筒里传出轻柔的成人摇滚和带有民间风味的鼻音哼唱，这是所有听广播、读书的人最喜欢的：有真材实料的能让人面泛酡红的歌曲，而不是会引人尴尬的乡俚之音或刺耳的现代音乐。我就要写这些。等他们把我的小说拍成了电影，原声带肯定非常好听。

我在"旅游指南"书籍区域，拿起了四本"探索者"系列的书：《科西嘉、撒丁与巴利阿里群岛》、《秘鲁北部》、《突尼斯山城》和《斯洛文尼亚海岸》。

法则 15：必须包含模棱两可的异国地名。

美国人深信外国的月亮更圆。地中海灼人的阳光对他们来说有种魔力，这从他们喜欢安德烈·波切利[1]和橄榄园[2]就可以证明。连

1　安德烈·波切利：意大利男高音歌唱家。

2　橄榄园：美国著名的意大利餐厅。

孩子都喜欢"小厨倌"[1]。看色情片的人总想看到诡异的体位和技巧，现在的读者也一样，品味越来越怪。托斯卡纳[2]和里维埃拉[3]已经无法引起人们的兴趣了。我觉得最有异域情调的地方就是迪士尼的未来世界主题公园，但是当我写到萨特尼[4]的热闹集市和特鲁希略[5]的卡拉普卡的味道时，又有多少读者能够看出来我是在糊弄他们？

法则 16：包含植物的名字。

我还买了一本《美国田野指南：树木、灌木与其他植物》。在1970 年前后，作家们开始认为作品中包含稀有植物的名字至关重要。以下面摘自克瑞狄《玛纳萨斯》的句子为例："……在一片挂满果实的白山核桃和酸模树林中露营。太阳令拉帕汉诺克河慢慢解冻，伊齐基尔依然能够闻到远处被人践踏过的繁缕草的味道，那是去年 4 月老杰布·斯图尔特的骑兵经过时撕裂的草地。"

下午 3:15，我已经将写小说的技巧破解为 16 条简单易行的法则。然后我决定回家看电视。

但是在回家的地铁上，一种恐惧感突然攫住了我的心，那是一种担心准备不足的恐惧感。以一个知名小说家的身份去参加波莉的

1　小厨倌：速食罐装意大利面品牌。

2　托斯卡纳：意大利的一个区，因其优美的自然风景和丰富的艺术遗产而被称为华丽之都。

3　里维埃拉：地中海沿岸区域，旅游胜地，包括意大利的波嫩泰、勒万特和法国的蓝岸地区。

4　萨特尼：法国科西嘉岛上的小镇。

5　特鲁希略：秘鲁地名。

婚礼当然非常好，但是作为一个失败的小说家出现，则是最凄惨的场景，这令我胆战心惊。我想象着我告诉婚礼宾客我小说的书名，得到的却是一个迟疑的表情和"我会找来看看"的回答，然后他们便急不可待地开始谈论小虾奶酪泡芙。我想象着波莉、露西和德雷克给我发来热情的邮件（"老兄，我真喜欢那书！""太棒了！你终于出书了！""真不敢相信你现在是一个大作家了！"），私下里却互相发信息分享对我的怜悯并开始担忧我的心智。我想象那个胡子佬布鲁克斯碰巧看到了我的心血，对于我妄图进入他的骗子圣殿的笨拙尝试微微一笑。

也许在构筑我的法则时，我还遗漏了很多。

我就像是一个明天要上战场的士兵，此刻本能地想往自己的口袋中多塞点儿弹药。我想到了查卡雷若，只靠牛排和明斯特奶酪，就可以成功地制作出一款三明治。不过他们并没有就此止步，又加上了西红柿和烤辣椒。这已经足够了，他们却又加入了青豆——在三明治里加青豆！还有另外两种酱，简直是物超所值！所以才会让购买队伍排到街角。倾囊而出绝不隐藏，这样才能让小说出现在圣坛之上。

我从口袋中拿出被我折起来的畅销书排行榜，这一次我把注意力放在非虚构类作品上。人们喜欢的任何东西都值得研究。我开始记录："二战"、足球、美国、来生、启示、食物、性。

我还需要更多，读书的人也许并不足够形形色色。人们看电视是为了看什么？犯罪。人们被指控犯了他们没有犯过的罪行。追捕。拉斯维加斯。自然灾害——地震、台风等等。家庭。温和的幽默。

我开始环视地铁车厢。经过大桥的时候，我对面的一个女孩在纸上勾勒着外面的河水。艺术。她旁边坐着一对老年夫妇。老人喜欢什么？老人。我低下头，划掉了性，写下"讲故事"。在查尔斯－麻省总医院站，上来了两个中年妇女，她们手中抓着老式海军书包。交易。

人们想要看什么样的人物？流浪者。在卡通人物被创造出来之前流浪者就非常流行了，近来他们又开始复兴。这实在有点讽刺。赏金猎人，这总能引人注意。

我记起我读过的大部分书是别人作为礼物送我的。圣诞节。

我的思绪激烈地翻涌，以至错过了车站。我在下一站下车，要走一英里¹路才能到家。我边走边盯着人行道，试图把所有碎片拼凑在一起。走到家门时，我大功告成了。

1　一英里约等于 1.609 千米。——编者注

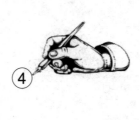

在拉斯维加斯，赛拉斯·奎尔特工作的酒店发生了一宗谋杀案，无辜的他被指控为凶手，这迫使他不得不去投奔他在这个世界上唯一的亲人——他的祖母。祖母与他做了一笔交易——她会帮助他免于法律的制裁，但他必须帮助她完成一项神秘的使命——使一个灵魂进入来生。他们沿着美国的高速公路行驶，巧遇了一位美丽且歌声曼妙的乡村女歌手。在他们躲避赏金猎人的过程中，我们听到了那个把他们牵引到一起的故事，一个在大萧条时代的流浪者营地中开始的，在泥泞的中学足球场上得以继续的逝去爱情故事，"二战"时期法国地中海岛屿上的风云交织其中，还有秘鲁的厨房和葡萄园。这个令人心碎又振奋的故事最终在圣诞节清晨，当龙卷风的旋涡肆虐过长满乳草和须芒草的草原时画上句点。

这是一部动人心魄的文学处女作，行文抒情而幽默，具有艺术视角。《龙卷风之灰俱乐部》是一部适合每一个拥有爱或是失去爱的人阅读的小说。它可以带给你睿智的启迪，帮你解开黑暗的秘密，同时令你感受到我们国家的故事的魔力。

我的问题是不知道怎么写小说。我知道作家们都喜欢喝威士忌，也爱在酒吧里面晃悠，于是我拿着一个本子去了"殖民地男孩"，这是马斯大道上一家马马虎虎的革命主题酒吧。

　　我之所以选择这个地方，是因为我知道没有人会去那里，这样在我努力写抒情文字时不会听到任何可能干扰我的对话。我向一个心不在焉的女店员点了一杯"詹姆森"，然后坐在一个座位上，背后是一幅波士顿大屠杀主题画，对面则挂着卡尔顿·费斯克[1]的照片。

　　我关于整部小说的基本计划如下：为了躲避赏金猎人，赛拉斯和他的祖母驾车全国漫游。在路上，他们让一个漂亮的乡村歌手珍

1　卡尔顿·费斯克：美国棒球运动员，波士顿红袜队成员。——编者注

妮薇芙（典型的文学性人名）搭车，后来珍妮薇芙和赛拉斯相爱。三人行，路途漫漫，祖母便向赛拉斯讲述了她逝去许久的爱人的故事，他是一个叫路加（这名字来自《圣经》，不过听起来依然很酷）的男人。我随时可以把小说切换到路加在"二战"期间的冒险传奇，在法国、秘鲁或撒丁岛，这能避免读者生厌。

构思

- 祖母应该是那种会被任何东西逗乐的睿智老太太，应该有很多艰辛往事。自己做香皂？不得不亲自杀死喜欢的小鸡？
- 使用那些能使老太太显得漂亮的形容词。（优雅、雍容等等）
- 赛拉斯应该是那种会透过啤酒瓶注意到美丽光线的家伙。
- 赛拉斯和祖母应该在珍妮薇芙对着一大群喧闹的、不懂得欣赏她精巧音乐的人表演时巧遇她。
- 为了获得关于 20 世纪 30 年代和"二战"的正确细节，在 Netflix[1] 的播放列表中添加老电影。
- "二战"时期的路加：他躲在干草堆里。他在荷兰和一个农场主的女儿睡觉。他看到了一些让他暂时忘记战争的东西（修女？嬉戏的孩子？）。他有机会杀死一个德国人，却没有下手，因为他觉得那个人看起来思乡心切。他把自己的枪扔到了海里（具有象征意义）。

---

1 Netflix：美国一个电影网站。

- 路加高中时是足球明星，不过他也在体育场里给祖母读诗。
- 祖母曾向路加承诺他死后她会把他的骨灰撒入龙卷风之中。所以他们在追逐龙卷风。

可行的隐喻和感人的场景

- 说话有弦外之音的女人坐在轮椅里。
- 他们在一个监狱附近停下，看到了在农场上工作的囚犯。其中一个囚犯玩弄着草帽。
- 赌博／寻找机会（谈恋爱？名字带有讽刺意味的马？"它就像我们一样害怕，不过它是那种会竭尽全力拼命奔跑的马，仿佛不想输掉任何比赛。"）
- 在卡车站偶然听到（蓝领工人们真诚的）谈话。
- 每个人都随着收音机中的同一首歌（珮茜·克莱恩的歌？）哼唱，这让他们想到不同的事情（初吻，他离开前的那个夜晚，等等）。
- 他们碰到一些去参加毕业舞会的学生。珍妮薇芙从来没有参加过毕业舞会，所以赛拉斯和她在玉米地里悠然共舞。

这一切都好极了，但是我不知道怎么开始。随随便便写句话当开头吗？那有些草率吧。

可是现在，威士忌已经让我昏昏欲睡，我起身打算点些无骨牛柳。

酒吧的一角放置了一个粗糙的旧报纸架。一份报纸上有一周前的体育新闻，汤姆·布拉迪[1]的眼睛被烟烧出了两个窟窿。还有一份印有招聘广告的报纸被折成了电吉他状。在那下面，我发现了一份波士顿大都会学术中心的课程目录。我匆匆浏览，在"打赢机票价格战"和"你与你的工作"之间是"写出你自己的小说：从构思到出版"。

每个人心中都有一本书，你也不会例外。跟一位作家学习，如何将你的构思付诸笔墨。学习技巧、风格和各种诸如人物塑造、悬念构筑，以及让作品具备市场属性从而使自己跻身作家行列的小窍门。星期一晚上 8:00 见。

第二天上班的时候，我的心情比过去任何时候都好。我在锦鲤池边逗留了很久，终于看到了我最喜欢的那只"大笨瓜"，它正吃着一小片我丢下去的枫霜甜甜圈。我走进办公室时，丽莎正埋首文件之中，不过她还是在我经过她身边时说，如果我不快点儿好好清洗一下，耳朵后面都能种土豆了。

爱丽丝那天穿的毛衣上装饰了一个用兔毛或是别的什么东西做成的红鼻子鲁道夫[2]的轮廓，红鼻子还是用小珠子串成的。在圣诞节之后穿这身还是很合适的。爱丽丝像个天平一样伸展着双臂。

"好的。一方面，我们有一个来自曼哈顿的傻气十足的年轻人。

1　汤姆·布拉迪：美国知名橄榄球运动员，隶属于波士顿的爱国者队。

2　鲁道夫：一只驯鹿，传说中专门为圣诞老人拉雪橇的领头鹿。

他在文章里说他住处的门房带他去看斗鸡，令他学到了其他类型的文化。另一方面，我们有一个俄罗斯女孩。她的文章讲述了她为何想进入布朗大学。她误认为麦当娜在那儿上过学。强·斯特吉斯强调这个任务要优先处理，因为她爸爸是石油大亨之类的人。"

我们通过掷硬币的方式来分工，最终爱丽丝去修改"斗鸡"，而我负责处理石油大亨的女儿。由于对自己的英语没有自信，她的文章是用俄文写好后再用翻译软件翻译而成的：

> 麦当娜，由于她是令人信服的女性魅力，激发了她的艺术气质，和她对于政治问题的勇敢状态，女人一片污泥。由于她的示范，我想拜访布朗大学。

重写非常简单。我在维基百科中查找布朗大学的资料，发现世界野生动物基金会的前任会长凯瑟琳·S.福勒毕业于那里。我渲染出一片光晕，描述"这位散发正能量的女性为我树立了卓有建树的领导者的良好榜样，我希望自己将来也能拥有她的精神和成就。因为我的国家，俄罗斯，依然处在实现民主的艰难阶段，并面临着环境危机"。

上午 11:00 的时候我就完工了。那天接下来的时间，我都在试图勾勒印在《纽约客》感人肺腑的书评旁的自己的照片。我想象着中年妇女们喝着咖啡，激情澎湃地讨论赛拉斯和珍妮薇芙以及路加在突尼西亚海岸的山中小屋里得到主人赠送的一把纪念小刀的场景。我想象自己接受汀丝莉·霍尼格的访问时大西洋的海浪正拍打着我高品位豪宅的地基，而汀丝莉的蓝眼睛会贪恋地投注其上。待摄制工作人员全都退去后，我和汀丝莉就在卧室中缠绵缱绻。我的卧室有着天主教堂般的穹顶，在其中可以眺望整个庄园，那儿一个接一个的泳池之水汇成小瀑布，水流倾泻，壮观无比。最关键的是，我风生水起之时，在华盛顿的某个公寓中，波莉头顶烫发卷，一边对着可怜的性无能的丈夫唠叨，一边把水壶放在炉子上。

而要实现这一切，我还要面对艰巨的 300 页。

所以，那天晚上，我去了圣·乔瑟夫学校。那里有一道楼梯通向地下室，走在其中我想起了方形比萨的味道和装苹果酱的盘子。我找对了门，12B。闻到清洁工喷洒在地板上的工业清洁剂的味道时，一股怀旧之感扑面而来。

在场的学生除我之外还有一个胖子，穿着一件上面印着"Something's Cookin' In... Tennessee"（在田纳西……某些东西正在烹调）字样的 T 恤衫。屋里的桌椅围绕一张残破的内战时期的美国地图放置，胖子就坐在其中一把椅子上玩手机游戏。

讲师在讲桌后忙乱地整理着一堆纸。为了方便而准确地形容，我得叫她"意大利面头发仓鼠脸"。她转头的时候看到了我，隔着两码[1] 远，我都能闻到她周身散发出的一股烟味。

"对不起——你是这个班的吗？"

对此我早有准备。"哦，我以为吉妮跟你打过招呼。"

---

[1] 1 码约为 0.91 米。

"吉妮？她没提过。"然后她像蜂鸟一样挥舞了一下手臂，"不过没什么。"然后我就找了一个座位坐下。

吉妮·费戈罗是我在波士顿大都会学术中心的课程列表背面看到的一个名字，是项目指导之一。我打赌成人教育课程毫无组织性可言，所以我认为如果抛出吉妮的名字，便可以自由地免费加入任何课程，没有人会来找我麻烦。

同学们一个个来了，最后总共7个人。一个戴眼镜的小个子女人坐在我旁边，从保温杯中倒出一杯咖啡，样子看上去像那种喜欢写长信的祖母。

然后"意大利面头发仓鼠脸"从她的桌子上拿起一本平装版的书，封面装饰着丑陋的条纹状蓝色和橙色的蜡笔画，书名是《太阳令》，一看就是廉价货。

"好的，我们开始吧。"她恼怒地说，接着打开了一罐健怡可乐，很没有女性风范地豪饮了一口，"我们已经聊过了如何塑造生动的画面和逼真的场景，还有人物内心的感受和思绪。之前的课程中你们已经听我读过我根据自己在新墨西哥的经历写成的故事，所以我想，你们应该获得了一些关于我们谈论之事的知识。"

就在她准备正式开始的时候，爱丽丝走了进来。

这是一个令人兴奋的意外。我的同事抱着一个作文本，紧贴在她古老毛衣的鲁道夫图案上。最初，她没有看到我。"仓鼠脸"冷冷地看了她一眼，然后爱丽丝匆匆坐到了我对面的位置上。她坐下的那一刻看到了我，我只好对着她微笑——实际上，这是我唯一能做的事情。爱丽丝像一个默片时代的喜剧演员一样瞪大了双眼，与此同时，"仓鼠脸"打开了《太阳令》开始朗读。

对我来说，在农庄的门廊处做爱，是疯狂、有杀伤力并且刺痛的。头发与牙齿纠结，还盲目地裹挟着皮肤。膝盖与手肘碰撞、摩擦、推拉，手指探入彼此口中。檀香木板嘎吱作响，脚趾缠绕，气息黏热。人性的所有罅隙都散发着对远古与兽性的渴求。我们撞击着彼此，仿佛早春时分狂奔的野牛……

不可思议的事情之一是居然有不少学生在做笔记。

爱丽丝用审查的目光看着我，仿佛我是一本字典。

"仓鼠脸"又读了几分钟，读到最后，她仿佛已经厌倦了自己的睿智。

"我们的结合是一个谎言，却是一个诚实的谎言。这就够了。"

她合上书，放在身后，问道："有什么想法？"

鸦雀无声。然后坐在我旁边的"祖母"抿了一口咖啡，说："非常生动。我有一个问题，这个叙述者，这个讲述者，提到她的爱人时称呼其为——"她低头看了一眼笔记，"'狒狒腿'，她是什么意思？是一种恭维吗？"

"仓鼠脸"抓着健怡可乐说："是的，其实是一种渲染。渲染是处理对话的一种好方式。"

有些人把这记了下来。

"好的，接下来，阅读，主题是领悟。有人觉得有困难吗？"

"祖母"有力地点了点头。爱丽丝低头盯着铅笔，躲避着我的目光。

"好的，我们全屋轮流，让每个人都能读一段自己的'领悟文章'。"

打头阵的是一个穿着套装整晚都在偷偷查看自己的黑莓手机的"组装"女人，她读了一段她的金融惊悚小说。"艾米丽娅眩晕而颤抖地缩在椅子中，看着汤姆。'康非贸易可以控制可转换债券市场的在线投资业务，但是他们并没有从中获利。汤姆，他们是靠可卡因赚钱的。'"

一个肤色如同湿石膏、体重也许只有80磅的年轻男人读了他以第一人称来描述一只失恋海豚的小说片段："伊尼奥克待在池塘角落，听到了那个在盎格塔克发出人声的人的声音。他什么都不能做。他唯一的想法就是在宽阔无边的深海中自由驰骋，那里的鱼不会散发人的恶臭味。于是，他决定逃跑。"

我们继续朗读，有错综复杂的悬疑故事，也有副词堆砌的爱情故事。我发现爱丽丝越来越紧张。她四处张望，仿佛有办法让这一切停止。最后，轮到了那个"在田纳西……某些东西正在烹调"的家伙。他解释说，他创作的"不是科幻，确切地说应该是科学与历史结合的小说，是一个改编自波卡洪塔斯[1]传奇的故事"。他的朗读以下面这句话作结："他那借由强劲的触角传出来的痛苦呻吟，全都被他生化服的塑料外壳吞没。"

然后轮到了爱丽丝。

---

1 波卡洪塔斯：印第安部族一个具有传奇色彩的公主。

上帝保佑。她开始了。

如同一个在狂野巨浪中努力让自己的头漂在水面上的女水手一样，赛妮娅努力让自己的思维和身体分离，努力让自己的感觉保持敏锐，从而真切地感受船长的手每一次触碰带来的欣喜。现在，欲火熊熊。尽管她是一个初试云雨的新手，但是她并不害羞，也不似处女般颤抖。实际上，她感受到仿佛有一只隐形的手，以能够震晕老虎的狂野兽性，牵引着她的身体向他靠近。他有力的身躯弄皱了她充满渴望的大腿外侧的衬裙。

似乎没人对此感兴趣。仓鼠脸说了"想象力丰富"之类的话，我则面无表情地盯着地面。

然后一切就结束了。爱丽丝看都没看我一眼就冲出了房门，其他人也都一个个出去了。

回家的路上，我思考着自己所认识到的东西——关于写作，并不是关于爱丽丝。

最重要的事情就是自信，我的同学们毫无自信。他们有丰富的想法，并努力将之转换成文字。他们想要写出各种各样的主题、构思和个人痛苦。他们费尽力气想在文字里一气呵成。

但是游戏并不是这样，普利斯顿·布鲁克斯的骗局并不是这样。关键在于只需要看起来不同凡响，便可吸引别人的目光。如果你试图在小说中加入真实情感，或是自己在乎的东西，就会让小说陷入泥潭。写作如同一种魔术戏法，焦点不在错觉上，而在表演技巧。那个班上的所有人都在试图寻找"真实"的魔法，这是浪费时间。爱丽丝除外，她似乎拥有描写情色软文的天赋。

　　这些人全都用力过猛了。

- 在沙漠的清新苍穹之下，枪声能够传出好几英里。

- 在沙漠中，你能听到好几英里以外的枪声。

- 赛拉斯听到枪声的时候，他的第一个念头是：我过去从来都没有听到过枪声。

- 枪声并不是"砰"或者"乓"，它会令你浑身战栗，驱散一切行路障碍。

- 那低沉的嗡鸣声，那缓慢地传导过无人办公室的电流，对于赛拉斯来说，如同一个子宫。但如同每一个子宫，它最后也会消散。

- 在拉斯维加斯这个纸醉金迷的大城市，没有人会留意一个寡言慎行的男子。

- 从一开始你就没有意识到，可等你意识到那个会彻底改变你人生的声音时，一切为时已晚。

- 枪声就如同一只鸟，骤然跌落，摔死在大地之上。

- 在拉斯维加斯这座奢华的都市，枪声如同冰球赛场上的呐喊，很快消失在一片喧嚣之中。

未被采用的《龙卷风之灰俱乐部》第一句 | 作者：皮特·塔斯洛

那一周的余下时间，尴尬的大雾始终弥漫在文案顾问的办公室中。爱丽丝和我都待在自己的办公室里，躲着彼此。爱丽丝上班比我早，走得比我晚。有时候，我能听到从大厅里传来的她的脚步声，经过我办公室门口时速度就变得飞快。我也能听到她在茶水间泡茶的声音。有时候为了取乐，我会很大声地走到大厅里，她就会疯了一般，仓促了事，或是迅速离开，将杯子遗忘在微波炉里，同时糖和茶叶还散落在台子上。

那一周没有多少工作。仲冬是我们行业的淡季，而这一年尤其清冷。幸好强·斯特吉斯从来不会费心突击检查，他很可能忙着诈骗护理之家的孤寡老人或是开拓其他生意。

所以，我就利用这段时间开始投入到《龙卷风之灰俱乐部》的写作之中。

写小说——实际上是挑选字词连缀成句——是一种如同痔疮般令人坐立不安的巨大痛苦。现在电视节目令人眼花缭乱，网络也有使人分心的无穷资源，写小说几乎完全是不可行的事情。只有把其他一切东西都排除后，你才能够安下心来。像查尔斯·狄更斯那样除了吃肉和看绞刑行刑以外无事可做的人不应该载誉满满。

我几乎花了一整天才写出第一句。不过我很满意这个成果："与枪声最像的声音，就是书被猛地合上的声音。"

我让赛拉斯在拉斯维加斯一个叫"天堂乐园"的赌场式酒店中工作，构思这点也花了我很长时间。我想借此讽刺拉斯维加斯的赌场，因为我知道，书评家们全都讨厌流行事物，会因此对我的书另眼相看。但是讽刺拉斯维加斯的赌场非常困难，因为那里的酒店内部有漂着画舫花船的运河、微缩的埃菲尔铁塔和《星际迷航》中的餐厅。所以，我把那个地方定义为天堂，如同在三明治上涂芥末一样地在行文中涂上一层讽刺的外壳。

我安排赛拉斯的老板被谋杀身亡——死于枪击。赛拉斯工作到很晚，因为他是一个善良的、好欺负的人。他听到了枪声，想要过去帮忙，结果把自己的指纹弄得四处都是。我让祖母坐在一张阿第伦达克椅子[1]里，望着巴泽兹湾上空缓缓升起的月亮回忆如烟往事。在宾夕法尼亚州一个煤矿小镇的高中，她与为她读卡图卢斯[2]的年轻壮实的路加相爱。矿场关闭后路加便离开小镇流浪探险。

写作最困难的事情，就是挑选合适的词。我比较着各种同义

1　阿第伦达克椅子：由木头或人造材料制成的简单座椅，通常用于户外。其特点是椅背笔直，扶手宽大。

2　卡图卢斯：古罗马抒情诗人。

词、近义词，把每处"走路"都写成"漫步"，每处"发光"都写成"熠熠生辉"。就算如此，到了星期四，我还是写出了整整26页。

为了奖励自己，大约下午 4:00 的时候，我关掉了办公室的灯，故意大声地关上"文案顾问"的大门，佯装离开。然后站在走廊里等待。

大约 10 分钟后，百分之百肯定我已经离开所以自己安全了的爱丽丝穿着一件格子毛衣走了出来。

"嗨，爱丽丝！我正打算走，才想起来我忘了拿手机。你等一下，咱们一块儿走。"

"嗯……这……我……"

"别担心，我很快就好。"

我猛冲进办公室，然后，就这样，爱丽丝和我一起走入走廊。

"嗯……你是怎么听说那个写作课的？"

"哦，我看到了一个传单，觉得可以过去看看。因为，你应该知道，我想去试试。"

"我也是，我也是，就想试试，绝对只是去试试，让自己尝试不同的东西。你也知道，我试图写得要多荒谬有多荒谬，纯粹为了好玩。"

"没错，很荒谬，的确如此。"说着，我们走进了电梯，沉默了一分钟。待她觉得安全之后我继续问，"那么后来赛妮娅怎么样了？她和船长合得来吗？"

"你说什么？哦，那个呀，那不过是个练习，没什么……"爱丽丝越说声音越小。我们走过了锦鲤池。

"你……你不会打算下周还去吧？"

"我说不好——我有点儿想知道赛妮娅怎么样了。"

爱丽丝又流露出了她那哑剧式的惊慌表情，然后说："我不去了……你知道我可能不会……"然后突然掉头朝自己的车走去。

无论如何，这是我和爱丽丝之间的最后一次谈话。

第二天，她躲在她的办公室里。依然没有申请书要改，所以，上午我就穿过高速车道去和斯里打招呼，要了一杯汽水找地方坐下了。

午餐的大部分时间，我不断幻想着一幕美景的种种细节：等我的小说引起轰动后，我就会开始巡回签售。在里士满或其他地方的书店里，我坐在讲桌后面，40双女性的眼睛会深情凝视着我打开我的《龙卷风之灰俱乐部》。说话之前，我会环顾房间，找到其中最漂亮的女人：一个围巾不经意地搭在肩膀上的可爱女孩。我会将目光集中在她身上并开始用抑扬顿挫的声音朗读。

人人心中都藏着一座圣殿，被深深地、秘密地埋藏在心底，甚至对我们自己它也是封锁的。随着岁月流逝，有时我们忘记了它们的存在，于是我们失去了它们。但有些时候，一些最简单的东西——一段熟悉的旋律，祖母温柔的双手，面包烘焙的味道，你的脸颊被温柔触碰，重游童年时的梦想场所，因多次被攀爬而弯曲的树枝——都会再次打开你心底尘封的密室，如同在 11 月的寒冷清晨喝到了温暖的牛奶一般，你将瞬间精力充沛。

我匆匆地记下这些。

当我读完，掌声沉寂之后，我会开始签名，那个可爱的女孩会站在角落等待。她会走上前来，笨拙地对我说，她以前从没有做过这样的事情，可是我的书对她来说意义非凡。她会说："你是我最喜欢的小说家。我认为普利斯顿·布鲁克斯很好，不过你，你……"然后她匆匆打住，满脸娇羞。我会笑着邀请她到我住的酒店喝杯东西。

然后场景切换到华美达酒店的餐厅，我为一个服务生特地留了一本小说。我和女孩喝着杜瓦酒和饮料，等到钢琴手弹奏完毕，我会邀请女孩去我的房间，也许是打着"我想听听你对我正构思的一些东西的意见"的幌子，她会同意，然后会坐在床上，心中猜不透自己为什么会留下来。多次旁敲侧击之后，最终我会把她的紧张战栗变成幸福颤抖。而第二天早晨，我就会离开，去纳什维尔或特伦顿。

就在我幻想着在华盛顿的一场读书会上看到波莉满含泪水而其他爱慕者疯狂地凝望我时……

"你的夹克真不错，哥们儿，我想爱国者明年会打得不错，非常不错。"

被突然打断的我抬头看到了强·斯特吉斯——"文案顾问"的创始人和 CEO——正在和那个穿爱国者夹克的老人说话握手，是白人纨绔子弟们说"哥们儿"时的那种斜握。

强·斯特吉斯的眉毛粗得像雪茄，而头顶上的头发却稀稀落落，只有几绺，就像一只蜘蛛趴在上面。尽管他比我大10岁，但是一举一动却像一个喜欢玩闪避球的八年级运动健将。而我走路却总是无精打采，如同一个饱受痛风之苦的老处女，所以每次看到他的举动我都印象深刻。

强拍了拍"爱国者夹克"的背。老人似乎十分激动，而这时强两手指着我，飘了过来。"兄弟！伙计！"他拉过来一把椅子，陷在里头，将他的黄色领带扔到肩后，拿起我的汽水喝了一口。

"我们能够像这样在办公室外见面，真是太棒了。罗马的投资商们习惯在集市或论坛会见客户，不被办公室束缚。因为他们精力充沛日理万机，所以公司兴盛发展。"

此刻唯一忙碌的人是斯里，他正用一把除冰铲与自己的炉子作战。

"你必须得敬佩罗马人。他们有原始的商业文化，他们完全领悟到了所有的商业精义，"强举手指了指周围，"罗马人创造了这一切。我们只是复制了他们的体系而已。罗马人在基础建造方面是天才。基础建造，这就是他们的词，源自拉丁语，他们懂得转移资源。"

他又喝了一口我的汽水，晕晕乎乎地转头对斯里喊："你在那儿忙活什么呢？有没有坚果汽水？"

"有，"斯里说，"尼泊尔坚果汽水。"他笑着，"皮特，我女儿玛莎这周末要去参加一个旱冰派对。"我点了点头，斯里转身向厨房走去。

"好机会，"强说，他抵着下巴，手指比出了一个三角形，"我们彼此坦诚相见。毫无疑问你工作得非常出色，哥们儿，但是我得告诉你，我不能继续了，我还有很多正在开创的事业。"

"我知道。"

"我很抱歉，我得让你们离开。"强喝光了我的汽水，"爱丽丝让我来这里的，我刚对她说了。"

"等等……我失业了？"

"抱歉，老兄。"

当时——实际上，我非常为此骄傲——我第一个想到的是爱丽丝。

"她怎么样？"

他把汽水罐砸在桌子上，摇着头说："不太好。"

所以，现在，我失业了。吧台边，"爱国者夹克"正在拉扯卡在他的假牙和牙龈中间的一块咖喱汉堡。

"听着，皮特。罗马士兵光荣退伍时会得到一块土地，我没有土地给你，哥们儿，不动产是傻瓜的游戏，但是我可以给你点儿别的。"说着他推过来一个信封。

我打开，一叠面值 20 美元的钞票，总共 320 美元。

这种场面并不具有理想主义色彩。但是强·斯特吉斯雇用了我三年，现在又自作主张地给了我一笔钱，我亏欠他。

"强，我记得奥古斯都大帝对参议院说过这样的话——你应该知道那次演讲——'罗马子民们，我们体内流淌着相同的血，我们的心中燃烧着相同的火焰。我们同甘苦，共进退。我们同呼吸，共命运，直到永远'。"

这是我在《百夫长之妾》中看到的句子，是百夫长说给他的女人听的。多年来我一直都记得，因为在书中这些话对那个妾有着非同凡响的影响力。而它们也对强产生了非同凡响的影响。强一下子站了起来。

"古罗马人宣誓的时候，会把一只手放在睾丸上，"他说，"'证言'一词就是这么来的 [1]。我打赌你不知道这个，哥们儿，"他紧紧地抓着自己的睾丸，"皮特，你为我们做出了伟大贡献。你是一个有天赋的作者。我向你发誓，我们会再次合作的。"

然后他松开睾丸，把手斜伸过来。我极不情愿地握了握。

强转身向门走去，重重地拍了一下"爱国者夹克"的肩膀。

"我们得提防匹兹堡的球队，是的，也有可能是水牛城。下一个赛季一定很可怕。"老人很困惑，但又很欣喜。强看了看墙上的海报。

"嘿，真酷，是《捉鬼敢死队》吗？皮特，你看这些海报，"强对着厨房大叫，"《捉鬼敢死队》！《捉鬼敢死队》！"

在一条穿过一片盐水沼泽的高速路边一家卫生条件可疑、食物近于毒药的尼泊尔快餐店中，我被一个商业哲学构筑在对格斗士的幻想和史诗般自欺上的人炒了，结束了作为入学申请伪造者和剽窃者的生涯。

---

1 "睾丸"英文为 testicle，"证言"英文为 testimony，后者的语源可以追溯到前者。

那一晚，我喝到烂醉。隔着墙，我听到霍巴特正和他的女友 —— 也许是前女友说话。我听不清内容，但他的声音听起来越来越像恳求，最后不可避免地变成了深深的抽泣，如同受伤的海牛在呻吟。

6

情报特工转过身来，带着一张令他有些意外的笑脸。"好运！总统先生。"特工走了出去，关上了身后的门。现在总统办公室里只剩下麦克·马克·提普顿，提普顿总统。

一切总是如此结束。从在俄亥俄州少棒联盟的比赛，军官学校，科威特上空F-16的战斗任务，商场与街角孤独的拉票，到丑恶的8年国会生涯。然后是竞选，靠变质咖啡和蹩脚笑话支撑的夜晚，不停演讲引起的喉咙沙哑，塞下了1000顿鸡肉饭的胃，被电视光线烤得炙热的脸。然后到了11月，有史以来最漫长的黑夜，他看着CNN上代表各州的图标变成了绿色，他便知道，自己已经如同第一位独立总统华盛顿一样彪炳史册。

一月的晨光透过玻璃窗射进来时，就职仪式上的音乐依然在他耳际回旋。但是马克·提普顿，提普顿总统，终于有了独处的机会。他看着电话，知道自己用不了一分钟就能接通中国主席或南极那甚至是上帝都禁止建立的核导弹发射中心的电话，即便是他的金发妻子丽兹贝斯也无法明白他此刻的感受。

马克看着西奥多·罗斯福、约翰·F. 肯尼迪和亚伯拉罕·林肯的肖像。"我了解你的感受。"他看着林肯消瘦的脸大声地说，然后大笑起来。

突然，他察觉到房间中有两个人。他转身。"你们怎么……"

隔着地毯，两个穿着深色套装、抓着钛制公文箱的男人看着他。其中一个眼神深邃、有军人风度的男人僵硬地站在原地，另外一个个子稍高的男人则举起了手。

"不用担心，总统先生，我们是你的朋友。"

"你们是怎么进来的？"

高个男子笑了。"我们有自己的方式。这位是里格斯，您可以叫我霍普金斯。不过我们的名字并不重要。"

提普顿心中犯难，想着是否要呼叫警卫。

"总统先生，我们的拜访完全没有预约。实际上，出于某些需要，没有人知道我们在这里。但是我们需要和您讨论一些非常紧迫的事情。"霍普金斯说。

里格斯打开了他的公文箱，从里面拿出了一份薄薄的文件。"先生，您对太空了解多少？"

尽管一切进行顺利，还是有批评家和博客写手问我，为什么当初不写一部廉价的惊悚小说，反而要写一部文学小说。实际上，我试过。事情是这样的：

　　我被炒鱿鱼之后，小说工程似乎成了真正的孤注一掷。我蜷居于斗室之中，盯着空白显示器，还在桌上贴了一张普利斯顿·布鲁克斯钉马掌的照片。

　　如果不考虑细枝末节，写小说本是一件轻松的事情。举例来说，《龙卷风之灰俱乐部》开头不久有一幕，路加在诺曼底登陆前一个月跳伞降落在诺曼底。当地的留守战士们发现了他，并在拜约的一个地窖里用一瓶卡尔瓦多斯酒 [1] 庆祝他的到来。

　　这一幕花去了我两天时间。我不断地进行网络搜索以查出那些恼人的细枝末节。比方说，他们在诺曼底喝什么酒，一个小镇的名

1　卡尔瓦多斯酒：产于法国卡尔瓦多斯省的一种苹果白兰地酒。

字，"二战"期间使用的降落伞种类。由于这是一部文学小说，我不能只是简单地写"他们喝了一些苹果白兰地，味道好极了。大家握手，最后大醉"。我得这么描写：

> 苹果白兰地最初传来的温暖炽烈的气味冲击着他的鼻孔，浓烈的液体唤醒了他的舌头。随之而来的还有在古老橡木桶中发酵的关于果园、丰收以及所有消逝时光的历史。穿透黑暗而危险角落的目光、对死亡与冷酷现实的恐惧都仿佛在书架上酣眠的猫儿一样平息下来。琥珀色的液体甚至让他们忘记了战争。路加微笑着抿酒。瓶身上有"1928"的字样。这种在战争开始前就被酿造出来的味道，会在坦克都化为尘埃、将军都走入坟墓之后，在战士们成为丈夫、成为父亲、成为他人的回忆后，在战士们定居林荫街道边颓败的房子、看着孩子们在街道上奔跑、歌唱、嬉戏时，依然存在。战争无法带走这些琐碎而美好的东西，味道会被人们永久铭记。

这非常精致，但花费了我很多精力，所以我休息了很长时间。我去了街角商店，清点那里的色情杂志总数（18种，48本，《剃毛的荡妇》货源格外充足）。我走到萨默维尔地区卖"小憩零食"的报摊边，听着那个傻乎乎的摊主对他的两个敌人——扬基队和以色列发表长篇大论。我研究松鼠的活动，给它们起名字，根据性格和风度选出我最喜欢的一只。我每天读《波士顿环球报》，从头到尾，一处不落，包括"绿头鸭菲尔莫尔"的漫画、讣告，甚至连赛狗比赛中每一只狗的名字都不放过。

就这样，我碰巧在商业版读到了一篇文章。

作家德鲁：伟大的书籍就是伟大的生意

提姆·德鲁谈论品牌、市场饱和以及收入边际，但是他的利润并不是通过炒书获得的——而是通过写书。他的利润额甚至会让大多数 CEO 蒙羞。

"我一直把自己当作内容开发商，我发布内容产品就如同尼桑提供汽车，或是'棒约翰'提供比萨，"德鲁，这位 54 岁弃商从文的哈佛 MBA 毕业生如是说，"我发表作品，然后建立并维持稳定的娱乐输出模式。"

这并不是作家的典型形象，但是提姆·德鲁并不是你想象中的传统作家。他是自己的国主。他最新的惊悚小说《达尔文传奇》的平装本销售代理权、国际版权、电影版权以及其他特许授权为他赢得了大约 2500 万美元。

但是德鲁说，他成功的秘诀就是直白易懂。"我是一个生产文学产品的企业家，这些产品非常容易制造。提姆·德鲁的书总是以一个英俊潇洒精明能干的主人公开始，比如《达尔文传奇》中的德雷克·哈特比尔博士，他们会慢慢地揭发一个阴谋，而我就把阴谋和某些大事联系在一起。在《象形文字之谜》中是金字塔，在《利维坦的愤怒》中是鲸鱼，在《曲矛河谷》中是他们在哥斯达黎加发现的那些石球。在《达尔文传奇》中则是人脑和佛教。然后再丢进去一个具备主角所需技能的女人，黑暗秘密，一连串行动，你就写完了一本书。"

文章的配图是提姆·德鲁待在他考爱岛[1]房子的泳池边，穿着凉鞋，喝着果昔，太平洋在他脚下闪着粼粼波光。

这张配图使普利斯顿·布鲁克斯的房子看起来像一个简陋破败的避难所。这个提姆·德鲁很值得研究。另一幅配图上他穿着正装在会议室盯着被风吹动的《达尔文传奇》的封面。

为了描述这位"文学资本主义帝国的新偶像"，这篇文章还提到了帕梅拉·麦克劳克林。不只提及了她的悬疑小说，还提到了《特朗·马丁尼斯揭秘约会与性爱》《特朗·马丁尼斯烹饪书》，特朗·马丁尼斯主题的授权研讨会，帕梅拉·麦克劳克林的冷酒器生产流水线构成了一个价值几百万的帝国。帕梅拉甚至不再自己写书，而是把任务分配给一个营的雇佣兵，然后再在封面上印自己的名字。"结果不容置疑，麦克劳克林在加勒比海拥有私人岛屿，而且可以乘坐私人飞机往返。"文章中还提到她的个人对冲基金经理人给商学院学生们演讲时，谈论到如此巨大的投资组合带来的挑战。

这一切都给我留下了难以磨灭的印象，因为我刚刚用 25 美分的硬币买了鸡蛋麦松饼。

也许，写本文学小说，这个目标实在太渺小了。比起那些大肆

1　考爱岛：美国夏威夷考爱县火山岛，位于夏威夷群岛最北端，有"花园岛之称。"

挥霍写作骗术的巨人，普利斯顿·布鲁克斯就像一个衣衫褴褛的街头杂耍艺人。

提姆·德鲁最不同凡响的地方是他毫不隐讳自己的商业企图。他甚至不会费心思考一些让自己显得谦逊的说辞，或是去审视一只蝾螈的美丽。他径直告诉你他卖的是什么，人们买到的又是什么，连《波士顿环球报》的商业版都对他那自得其乐的资本精神长篇大论。

此刻，《龙卷风之灰俱乐部》似乎是大错特错了。我想象着去参加波莉婚礼的人们在机场看到了一大摞皮特·塔斯洛的书，这样我坐着凯雷德或是其他豪华轿车到达婚礼现场时，很难引起什么波澜，人们也不会觉得突兀。而我送上的类似零度之下冰箱、博士音响等高级礼物将会衬托我对潮流的清醒把握，而詹姆斯作为配偶则相形见绌。再过10年，我就可以在科莫湖[1]边的别墅中用黑莓手机管理我的财富，而困于生计的艺术硕士生们则替我拼凑最新的"皮特·塔斯洛出品"小说。

我在客厅里"挖出"了我的《达尔文传奇》。曾经，我吃了由一家可疑的泰国菜馆"我与辣椒王"（这家店早就倒闭，如今成了一家日光浴沙龙）送来的泰式炒虾球，然后就连上了11次厕所，在这期间我读完了这本书，所以我对它的记忆非常模糊。根据《环球报》的说法，这本书令提姆·德鲁成为世界上44大富豪作家之一，但是他的行文仍会引来一个具有写作天赋的四年级学生的鄙视

---

1 科莫湖：意大利北部阿尔卑斯山区著名的湖泊。

（哪怕是个很谦虚的学生）。我翻开了第一页。

11 月的寒风旋荡在波托马可河上空，像碎玻璃一样吹打着德雷克·哈特比尔博士的脸。但是德雷克对他痛苦的大腿、作疼的胸肌、悸动的肱三头肌丝毫不以为意，没有放慢脚步。反抗与警觉烙印在德雷克的基因中。毕竟，在西雅图的码头上，一切都要用刀刃来解决，要是没有这两样东西他可活不下来。反抗精神让他在普吉湾的赤身搏斗中活了下来，在那里他学会了要保持目光敏锐，拳头紧握。反抗精神让他在常春藤盟校的比赛中全速冲过橄榄球场，沿路与预科学生们冲撞，为普林斯顿赢得了学院杯。

但是仅有反抗精神还不够。德雷克还有警觉，是警觉让他进入了耶鲁医学院研究复杂的人脑沟壑，是警觉让他爬到了今天的地位——成为国际健康研究所神经科学部的领头人。对于他来说这个结果实在很不错了，他生在虔诚的爱尔兰天主教家庭，父亲是码头工人，而自己的青春期充斥着圣餐酒与威士忌的味道。

结束了日常晨练后，德雷克开始在心里演奏巴赫的《哥德堡变奏曲》。他喜欢古典钢琴，就如同他的其他爱好——攀岩一样，古典钢琴让他可以暂时摆脱研究的痛苦迷宫。但是巴赫的曲子技术难度太高，即便他有灵敏的手指也无法完美弹奏。

德雷克缓缓地放慢了速度，弯下腰，拾起一块石头，扔到了河里，看着它飞出优雅的弧线，几乎飞到了河对岸。这与神经元信息的传导非常类似。他思考着大脑传递信息的方式，并开始调动自己发育最良好的部位——大脑。

突然，有人扰乱了他的思绪。他看到了他的研究助理 F. 简森·提特的硕大身躯正小跑过来。"哈特比尔博士！哈特比尔博士！"

我们得知，德雷克在即将发现颠覆我们对大脑认知的惊人奥秘之前曾遇到两个来自西藏的神秘僧侣。他们说德雷克将要发现的东西并不是什么新鲜事，实际上，中国人在好几个世纪以前就已经发现了。只是他们明白，这个秘密一旦公之于众，就会毁灭全人类。

小说接下来的内容是德雷克遍游全球，一点点地发现，许多世纪以来，某些人拥有超常大脑，可以扭曲时空。耶稣和佛祖是两个显著的代表，他们幸运或不幸地拥有超级大脑，从而能够在水面上行走。但是一个秘密组织密谋隐藏了这一切，以免超级大脑会扰乱世界秩序。

最后证明，查尔斯·达尔文在 19 世纪的时候就已经发现了这一切，而这只是进化的必然进程。达尔文在秘密组织让他保持沉默之前，在世界各地留下了很多线索，举例来说，一个线索刻在加拉帕戈斯群岛的一只老海龟的龟壳上。德雷克发现俄国有一个具有超级大脑的孩子，然后他便和一位美丽的俄国科学家前去营救这孩子。在这场疯狂的旅程中，德雷克作为古典钢琴手和攀岩手的技能都得到了展现（前者用于他向俄国女人求爱，后者是他们必须测量卡特琳娜大教堂的墙壁）。

而我从《达尔文传奇》中得出的基本结论就是这种类型的写作非常容易。

你创造一个你能想象出来的最了不起的英雄，让他去对抗黑暗而神秘的势力，并在环球旅行的时候解开一个秘密。你写一些人们知道非常重要却并不真正了解的东西，让它看起来非常危险。你不需要去表现那些角色之间的细微差别，行文也不必讲究艺术性，然后你就可以给自己买辆超级棒的凯雷德，在前女友的婚礼上高奏凯歌，然后去夏威夷享受退休生活。

以下是我为自己设定的挑战：我坐在厨房的桌子边，将烘焙计时器和霍巴特的拉斯卡药业记事本摆在面前，花了整整一个小时，看我是否能够想出一个适合惊悚小说的题材。

畅销构思列表

- 1776年7月，乔治·华盛顿、本·富兰克林和其他知名政客都在费城。一场谋杀发生了，当地领导人将案子交给了他们认为唯一能够破解迷案的人：托马斯·杰斐逊。（永不过时的开国元勋题材，以及谋杀。）

- 得克萨斯州沙漠中的一位边境巡逻官发现一些基地组织成员悄悄从墨西哥潜入了边境。他试图警告华盛顿的高层官员，但是没有人相信他。所以必须由他和一位漂亮而坚强的女牧场主来阻止恐怖分子劫持一辆火车运输化学制品、然后开到阿拉莫将其引爆等一系列活动。（也许《时代》杂志会迅速推出一个相关的封面故事《我们的边境有多安全？》。）

- 一位好莱坞的演员正在拍摄一部珠宝盗窃的电影，他必须阻止窃贼将作为道具用的货真价实的珠宝偷走。（也许克鲁尼[1]或是某个人可以在电影中扮演自己？）

- 一位身份低微但是英俊潇洒的美国农业部检查员发现有人在食物中投毒使美国人绝育的惊天阴谋。（相关：每个人都吃东西。《时代》杂志可能会推出另一个封面故事《我们的食品有多安全？》。）

- 一位身体灵活而强健的前体操运动员兼考古学家在中美洲碰巧发现了一座荒废已久的城市，翻译了某些象形文字，发现了一个残酷的秘密：玛雅人已经知道了该如何制造核武器。在凶残的游击队和阴险的 CIA（中央情报局）特工的追杀下，她必须越过丛林，阻止技术落入恶人之手。（任何与墨西哥和中美洲有关的东西都可能会促成小说的西班牙文版权售出。）

- 一位迷人的年轻电脑程序员发现一家日本游戏公司在他们的游戏中植入了一组代码，可以诱导孩子去杀死自己的父母。（可与网络游戏市场接轨。）

- 一位英俊的地理学家和一位美丽的、当过芭蕾舞演员的企鹅专家在南极发现一家邪恶的石油公司计划摧毁整个极地冰原。（与企鹅有关的东西总是卖得很好。）

- 一位 CIA 特工发现中国正秘密地训练一种由基因工程培育出的龙。

---

1 乔治·克鲁尼：好莱坞男星，曾主演《十一罗汉》等犯罪电影，饰演天才盗贼。——编者注

- 一位拿了罗德奖学金的美国大学生在莎士比亚的戏剧中发现了一组密码。这组密码引导他发现了关于《圣经》的一个秘密。

- 一位瑜伽教练兼海洋生物学家发现海豚的基因中有一组密码。（外星人植入的？或是天主教？石油公司？）

- 一位现代伦敦人发现自己的家族从第 16 代起就承受着僵尸的诅咒。她得到了一位雷鬼[1]歌手的帮助，这位歌手还教会了她如何放松，如何去爱。

- 一位纽约警察得知，一些哈西德派[2]的犹太人发现了失传已久的第 11 诫，这可以改变一切。

- 药品公司正在毒害每个人的大脑。

我意识到最后这一条这并不是我的构思，而是一个流浪汉把报纸往衣服里塞时对我喊的话。

假设我的每个构思版税值 50 万美元，另加 100 万的电影版权收入和 100 万特许经营授权收入，这意味着我手中的这张纸价值 3250 万美元。保守起见，我决定减掉一半，但是数目依然可观。

也许就是在想着钞票上的人脸和奇怪的符号时，在时间将尽时，我有了最后一个构思。

- 一位新当选的理想派总统发现美国在历史上一直被外星人和他

---

1 雷鬼：源自牙买加的一种音乐体裁，它结合了传统非洲节奏、美国的节奏蓝调及原始牙买加民俗音乐，歌词强调社会、政治及人文关怀。

2 哈西德派：又译"虔敬派"，该派虔信律法，是犹太教正统派的一支，受犹太神秘主义影响。

们的人类同伙阴谋控制。

就是这个，我肯定。人们喜欢读总统的故事，我还能把非虚构作品中的巨头——华盛顿、林肯、杰斐逊、罗斯福——塞进来。接着一个与之非常契合的史诗般的名字涌上了我的心头：《旋风中的天使》。

"好事多"仓储超市中一摞摞的《旋风中的天使》、电影海报、读者导读，还有《国家地理》杂志中的专题报道，一幅幅画面在我眼前展开，清晰无比，以至我急不可待地想将一切付诸实施。我冲向电脑，开始打字。

那个下午，我的发现戏剧化地改变了我对娱乐经济学的理解。

要想通过写一部惊悚小说而获得拥有夏威夷海景房和私人直升机式的成功几乎是不可能的。因此提姆·德鲁才会免费说出自己的秘密。

最初很容易，只需要描述你笔下主人公的俊俏脸庞和钢铁意志。但是慢慢地，你就会发现这是一个复杂的数学问题，或者像是在组装书架。你必须着眼于数十个小部分，分辨清楚哪些好人会变成坏人，哪些汽车会被哪些直升机摧毁。你得清楚读者没有耐心，他们需要娱乐，所以每一页都必须有趣，充满枪战、隐蔽的伏击和痛快的反击。而这会让作者精疲力竭。

另一方面，对于文学小说，你只需要用语言装点一切。读这些书的读者想要寻找智慧，显然更容易被戏弄。

我把《旋风中的天使》放到了一边。不过我依然认为那是一个绝妙的构思，如果有人想要向我购买这个构思并完成它，请联系我的经纪人。

那个下午，我又回到了《龙卷风之灰俱乐部》。

我在谷歌上搜索卡尔瓦多斯，得知："卡尔瓦多斯地区，是与之同名的一种苹果白兰地的故乡，位于塞纳湾北部，塞纳河东边。"

我抬头看了看正在钉马掌的普利斯顿·布鲁克斯，我知道自己可以打败他。

路加看着坐在坑坑洼洼的胡桃木桌子边的新同志们：天蓝色眼睛的马塞尔，笑容诡秘的吉约姆，脸颊上刀伤累累的拉弗洛奇。当他举起酒杯时，细微而醒神的芬芳灌入了他的鼻孔。他觉得自己正被一阵和风载着飘荡，飘向林木整齐的果园，飘在苹果花繁茂的小路上，飘在露水闪烁着晶莹剔透光芒的塞纳河西岸。

他半闭着眼睛，沉浸在芬芳之旅中，过了很长一段时间，他才再度睁开眼睛。

吉约姆开始讲话。

"路加先生，"他说，"我们这里一直处于危险之中。那些德国人，他们在我们的街道上行军，在我们的田野中践踏。他们俘虏我们，蹂躏我们，也杀害了很多我们的人。"

"但是，对我们来说，"他说，"恐惧、危险，不值一提。因为我们在自己的家中。我们为了自己的家园而战。"

他又倒酒，让琼浆流入路加的杯子中，然后对着烛光摩挲着酒瓶。

"你来到了我们之中，"吉约姆说，"不远万里，背井离乡。但是你和我们共同战斗，同饮共歌，你是我们的同志，这里，诺曼底，就是你的家。"

路加举起酒杯，放在唇边。"让我们干杯，我的朋友，"他说，"让我们为了家园干杯。"

摘自《龙卷风之灰俱乐部》第三章 | 作者：皮特·塔斯洛

请勾勒出下面这支预告片的画面——我已经在头脑中完全将它想好了——然后告诉我你会不会去看这部电影。

首先，是米拉麦克斯或是福克斯探照灯的标志。

然后是我的出品公司的标志，可能是一只游出水面的海龟，用它的爪子在屏幕上写下由小写字母组成的"龟掌影业"字样。或是数以千计的电脑合成的雪花飘落，然后快速变焦形成错综复杂的图案"雪花影业"。

接着是响亮的钢琴背景声衬出一个女人的声音，温柔而悠远，仿佛你打开了曾祖母梳妆台上一个尘封已久的音乐盒。那个声音说："有些秘密我们深埋于心。"

屏幕画面变成某个物体在夜空中下坠，要用那种可以让颜色显得分外鲜明的滤镜拍摄。（可能由一位来自冰岛或爱沙尼亚这类小

国家的年轻导演执导，或是某个给蕾吉娜·史派克特[1]拍过 MV 的
视角独特的孩子。）你得花上一秒钟才能看清楚图像：一只降落伞，
一个美国士兵（也就是路加，由一个略有胡茬的美国演员扮演，可
能是《越狱》里的那家伙，或是克里斯蒂安·贝尔[2]）慢慢地降落在
法国一条河边的苹果园中。

我们彼此隐瞒很多秘密。现在我们要看到赛拉斯（保罗·吉亚
玛提[3]那种类型的，不过更帅一些）独自坐在他的办公室中。拉斯
维加斯的灯光从窗外射进来。一声枪响，他转头，摄影机随着他，
他走入大厅，发现一具姿势摆得很有艺术感的死尸。

我们会向他人求助。路加，垂垂老矣地躺在病床上，祖母打开
窗户，他看到两只云雀在艳阳下飞过。

我们必须踏上某些路途。赛拉斯和祖母关上车门，坐在他们破
旧的福特翼虎之中。航拍一群在高速路边林立着油井钻塔的草原上
奔跑的黑尾鹿，而得克萨斯州的嶙峋群山在远方浮现。

我们必须履行某些承诺。路加走到斯洛文尼亚一座山间小镇的
教堂大门前。然后画面切换到祖母和赛拉斯抱着一个骨灰瓮，前方
是在草原上肆虐翻滚的一个龙卷风涡旋（由电脑合成）。

而我们必须找寻爱，并付出爱。珍妮薇芙（最好是斯嘉丽·约
翰逊，不过外表比格雷琴·莫尔[4]更聪明一些的类型也可以）在一

---

1 雷吉娜·史派克特：一位出生于音乐世家的美籍俄裔女歌手、作曲家和钢琴家。

2 克里斯蒂安·贝尔：英国演员，代表作有《蝙蝠侠》《致命魔术》《美国精神病人》。

3 保罗·吉亚玛提：美国演员，代表作有《杯酒人生》《铁拳男人》。

4 格雷琴·莫尔：美国演员，代表作有《大西洋帝国》《美国情事》。

个悬挂着百威啤酒招牌的西部酒吧中走下舞台，坐在吧台边，赛拉斯递给她一杯加冰威士忌。

然后节奏开始加快。用一个乡村女歌手的歌作为背景乐（如果有机会得到授权的话——可能是洛丽塔·林恩老歌的重新演绎版本）。一组快速的蒙太奇：突尼斯沙漠中，路加在一架已经坠毁、正在燃烧的飞机旁边战斗；拉斯维加斯的警察一脚踹开赛拉斯公寓的门；路加穿着汗衫、戴着皮头盔玩橄榄球；大雨中，赛拉斯和珍妮薇芙在密西西比河的一座钢桥下大笑、起舞；祖母在路加抽泣时将他揽向自己汗湿的肩膀。秘鲁的葡萄园中，工人们在庆祝，吹奏着安第斯山排笛，而路加在品尝美酒。

"根据皮特·塔斯洛广受赞誉的畅销小说改编。"这些文字会出现在屏幕上。珍妮薇芙、赛拉斯和祖母站在他们福特车的引擎盖上，表情洒脱、内心释然地面对着将要席卷他们的龙卷风。

龙卷风之灰俱乐部。我也许不会自己写剧本。不过我可能会客串出演一个法国战士或龙卷风专家。

想象自己坐在剧场里看这部戏，我简直热泪盈眶。只是，这一切仍遥不可及。

用四件逸事帮助读者理解我的困难

1. 随笔作家道尔顿·泰尔嘉德有一次接受访问，被问到身为作家最讨厌的是什么。他毫不迟疑地回答说："写作。"

2. 19 世纪的法国作家让-雅克·布雷切特感觉自己无望完成

小说《丑陋的女性》，便用一把猎枪射中了自己的右脚，将自己困在书桌边，这才得以完成这部杰作。

3. 苏格兰作家哈米什·贝尔德的所有小说都是在 6 年内完成的，在那之后，他的工作是清扫格拉斯高的下水道。他说他的第二份工作将他从写作的痛苦中释放出来了。

4. 美国小说家艾米·阿伯特·麦克尼古拉斯认为写作极端困难，因此，每个早晨，她都命令女仆把房间内的所有便壶锁起来，直到她拿出 10 页文稿给女仆看时，女仆才能拿出便壶。麦克尼古拉斯 48 岁时死于膀胱炎。

当你想到大作家们写小说时的情景，肯定认为那浪漫极了。想到 F. 斯科特·菲茨杰拉德，你肯定认为里维埃拉的微风拂动着他的窗帘，安提布岬街道上的阵阵喧嚣声被他打字机的嗒嗒声打断，他则专注地揭开繁华的旧日迷梦。或是海明威，你们会认为他浸在午后的炽热中，在潘普洛纳的旅馆中，樱桃酒瓶子上水珠欲滴，而隔壁斗牛士们正在午睡。或是乔伊斯，你会认为他斜着爱尔兰小眼睛，将古典思维训练与盖尔人[1]的想象力融为一体，充满寓意的韵律和语言便在他的召唤下铺天盖地而来。

即便是名气尚小的作家，看起来也应该是光鲜亮丽的。在巴黎第二区的供膳公寓里，某些小文人一边往壁炉中添小树枝，一边拿

1　盖尔人：英国少数民族，又称戈伊德人，属欧罗巴人种。

114

着羽毛笔蘸墨水。或是一个身材消瘦、赤脚的三十几岁的人，辞去媒体营销顾问的工作，花上一年的时间，坐在温哥华或帕克坡的公园里，在笔记本电脑中敲着嘲讽又深情的"超现代性"隽语。

这一切都是妄想。写小说凄惨而无聊。任何有理智的人都会憎恨这件事情。你所能做的就是不要整个下午都——沉迷在"泡泡龙"游戏中。

大家要明白，为了行文简洁，我略去了许多无聊的事情。写小说并不像写文案，我可以一挥而就，然后去斯里那儿吃饭。这有整整 300 页啊。实际上，这也没有那么难。它更像是铲雪和清理阁楼，是一件距离结束遥遥无期的体力活。

干扰文学创作的因素总是自己浮出水面。举例来说：一天晚上，德雷克从"殖民地男孩"给我打电话，于是我就出去和他见面。我们把加盐波旁威士忌和姜汁汽水兑在一起喝，第二天，我的大脑如同糨糊，我的大便也如同糨糊。我什么都没有写。

几天后，WE 电视台有一场约翰·休斯杯马拉松比赛，错过这个简直不配做美国人。又一次，我什么都没有写。

另外一天，我打盹的时候梦到了一个叫"小泡泡"的老款任天堂游戏。游戏里你会在肥皂岛上漂来漂去，用你的泡泡来打怪兽，同时还得对付仙人掌状的刺和小鸟。所以，那一天的剩余时间，我都用来在网上寻找这个游戏，然后下载下来玩。只字未写。

每天早晨，我醒来时都能看到普利斯顿·布鲁克斯，他钉着马掌，盯着我，嘲笑着我。

这一切之后，我只写出了 112 页的《龙卷风之灰俱乐部》，它如同一只受伤的鹿，躺在路上呻吟。我越快找到一块锋利的石头把它结果了越好。

绝望中，我找到了一个天才的解决方式。

第一步：我被炒掉大约四个星期后的一个周五，我等着霍巴特回家。晚上 11:00 他才回来，形容憔悴，面色苍白。

"嘿，霍巴特，你知道吗，我在 eBay[1] 上给咱俩买了点儿东西。"

咖啡桌上，《北京》的旁边是一套未开封的原版《夏令营》影碟，是丹麦电视台制作的。

"里面应该有些额外花絮。"

里面确实有。与美国版中温和可人的亚裔美籍女主持人不同，那个大脖子的丹麦佬举着香肠般的手指犬吠般地发号施令。字幕翻译得并不准确。一个 8 岁大的女孩对着一个在她木屋里的成年人大喊大叫，她的话被翻译成了"你太令人不愉快了"。

在美国版本中，他们会确保观众相信里面没有任何恋童癖相关场景。而丹麦版在这方面则处理得草率很多。

从那之后每天晚上，我都会等霍巴特回家，然后两个人一起看一集《夏令营》。我们并不交谈。

有一次，我没有告知霍巴特便订了比萨。送来之后，我自己付了钱，对霍巴特说这是给我们两个人点的。霍巴特看着比萨，仿佛一个难民营中的孩子盯着巧克力。速熟土豆泥之外的食品对

1　eBay：可供全球民众上网买卖物品的线上拍卖及购物网站。

他来说都很陌生，于是他猛扑过去，最后胡子上挂满了油脂和奶酪。

第二个星期，我开始努力制造谈话的机会。我问起他在兰斯卡的工作，还有他在医学院的学习情况，以及解剖尸体的感觉。

"你不会把那当成一个人。"他说。

"那很有意思。我几乎能看到那画面。"我停了一下，此时电视里的丹麦夏令营成员们正声嘶力竭地在篝火旁赛歌。"伙计，我永远都没有办法进医学院。我总是难以集中注意力。这可能和我从来都不知道我爸是谁有关系。"

我就此打住了。

几天之后的一个晚上，他回家时我穿着纽扣紧系的衬衫，戴着我最好的领结。他打开门的时候，我正往我们公寓中最好的酒具——我仅存的两个拉里·伯德[1]纪念酒杯——中加冰块。

"噢，嘿，霍巴特！"

"嘿。"

"我在想，你也知道，这是星期五晚上，我们应该喝点儿鸡尾酒，就像绅士一样，如何？"我往两个杯子中倒满酒，递给他一个。"这是麦卡利斯特18，"我说，然后很有绅士风度地缓缓抿了一口，"嗯，非常醇厚。"

我递给他一瓶苏格兰威士忌。

---

1 拉里·伯德：前美国职业篮球运动员，绰号"大鸟"，1992年代表美国男篮"梦一队"获巴塞罗那奥运会金牌，同年8月18日宣布退役，1998年入选篮球名人堂。

两个小时后：霍巴特举着第四杯酒，声音微微颤抖，并带着点儿痛苦的气息，他不停踱来踱去，威士忌全都洒在了地毯上。

"她说她要'活出一个女人的自我'，'自我'！因此保持距离对我们来说非常好。她说'我们最好成为互相关心的两个独立个体，而不是一个整体'。胡扯！"

"哥们儿！"

"就是胡扯！她总是，她总是提起内文。"

"呀！"

"一个在华盛顿互助银行工作的叫内文的家伙。'你会喜欢他的。'她居然这么说！我不会喜欢他！该死。我恨他！"

"这很难熬，伙计。但你知道，要耐心点儿，时间能改变一切。"

"恶心！"

"是，哥们儿，我听着呢。我也过得不容易。我失业了。"

"恶心！"

"是，我是说，我正在写简历，可是我没办法专注。"

"专注。我所做过的一切就是保持专注。"

"你知道吗，我甚至不知道自己还能不能付得起房租。"

这似乎正中要害，引起了霍巴特的恐慌。他抬头看着我。"哥们儿，你是认真的吗？"他似乎立刻意识到了自己说"哥们儿"时声音有多不自然。

"是的。"这并不是真的。去登记失业就能解决一切，让我成为一个真正的作家，暂时稳定下来。

"这，天啊！"

"是的。除非我能找到一种方式让自己集中注意力。"

霍巴特试图坐直身子，他表明自己正在下决心。我找准了自己的出击时间。

"嘿，你们在兰斯卡研究一种什么药，治多动症还是什么？"我停了一下。然后他开始说话，含糊不清，如同天书。

"瑞乌提卡是一种被设计出来缓解多动症和注意力缺失症状的药品，可以帮助青春期男性提高注意力。"

"那就是说能帮助孩子们认真学习之类的？"

霍巴特沉重地点了点头。

"我是说，这也许和我从来都不知道我爸爸是谁有关系。我已经试过医生给我开的各种各样的药物，"这不是真的，"不过他们中有一个人说唯一能够帮助我的就是这个瑞乌提卡。你能替我弄一些来吗？"

接着是一段很长的停顿，但最后他那被威士忌浸泡的神经依然得出了符合逻辑的结论。

"我们依然处在测试阶段。"他说，仿佛这能盖棺定论。

"所以，那是实验，对吗？"

"是的，实验。"

"很好。我是说，我想做一个实验者。"

霍巴特大笑起来。"我们全是实验者。"他脖子上的脑袋转动了几圈，仿佛泥塑台上摇摇欲坠的雕像。

"知道吗，你做的事情非常伟大。那是药品，将会帮助他人。"

我的眼睛盯着他。

"霍巴特，你是一个很好的室友，也是一个很好的朋友。我知道你会帮助我的，因为你是一位绅士。"他看着我。我知道在他讲出话之前我有大约12秒的时间。所以我钻进了洗手间，等待着。我听到他给自己又倒了一杯酒后便陷入一阵沉默。然后，我看到他昏睡在沙发上，烂醉如泥。

第二天早晨，非常非常早，我在他的桌子上留下了一张字条。"霍巴，非常感谢你答应给我弄些提卡。"然后我就躲进了我的房间里。

接下来的两天，我都没有见到霍巴特。不过我知道他的脑袋里在想些什么。他肯定在想："皮特没办法付房租了。他无法集中注意力。这也许和他不知道爸爸是谁有关系。这是药，是帮助他人的。"但首先，他是在想："我答应他了。他认为我是一位绅士。我是一位绅士。我比内文好。我向皮特做了一位绅士的承诺。"

一天早晨，我走进客厅，发现了一个装有30粒灰色椭圆形药片的塑料罐。

下面压着写有霍巴特一丝不苟字迹的8页警告和说明，一张解释瑞乌提卡基本化学构造的简图，以及其他图表。我匆匆浏览，找到了要点："不能和酒同时服用。"我读懂了这8页纸背后的潜台词："拜托，皮特，不要因此害了我。"

总而言之，霍巴特已尽可能地小心谨慎，不应该受到任何指责。

8

这天上午，普鲁登丝并没有闲着。她直接走进了铺子。

她的出现并没有引起父亲和她的哥哥们约西亚和基甸的注意，他们都在忙着敲敲打打。

"早上好！"普鲁登丝说。

"普鲁登丝！"父亲说，"你今天怎么来这儿了？妈妈让你给我们送黑莓醋栗当午饭？"

"不是，"普鲁登丝说，"我来这儿是因为我想学习怎么做一个桶匠。"

"什么？！"基甸叫道，"哎呀，一个女桶匠？"

"你肯定是在开玩笑，普鲁登丝，"约西亚说道，"哎呀，要真是这样，我看我们美洲的殖民地也要脱离英格兰母亲了。"

两个男孩刻薄地笑了起来。

父亲把他粗糙的手放在普鲁登丝的肩膀上。

"普鲁登丝,"他说,"你不应该这么愚蠢。你和我一样清楚,女孩子们生来就该去挤牛奶、缝衣服、做饭。我送你回家吧,我不想再听到这种胡言乱语了。"

但是普鲁登丝非常勇敢。她坚如青松。

"父亲,"她说,"我想要成为一个桶匠。只要你肯教我,我就能做出一个桶来,和男孩子做得一样好。"

那些冷酷的男孩子又笑了起来。

"看,基甸,"约西亚喊道,"看普鲁登丝做的桶。"他手里拿起一块破板子。

泪水从普鲁登丝的双眼涌出。

"我一定会成为一个桶匠,"她喊道,"你们等着瞧!"

她转过身,跑着离开了铺子。

摘自未出版的手稿《女桶匠普鲁登丝·韦迪寇珀》

作者:伊芙琳·爱瓦特与玛格丽特·维伦夏尔

第二天，我把笔记本和一些内衣裤丢进我的卡姆里小车，顺着93号公路向北前往佛蒙特。

要让人相信你是作家，一个简单的方式就是住在一处蛮荒之地。出版商都在曼哈顿，在他们心里南康涅狄格就是穷乡僻壤。他们很容易就会对此留下深刻印象，对这个弱点不加以利用简直太蠢了。

普利斯顿·布鲁克斯有他的西弗吉尼亚。纽约上州也是个不错的选择。那是一个有很多锯木厂和衰落磨坊的乡间小镇。西得克萨斯州更是人杰地灵，出了科马克·麦卡锡[1]和拉里·麦克默特里[2]这样的名家。怀俄明州和蒙大拿州能够给作者提供严肃题材。当你抛

1　科马克·麦卡锡：美国小说家，普利策小说奖得主，代表作有《老无所依》《路》。

2　拉里·麦克默特里：美国作家、编剧，作品多以美国西部及得克萨斯州为背景，代表作有电影《寂寞之鸽》《断背山》等。

出齿苋镇、提顿这种地名时，没有人会追着你查证。一切的关键在于让你的行文像有机西红柿或用放养的长角牛做成的牛排的味道一样自然。

"作家版图"正在不断扩展。不久之后，小说家们如果想被人当作天才，就得去布基纳法索[1]或库页岛上露营。

口袋中还有一瓶瑞乌提卡，用不了多久，我就能把《龙卷风之灰俱乐部》投入市场。我会让出版社的助理对他们的老板说："你一定要签下这个家伙——他的文字有彻彻底底的淳朴，他在新罕布什尔或是类似的地方有个小木屋，他就在那儿写出了这本神奇的书，深情无比，你一定会入迷的。"

另外，我知道霍巴特很可能会为了自己的决定后悔，我不想面对这个。

所以我去拜访姨妈伊芙琳。

伊芙琳姨妈的故事

伊芙琳曾经是一位凶得出了名的律师。几年前，她穿着套装出现在报纸和电视上，当时她的律师事务所正为波士顿市政府辩护，有一些孩子声称他们在搭地铁时被人伤害了。伊芙琳施巧计令带头的孩子在法庭上当众承认他们实际上是在自己录制霹雳舞时受的伤。也是在那一年，她宣布自己是一个同性恋者。这并没有引起我

1　布基纳法索：非洲国家。

126

们家族内部的骚动。我猜这种反应令她有些失望，因为之后她变得一言不合便发火。不久后她又平静了下来，然后找了一个女朋友，玛格丽特，只比我大几岁。玛格丽特曾经率领史密斯学院的橄榄球队赢得全国比赛的冠军。一两年后，伊芙琳说她要离开法律界，和玛格丽特搬到佛蒙特去，开一家枫糖浆蒸馏场。我老妈对此悲伤地评价道：如果没有孩子，你就可以去做这种事情了。

大约晚上 6:00，我驶入了特兰克顿镇的砾石路，开向她们的房子，阴沉的树丛中竖立着一块坚硬的长方形石头。

玛格丽特走了出来，她奔向我展开第一轮拥抱的时候，圣女贞德式的头发一颤一颤的。接着我才走进厨房与正在残忍地给香瓜开膛的伊芙琳姨妈开始第二轮拥抱。

晚餐时，我享受到了隆重的款待：有机菠菜沙拉、什锦水果浓汤、当地养殖的康涅狄格河鲑鱼配苹果枫浆酸辣酱、自家烘焙的七谷面包，以及传统美洲土著式玉米布丁。这和我期待的不同。我原本想象，我在佛蒙特的生活应该是艰难的文学苦修，如同一个在训练营中的拳击手。但是我现在已经失业近两个月了，所以吃起东西来简直像一个饿坏了的孩子。

"尝尝那酒，"伊芙琳姨妈说，"是我们的朋友克里斯平和劳伦斯从索伦托[1]寄来的，据说是特拉普派的修士酿造的。"

"那些修士非常了解怎么用脚踩葡萄。"玛格丽特说。

"皮特，我觉得，你开始写书真是太好了。我们很荣幸能有一

1　索伦托：意大利南部城镇。——编者注

位年轻的小说家来做客。到底是什么激发了你投身文学呢？"

"主要是为了在波莉的婚礼上让她难堪，让人们大吃一惊。"

玛格丽特笑了。"棒极了！"她完全理解我。

"另外，我还想赚很多钱，我不想再上班了。"

"好吧，这些听起来可不怎么高尚。"我的姨妈虽然如此说，却带着一丝顽皮，"我也在思考一项写作计划，是一本童书。我觉得这个故事能感染、鼓励很多年轻女孩，是关于一位不想只做一个妻子和母亲的女孩。她想学习当个桶匠，做木桶。"

"嗯。"

"最妙的地方在于，这是一个真实的故事，女孩的名字叫普鲁登丝·韦迪寇珀。她生活在18世纪晚期的斯佩博罗。父亲去参加独立战争的时候，她接管了他的生意，成了一个非常出色的桶匠，另外还做一些简单的铁匠活。"伊芙琳对我讲述了她对这座城镇历史与文化方面的发现，"木棒的有趣之处在于……"，"那时候，斯佩博罗并不是郡府，这有点儿复杂啊"之类的句子点缀其中。

吃完玉米布丁，玛格丽特向我展示了她为这本计划中的图书所画的一幅插图。她对于什么是优秀的童书插图，理解与儿童完全不同。她的风格似乎主要被东欧电影海报或是维多利亚时期的罪犯素描所影响。那幅画是用木炭画成的，普鲁登丝的特写如同恐怖的食尸鬼，露着1/4的牙齿，抓着一个工具准备箍桶。

"那是个锥子。"玛格丽特说，回答了一个我应该问却没有问的问题。

伊芙琳姨妈并没有真正学会做枫糖浆。她告诉我，她们邻居的制糖室如何因为通风不佳发生了一起爆炸事故，一只巴吉度猎犬因此受伤，只剩下了三条腿。这对我们所有人来说都是个坚决的警示。这种乡村生活的细节正是我可以利用的。我记了下来，准备在《龙卷风之灰俱乐部》中加上一部分，让祖母从这样一只狗身上得到灵感。

第二天早晨，伊芙琳姨妈和玛格丽特去斯佩博罗买调味品之类的东西。在一壶"登山者有机慢烤"混合黑咖啡的下面，伊芙琳姨妈留了一张鼓励我的字条：将制糖室当成你这个作家的工作室吧。

所以，我就坐在其中，周围是一大堆空的盆盆罐罐。伊芙琳特地给我准备了一张铁桌子和一把木头椅子。我的笔记本电脑上显示着我最新写成的句段。路加坐在一艘蒸汽船中从突尼斯到了秘鲁，衣服被舱底的水浸透。他梦到了家乡。我在清理浴缸的时候，想到了这伟大而脏乱的一幕。同时，赛拉斯、珍妮薇芙和祖母正在黑山露营，珍妮薇芙讲了一个在拉科塔部落流传的，关于星星代表遗失的爱人之心的传说（这是我编造的）。

我祈祷，我完成这一切的所有灵感和能力，都包含在我从小瓶子中倒出来的那颗灰色药片中。我喝了一口咖啡把药吞下去，然后等待着。

瑞乌提卡的效果
本书作者之记录
3 月 11 日

开始时间：上午 11：34。

服药后 0～8 分钟：没有反应。无聊。

8～11 分钟：有点儿生霍巴特的气。我是不是被他耍了？头皮瘙痒（可能与药无关）。

11 分钟：决定自行服用第二片瑞乌提卡。

12 分钟半：需要小便。

13 分钟：以平常速度走到房子里，然后正常地小便。

14 分钟：决定自行喝一小杯麦卡利斯特威士忌，以促进药效发挥。

21～34 分钟：对我手上的汗毛着了迷。开始觉得需要数清楚手腕以上汗毛的数量。然后开始思考手腕以上到底以什么为界限。在手腕上画下了一条令人永难忘怀的直线。数汗毛，为了力保准确，又数了两遍。（78，77 $\frac{1}{2}$，77 $\frac{1}{3}$，平均数：77.61111 根。）

34 分钟：对霍巴特有了信心。用沙拉钳拔掉了那孤独的 0.61111 根汗毛。

38 分钟：回到制糖室。

38 分钟半：在制糖室的地板上发现了一只小蜘蛛。通过观察，发现它身上也有一层毛。开始琢磨制糖室内的所有东西（罐子、蜘蛛、桌子、电子等）。列出了身上有毛的东西（孩子、猴子、苍蝇等）。突然害怕制糖室发生爆炸，害怕因此而残废。跑出了制糖室。

39 分钟：重新感觉到了安全。对落叶的形状产生了高涨得不寻常的兴趣。

43 分钟：突然觉得需要记录下瑞乌提卡的药效。开始记录。

46 分钟：感觉到了能量。为自己浪费瑞乌提卡的效力而生气。

自作主张又吃了半片。写作的冲动升起。

46~318分钟：写作。

318分钟：口干舌燥，大汗淋漓。

第318分钟时，我注意到我的衬衫就像一层黏糊糊的胶水一样黏在身上，我的舌头就像沙漠中干涸的河床一样干燥。我停止打字，同时意识到，我的手腕很疼。花费了痛苦的一分钟时间，我才把手指伸直。

在那段写作的过程中，我并没有检查我完成的页数。而现在我发现，自己写了49页。

"你好啊，小霍桑。"我走进房子的时候伊芙琳说。

"你好吗？福克纳。"玛格丽特说，少了几分热情。

那天晚上，将头天所剩的鲑鱼当晚餐吃掉后，我检查了自己完成的工作，发现大部分都是垃圾。有一些奇怪的重复。"沉默寡言"这个词语我在一个句子中使用了四次。珍妮薇芙有三次被描写为拥有"知更鸟般的歌喉"。黑山"拔地而起，就如同上帝的脚上长出了厚茧、鸡眼和瘤子"。在路加到达卡亚俄[1]码头的那一幕中，他经过了一些木桶。出于某些原因，在我癫狂的状态下，我觉得有必要列出那34个木桶中分别装了些什么。但修改这些就是编辑的工作了。我已经完成了一个阶段的工作，而且其中确实也有一些很富艺术气息的文辞，比如说，我在描述珍妮薇芙唱歌时写她"唱出了最

1　卡亚俄：秘鲁西部港口城市。

深沉的绝望，如同一只脚被捕兽器困住的灰熊在阿拉斯加的夜色中悲鸣"。

霍巴特和兰斯卡药品公司的人确实将这个瑞乌提卡做得很好，一旦投入市场，美国就不会再有哪个男孩玩《光晕3》，引用《饮料杯历险记》里的台词了，他们全都会把时间花在乘法表或是法语动词上。

伊芙琳姨妈在床头柜上放了一本精装版的《冰与泪之心》。"我最喜欢的作品之一！助你启发灵感！——姨妈。"一张便条贴在封面上。封面上，水色渲染下，有一个穿着裙子站在冰屋外的女人，画面十分朦胧。封底上写着几个精美的大字：震惊了加拿大的书。

我躺在被窝里面读了几个小时，脑筋始终转个不停，难以入睡。这本小说讲述了凯西·圣海莱尔的故事，她是一位多伦多律师的遗孀，丈夫死于一次倒霉透顶的钓鱼意外。凯西在巴芬岛上一所为因纽特妇女开办的学校中做老师。

我在抽屉里找到了一本记事本，又用了几个小时从这本书中摘抄句子，瑞乌提卡的药效才算过去。

而我在佛蒙特的周末是如此度过的：我醒来，撕下一块七谷面包，用咖啡送下两片瑞乌提卡，如果必要的话再喝上一口威士忌，然后开始写作。到了下午四五点钟，我就会像赛马一样浑身湿透。但是我必须推进我的小说：赛拉斯、珍妮薇芙和祖母进入了龙卷风地带，路加躲在秘鲁的葡萄园中，而纳粹的间谍正在一步步靠近他。到了晚上，我则依靠凯西让自己冷静，正如我之前所预料的，她开始和一个叫作塔琳卡的因纽特女孩搞同性恋。

到了星期日，我吃光了瑞乌提卡，凯西和塔琳卡遭遇了不幸的结局，而伊芙琳姨妈开始给我看她的《女桶匠普鲁登丝·韦迪寇珀》的样张，所以是时候逃离这里了。我的《龙卷风之灰俱乐部》取得了惊人的进展。路加最后死于脊椎癌，临死时听着病房外面的护士给她在伊拉克的儿子打电话。我们跳到现在，祖母、赛拉斯和珍妮薇芙在堪萨斯的旷野中，一个龙卷风涡旋正在接近。"一块铺天盖地的巨大污斑，含混而凶猛地向前移动，而所有一切都随之移动。在未知力量的推动下，它将以某种不确定的倾斜角度穿过草地。"

为了感谢款待，我与伊芙琳姨妈和玛格丽特拥抱个没完，同时送上一箱"上游"啤酒作为礼物，然后便出发了。

"老天啊，上帝啊，皮特，你躲到哪个地缝里去了？"霍巴特一掌砸在我的肩膀上，仿佛一只迷途的野鸭从天上掉了下来，"我，我绞尽脑汁地想你到底去哪儿了，几乎快吐了。"

这个可怜人觉得我去享受瑞乌提卡的狂欢了。他担心我会遭遇超级强大的灾难，比方说我想要钻进垃圾碾碎机中研究它的运作原理，最后变成了一摊红色的烂肉泥；又或者我想研究清洁用品的味道并据此给它们排序，最后死在了沃尔格林[1]的过道里，一手拿着一瓶高乐士清洁剂，一手拿着一个记事本，验尸官解剖后发现我死于中毒，嫌疑指向兰斯卡药品公司。我为自己搅乱了霍巴特的无

1　沃尔格林：美国的一家连锁药店，也经营食品百货的零售。

聊生活而感到深深愧疚。不过现在他终于如释重负，人也变得有精神了。

3月19日，我在作家的精神家园——商业区的巴诺书店里，完成了《龙卷风之灰俱乐部》。

那是圣诞节早晨，在堪萨斯的旷野，赛拉斯和珍妮薇芙紧紧相拥，站在福特翼虎的车顶上。他们看着祖母站在一个猛烈的龙卷风涡旋旁，打开了一个咖啡罐，里面装着路加的骨灰，也就是赛拉斯祖父的骨灰。祖母轻声低语着，但声音很快就被狂风裹挟而去。

她说出了她这一生最真挚的话语，带着一生的痛苦和神圣的诚挚。
再见，我的爱人！

这当然是垃圾。331页不同凡响的贺卡式垃圾。

当我穿过书架走出来的时候，我看着我同行们的著作。海明威的《永别了，武器》《丧钟为谁而鸣》——全都是些伪史诗感的书名，封面上是雨中奄奄一息的女人、斗牛士，还有意大利风景。他了解其中的秘密。他知道那注定以悲剧收场的地中海罗曼史可以换来基韦斯特[1]的海景和新的捕鱼船。菲茨杰拉德，以一张常春藤盟校的文凭[2]蒙蔽了世人的眼睛，让人们相信一个醉心于派对的有钱

1　基韦斯特：美国南方城市，海明威1931年至1939年居住于此。

2　菲茨杰拉德毕业于普林斯顿大学，后者是常春藤盟校之一。

人的故事有着深邃的隐喻。而福克纳，这个长得像比尔·克林顿的小贩，则用他甜腻的声音和浸泡在悲剧色彩中的田园故事来哄骗你。

我经过荷马的著作。他写的故事如此荒诞不经，充斥着超能力、怪兽和拥有半神血统的荡妇，连好莱坞拍这样的东西都会觉得羞愧，但他却大赢特赢！以"玫瑰色的黎明"和普里阿摩斯乞求儿子尸体这令人肉麻恶心的一幕收尾！这个瞎眼的老骗子赢得的少女（或是娈童）会比伯利克里[1]赢得的还多。

我走过狄更斯与他笔下那些恳切的孤儿和好心的姑妈，走过马克·吐温与他那些天使面庞的淘气鬼和乡俗谚语，走过詹姆斯·乔伊斯和他用威士忌泡出来的舞台式的爱尔兰胡扯。他们全都是骗术大师。他们并不比那些写啤酒广告或在电话里推销汽车保险的人强多少。他们只是成功利用了一个与众不同的视角而已。

而就在那里，就在书店的最前面，在"畅销作者"的展桌上，普利斯顿·布鲁克斯的《与鸟为善》依然销路大好。我翻开书的封底，看到了作者的照片。普利斯顿的胡子像一把剃刀。他坐在一捆稻草上，玩弄着一把小刀，身后是起伏的西弗吉尼亚群山。

---

1 伯利克里：古希腊政治家。

非虚构类

《重回巴比伦》：作者杰弗·科雷特。穿越伊拉克的幽默游记，作者堪比比尔·布莱森[1]。

《税务圣战》：作者唐尼·韦伯。饱受争议的电台节目主持人与你分享他关于税务政策、政府丑闻、反恐战争等事的见解，另外他还要告诉你为什么希拉里·克林顿比希特勒还糟糕。

《梦到巴克·欧文斯》：作者恩高木·图拉。黑人民权运动家的回忆录，讲述关于他成为钻石矿主的日子，以及他对美国文化的热爱。

《为何以及如何停止做一个希粉》：作者泰莎·寇林然。一位曾经的教师对帕丽斯·希尔顿的骨灰级粉丝疾言厉色，教他们如何净化自己的思维、身体和嘴巴。

《意大利面上的辣椒：辛辛那提的爱情故事》：作者米娅·瑞奇和约翰·瑞奇。一对相敬如宾的夫妻描述他们不同寻常的爱情故事以及对食物的热爱。

1　比尔·布莱森：知名旅游文学作家。

虚构类

《拖延》：作者琴·冯。讲述了在一所知名大学中鬼混、密谋的故事。作者曾经是《加州技术》杂志的性专栏作家。

《龙卷风之灰俱乐部》：作者皮特·塔斯洛。一位蒙冤的男人与祖母及一位墨西哥民谣歌手踏上一段旅程时，爱、往事和真实的灵魂都一一呈现。

《挫折》：作者德里克·皮特·尼尔森。在一艘深海考察船上，一位海洋学家爱上了一只训练有素的海豚。

《夏娃瘦了富了爱了》：作者林德塞·菲波斯。一位曼哈顿广告公司的助理在汉普顿度过了刚好撞上阵亡将士纪念日的周末后，她开始减肥、争取升职，并学着忘记糟糕的前男友。

摘自蒿雀出版社 2007 年 4 月书稿简报

对于这一部分的故事，了解出版的人丝毫不会觉得有什么奇怪之处，我估计他们都会阴沉地点头认同。但是那些不熟悉出版工作的读者也许会觉得我卖掉小说的过程非常疯狂且令人难以置信。但是相信我，这一切都是真的。

也许，如果你知道我是如何到达纽约的，你就会更加确信整个世界的运作方式都是疯狂而令人难以置信的。早些时候，从波士顿唐人街行驶到纽约唐人街的龙八巴士线上，偶尔会有一些乘客带着家畜乘车。我从来都没有亲眼见过猪，所以，当其他乘客声称车上真的有猪并且还长着獠牙时，我并不能完全相信。只有一次，我看到在我前面的一排座位上，一个女人用竹笼提着一只公鸡。

但是之后，这趟通往曼哈顿的巴士票价仅为 10 美元的消息广为传播。中国的家畜运输者们从中发掘出一些隐性服务。很快，每班车上都会有一个拎着吉他、读着伍迪·格思里[1]自传的消息灵通的底层人士。这班服务很差的大巴一直是 I-84 号公路上禽流感和伤寒的孵化器。而司机一路上大部分时间都在用对讲机狂讲广东话。但由于车票价格对我有着致命吸引力，所以我买了两个猪肉叉烧包，上车找到一个座位，向南出发。

在出发之前，我最后又看了一遍《龙卷风之灰俱乐部》，确信它已经可以投入市场。我又补充了一些商业元素，加了更多关于狗、烈酒和咖啡的描写，还有激情和接吻的片段，这些都是读者会喜欢的。我尽情回味着我那些宏大的主题：爱、死亡、龙卷风、犯罪、人心。一切痕迹都如此鲜明，即便是弱智的读者也能够看出来。然后我用电子邮件给我在出版界的同谋——露西——发了一份书稿，同时告诉她我会去她那儿待几天。

上大巴的时候，我已经对我的小说感到厌烦恶心了。我随身带了一份打印稿，因为稿件在背包中的重量令我心生慰藉。我甚至拿出来看了几次，感受它在我手中的分量，内心有着简单到极点的骄傲，如同一个蹒跚学步的孩子感受着自己迈出的颤抖步伐。但是我肯定不想再读它了。我吃掉了叉烧包，浏览着《名利场》上一篇描写 20 世纪 70 年代蒙特卡罗的文章，然后就靠在脏兮兮的车窗上昏昏欲睡。我旁边是一个中国女人，抱着一个装满了鱿鱼干的大包。我醒来的时候，天已经黑了，车被堵在合作城[2]附近。最后车终于

1　伍迪·格思里：美国歌手、作曲家，深受当代美国人民喜爱。

2　合作城：纽约市政府组织的一项公益性建设项目，市政府为发展商提供长期、低息抵押贷款，同时给予税收减免的政策优惠，住房只提供给那些经过市政府批准的年收入在一定水平线以下的人。

停在唐人街的一处街角，我下车走上了尿渍斑斑、堆满箱子的南曼哈顿人行道。

我纽约之旅中的主要事件发生在两家酒吧里。

第一家酒吧

菲茨杰拉德酒吧，在第七大道上，卖墨西哥牛肉卷的地方附近。

我技术高超地穿行在下班后来这里放松的人群中，在通向卫生间的拐角处，我在一张桌边看到了露西的背影。根据她泛红的脸颊和愉快的声音，我判断，显然她已经一个人喝起来了。

露西

如果我说她是个大饼脸，她并不会介意。在大学里面，她很讨人喜欢，是那种会为宿醉未消的人从餐厅拿回几个鸡蛋的女孩。偶尔她自己也会变成一个滑稽的醉鬼，不过大部分时间她都是一个认真学习的好学生。大四那年，她凭一篇关于夏洛蒂·勃朗特的论文赢得了一份奖学金。她带着浪漫的梦想进入蒿雀工作，但是他们却把她分配给了一个只有一份撕烂后又拼贴在一起的作者名单的绝望编辑。露西的工作似乎主要围绕着以钻油平台中的吸血鬼侦探和狼人为主题的可憎可怖的平装本书籍展开。

露西起身用她的招牌熊抱迎接我时，膝盖撞在了桌腿上。

"书！"她一边说一边指着菲茨杰拉德酒吧的墙。当然了！墙上贴着各个时代紧张地叼着烟的作家的黑白肖像，还有那些覆盖着尘土的年代久远的小说封面，那种你现在只能在烟盒上看到的张扬的四色设计。最上面贴着菲茨杰拉德的画像，他可怜兮兮地看着我点了一杯覆盆子苹果酒。

"你最近怎么样？"我问。在我的计划中，很重要的一部分就是让露西记住我们是好朋友，而不要认为我只是利用她达到出版目的。

"哦，还好。我刚买了新床单，舒软无比。"她回答，周围一片嘈杂。她提到了波莉的婚礼，由于她为那个背信弃义的荡妇表现出了真诚的喜悦，我始终保持沉默，直到她改变话题。

"你喜欢这间酒吧吗？"她问。

"嗯，很棒。但是以一个喝酒致死的人来为这里命名是不是有些奇怪[1]？"

露西困惑地看了看四周。"我不觉得。"然后她端起波旁威士忌，以令人印象深刻的方式喝了一大口。"我听说过去有些作家经常来这里。詹姆斯·琼斯[2]、诺曼·梅勒[3]，以及其他类似的人。不过眼前这些家伙看起来都像是普通的公司职员。"

然后她两手抓住我的手腕，双眼圆睁，仿佛突然间想起了什么。"你的书！"

1　菲茨杰拉德死于酗酒引发的心脏病。——编者注

2　詹姆斯·琼斯：美国小说家，代表作有《从这里到永恒》《细细的红线》。

3　诺曼·梅勒：美国作家，1948年以《裸者与死者》闻名，1968年和1979凭借《夜幕下的大军》和《刽子手之歌》两度获普利策小说奖。

我摆出一副作家式的心不在焉的表情。"哦，那个呀，你读了吗？"

"那会让我升职的。"

这句陈述一下子击晕了我，我猛地扭头，拉伤了脖子，之后疼了好几个星期。

"你觉得它算好的？!"

"哦，并不是那种好，"她说，"我是说……我大吃一惊。你知道吗，你写出了所有的东西，不过……我是说，龙卷风？"

现在我做出了受伤的表情。

"所以，你觉得它不好？"

"皮特，是这样，"她靠近我，低声说，"我无法分辨。"

"什么？"

"我分辨不出来。我不知道怎么判断好坏了。"

"你不是助理编辑吗？"

"编辑助理，不过……我不认为有人知道。"现在我们两个亲密无间，如同接头的两个间谍。"他们也区分不出来。我的老板绝对区分不出来，他的老板也肯定区分不出来。没有任何人知道怎么分辨。现今我们困难重重。"

"等等……"

"这么说吧，你知道我们收到了多少稿子吗？几千份！几万份！成捆成堆的。有些人根本没有办公桌，他们就坐在一大堆稿子里。还有些人专门负责把它们扔到垃圾桶里。巨大的垃圾桶啊。他们得用铲子往里扔，但是稿件却源源不断。"

"但是绝大多数稿件内容肯定都非常糟糕。"

"你想象不到！烂透了！有些稿纸上还有血迹。我们有一个电子邮件群组，我和其他助理，互相转发那些最烂的句子。你都想不到会有那样的句子。你已经对它们无动于衷了。但一旦你剔除了这些稿子，剩下的稿子你就要从中做出选择了。皮特，你说我还算得上聪明吧？"她的语气如此恳切，我只能以最快的速度点了点头。

"但我分不出来好坏。我以为我能。我以为我能分辨好坏优劣。我发现了一些令人难以置信的感人之书，甚至可以说它们非常伟大，而编辑们会不屑一顾。当然他们有可能会出版这些书，但是只能卖出 54 本。文学书。54 本。"

她喝光了她的威士忌。"《北京》，我寄给你的《北京》，卖出了 3400 本。是的，这是总数，而且还是'超出预期'！"

"更糟的是那些烂书！那些烂书，那些糟透了的书，那些没有任何意义、生搬硬造地用副词修饰堆砌而成的书，它们却可以卖出几千万册，还可以改编成电影。我过去每天晚上都哭，真的，我会买一杯奶昔，再掺上伏特加，然后开始哭，因为我觉得我肯定愚蠢至极。每天晚上我都做同样的梦，梦里我周围的每个人都讲着某种外国话，我听不懂。"

"你喝哪种口味的奶昔？"

"我想我得辞职了，但接着我却仿佛开窍了。没有人知道。所有人。编辑、作家、代理，任何人都不知道。你知道吗，这就像有一个小孩一直喊叫、一声不歇，妈妈便一直把玩具丢给他玩，但是他仍然一直叫，最后连妈妈都想哭了。"

"我觉得……"

露西拍了一下桌子。"就是那样！编辑就是妈妈，读者就是孩子，编辑只是不停丢东西给他们，然后就黔驴技穷了！"

露西的描述如同战后的一片城市废墟，一场小人得志的噩梦。

"我的老板，他疯了，他真疯了。你知道他让我干什么吗？星期一，他让我上 MySpace（聚友网），整个星期都上 MySpace，找出些东西，简而言之，任何东西，任何孩子想要的东西。任何他能够签下来的人。"

"你找到了吗？"

"还有博客！天啊！博客！如果让我再多听一次'博客'这个词，我就要把脖子伸到地铁轨道上了。"

"那你们的生意好吗？"

"哦，糟透了。他们开始解雇人了。他们是这么说的。就是那些从英国来的拥有酒业公司的家伙，他们买下了整个出版社，然后宣布他们要裁员了。这就是他们做的第一件事情。'好啊，大伙，我们要优化人员结构了！'任何了解英国办公室文化的人都知道，那意味着他们要裁人了。"

然后她又瞪大眼睛看着我。"但是你！你会把我从那个办公室里拯救出来！因为你符合了'请购单'的标准！"

"'请购单'是什么？"

"就是这个东西，这份填好的表格，这是公司里的那些家伙弄出来的。看！"她从公文包里拿出了一份文件。

蒿雀出版社新书审评

书名： 龙卷风之灰俱乐部

作者： 皮特·塔斯洛

审读： 露西·艾滕

类别： 文学 / 犯罪

可读性：3.5

续篇可能：2

电影版权销售可行性（视觉、动作、演员、可拍摄场景）：5

周边烹饪书可行性：5

品牌化可行性：4

推销可行性：2

游戏改编可行性：1

辅助材料（读者指南等）出版可行性：4

作者相貌：3.5

作者访问：5

作者博客 / 网络形象：5

获奖可能性：4

潜在国际市场：5

SR（如果存在）：

综合推荐度：5

"看这成绩！我们得给你弄个有些点击量的博客。"

"我的相貌怎么是 3.5？"

"相信我，和大多数家伙比起来不错了，你至少还有 3.5 分呢。不过看这儿！"

"得奖我有 4 分？"

"我们得把珍妮薇芙改成墨西哥人。让她唱兰切拉[1]。相信我。"

"SR 是什么？"

"你的销售记录。相信我，你不会想要这个的，除非你是帕梅拉·麦克劳克林或者提姆·德鲁，不然没有任何意义。"露西兴奋地把"请购单"拍在桌子上，"看到了吗?!现在，我们只需要让戴夫确认。他会买账的。'青年才俊！青年才俊！'他总是这样对我喊，如同一个色情电影制片人。"

我颤抖地走向吧台。

露西和我边喝边聊，尽管这对两个人来说都没有必要。我记得，她一直在夸夸其谈为什么人们要费心写作。她胡乱指着那些覆满灰尘的书的封面。"看看这些人！万斯·波嘉利、查尔斯·R．罗宾逊……全被人忘了！死了！什么都不是！所有的著作！他们的书现在都变成了纸浆！变成了纸尿布！他们完完全全把自己的书变成了手纸。完完全全。你用他们的书擦屁股。这就是那些好书的下场！而那些烂书！那些烂书充斥了整个市场！别介意啊。"

没有人介意。而我自己——根据残留的部分记忆——一直连

1　兰切拉：墨西哥乡村音乐。

篇累牍地谩骂着波莉，其中还点缀着一些令人尴尬的自我爆料。离开时，我扶着露西，我们连走带爬地回到了她的住处。路上她建议在附近吃点儿墨西哥牛肉卷。

"如果真的那么糟，"寻找牛肉卷的时候我问她，"为什么你还想一直干下去？"

她停顿了很长时间后才回答。"有时候，你会发现有些东西还是好的，"她说，"我说的好并不是你的作品的那种好，我是说真正的好。'你能分辨出'的好。就像《北京》，但是，大多数……"

然后她就呕吐在了自己的鞋里。

第二家酒吧

自助食堂，在布鲁克林区的某个地方。

那天中午时分，我在露西公寓中一个紫色的床垫上醒了过来。我在冰箱里找到了一些葡萄汁，用它漱了漱口。我知道我是在一个女孩的公寓里，因为淋浴池里非常干净。

我丝毫想不出来待在纽约的人是怎么写完东西的，因为我发现仅仅是去吃一块比萨都让人心力交瘁。我回来的时候，发现电话上有一条来自露西的留言。露西在精神、身体和肝脏都处于极端不好的情形下还要去上班真是场悲剧。但是她的声音听起来非常兴奋。她让我晚上 7:00 去一个叫"自助食堂"的酒吧见她和她的老板。"我告诉他你坚持要在布鲁克林见面。"我不明白露西为什么要这么说，但现在显然是她在指挥局面。

我在一家波兰面包房的旁边找到了自助食堂，它的装潢看起来像学校食堂：吧台上有一个玻璃罩子，地板上铺着灰色漆布，塑料椅子，服务员头上戴着发网，人们用彩色托盘端着帕布斯特[1]。

露西的老板，戴维[2]·波尔（蒿雀的一个编辑），坐在露西旁边。即使灯光昏暗，隔着好几码远，我依然能够看到他脸上的恐惧。他不停地打量着房间，仿佛有人要将出版界的秘密昭告于众，而他害怕错过。他比我们年长，怪异，透着挫败感，看上去像是一个刚经历过一场痛苦离婚大战的小精灵。

"我猜那些最受欢迎的学生就会坐在这儿！"他说完就笑了，是那种知道自己讲了一个糟糕笑话后会发出的笑声。

"哎，皮特，我喜欢你的稿子。午饭时读的，非常喜欢。"

"你在午饭时读的？"

"在我们这个行业，你就得加快阅读速度。有时候我午饭时能读两三份稿子。露西告诉我说，你成功揭露了那种心声，你们那一代人的心声，让人身临其境。"

"的确。"我说，用我想象的亚伯拉罕·林肯的声调。

"确实非常真挚。"

"的确，是啊。"

"所以你只是蜷缩在佛蒙特的一个小木屋里，就弄出来了这个'鬼东西'？"

---

1 帕布斯特：啤酒品牌。

2 前文的戴夫是戴维的昵称。

"是。我是说，我构思了好几年了。大部分内容是我的家族历史。我是从卧病在家的长辈那儿听来的。"

"很真实。能感觉出来。"

"非常非常真实，绝对的。"

"所以，我对你的写作过程非常感兴趣，你是怎么写出来的？"

接下来我们玩了一局"吹牛皮"。戴维提出了一些明显是陷阱的问题。我给出了在仓促之间能想到的最作家式的回答。露西则一直沉默不语，抚弄着自己的啤酒杯，时不时抬头充满惊恐地看着我。

幸运的是，在来这儿的地铁上，我已经写下了一份"作家式陈述"。

作家式陈述

● 我总觉得写小说就如同给自己动手术。

● 我试图找出真实与超验的界限。

● 《龙卷风之灰俱乐部》真正的故事核心是一场美国朝圣之旅。

● 祖母是一个精神向导，她之于赛拉斯，就犹如维吉尔之于但丁。

● 每个早晨，在写作之前，我都会读一段《草叶集》。惠特曼的作品拥有极致的美国式节奏。

● 开始写作前，我花了一年时间试图勾勒出路加的脸。然后有一天，我在河边散步时，他就从我身边经过。于是，我坐在草地上，开始写作。

- 我渴望能多产如狄更斯，精微如亨利·詹姆斯[1]，深情如托妮·莫里森。
- 写作，对我来说，不是一个爱好，也不是一份职业。它是我存在的意义，如同呼吸一般必不可少。

有些语句真的很难说出口。我看到露西的额头上开始有汗水闪烁，但是戴维一直在点头。同时他一直在喝酒，远比你以为的一个小个子能喝下的量多。有一次他起身去厕所时几乎绊倒了。

"嘿，福克纳，别搞砸了。"看他走后，露西一把抓住我然后对我说。

"是你告诉他我是一代人的代言人。"

"他喜欢这一套，他信这一套。"

我们看着戴维走回来。他摇摇摆摆地走着，然后艰难地坐了下来。

"天啊，"他说，"写作。你知道，可能我不应该告诉你，但是你知道，露西知道，每个人都知道，我们捉襟见肘。"

"我……嗯……"

"我们麻烦不断。"他看着露西，"比你所知更糟。"他咕嘟咕嘟地一口气喝下了足有半瓶酒，然后把酒瓶拍在桌上。"混账！"他看着露西，"他们想弄一场促销，就像美国公共电视台那样，就像'如果你喜欢本书，请给我们反馈，您将得到一个蒿雀手提包'。就

---

1 亨利·詹姆斯：美国文豪，代表作有《一位女士的画像》。

这么糟！”

然后他开始持续打嗝，过了一段时间后看着我，问：“你为什么不写剧本？”

“什么？”

“我是说，你知道，露西说你有本事，那你为什么不去当编剧呢？”

“嗯，小说，这种形式，对作为作家的我来说，仍有很多……嗯，适合某种探索……”

“我一直在写一个剧本，同时也在写一个短一点的，也许可以自己找些演员，拍了放在 YouTube 上，看看谁上钩。”

很长一段沉默。

“该死！”

接下来是：“听着，我要拿你的书去见我的老板们。我要买下它。你知道为什么吗？”

“嗯，因为你想……”

“因为那些国家风情，所有那些东西，还有信仰——我觉得我们可以把它放在沃尔玛里卖[1]。他们会卖的，现在大家都这么做。做做预算，我希望能大卖一场。”

“嗯，谢谢！”

“可我又知道什么呢？我不过是个来自斯卡斯代尔[2]的犹太小孩。”

1　美国的沃尔玛超市通常也会售卖书籍。——编者注

2　斯卡斯代尔：纽约小镇。

就在那时，一个大脚野人拍了拍戴维的肩膀。这听起来有些夸张，但绝对是真的。那个人的脸藏在互相纠缠的、毫无修饰的毛发之后，周围的空气都随着他的一举一动而颤抖，如同沙漠里高速公路上的蒸腾热浪。他身上的味道闻起来就像在世界上最差劲的有机农场浸泡过一般。

戴维说："嘿！"然后他们握了手。"进行得怎么样啊？"

"哦，很好。我已经对鸡肉腻味透了。"

"我相信。"

"还有我的牙医，他不是很高兴。"

"是吗？"

"但总的来说很好。"

"酷，哥们儿，"戴维说，"有空给我电邮，告诉我进度。"

"我不能，伙计，记得吗？我没有电脑。"

"哦，对，对。"

大脚野人离开了。

"那家伙，"戴维说，"有点儿疯。他一直跟我描述这样的书——他要过一年只吃炸鸡的日子，还要过一年只喝苏打水的日子，一年不洗澡，一年不用电脑。就是这样的构思。这样一个个分散的点，我永远都卖不出去。但最后，他决定一次性地将它们全数付诸实施，卖掉它，他就走人。"

戴维又喝了一大口啤酒。"这位老兄今年可不好过了，管他呢——你的书！露西，她很优秀，我得让她大删一轮。"

我能看到露西的眼中闪现出了某种异议，但是她保持着沉默。

"她得删掉很多，但是——已经很好了。人们会买的。我相信。"

又是一阵沉默。戴维环视了一下酒吧，然后站了起来。

"好的，就这样。"他握了握我的手。

我们走了出去，三人并肩而行。快走到地铁站的时候，戴维让我们跟着他。他走入了一条小街，露西和我对视了一下，跟了上去，他带着我们顺着一个通往小公园的斜坡往下走。斜坡一侧是一排三层楼高的褐色石头房子。

"看到那个地方没？"戴维指着街角的一栋建筑，它看上去有一个街区那么大。"那是乔什·霍尔特·克瑞狄的。价值350万。用《玛纳萨斯》买的。"然后他转身，眼睛盯着我，"而我否决了那本书，该死！"我们盯着那个地方看了一分钟。

然后戴维吼道："你烂透了，克瑞狄！"我们全都蹲进树丛中。等了大约10秒，才探出头来。但没有任何动静。

然后楼上亮起了一盏灯。我们吓坏了，顺着街道跑了下去。

"那件事粉碎了我的自信。"我们一边跑，戴维一边说，"自信！身为编辑就需要这个东西！绝对不会再有下一次，我对自己发誓。"

我们进入地铁站。戴维又握了握我的手。"好了，你写得很棒。接下来就看我的了，这回可别玩我。"然后他走了。露西双手抱着头。

"嗯，他还好吧？"

"哦，不好。"露西拿开了手，"但我认为你刚刚把你的书卖掉了。"

我们今天使用的"投资"一词来源于拉丁语。2000 年前，它就具有和今天相同的意义——安全，稳定，你资金的未来。

阿庇亚古道基金，集古罗马的价值取向与 21 世纪的前瞻性投资目光于一身。我们的目标非常简单：为所有客户构筑出财富的宏伟帝国。

当你和我们一起投资时，你会感到力量与自信，因为你把未来交给了能够满足你需求的专业人士。我们的专业人士能够随时适应瞬息万变的市场，同时坚持遵循自古不衰的核心原则。

选择阿庇亚古道基金，就意味着选择了公正，选择了力量，选择了一个如同古罗马斗兽场一般可以恒久稳固的骄傲未来。

摘自阿庇亚古道基金的介绍 | 作者：皮特·塔斯洛

我认为卖掉小说后应该发生的事情

一些编辑会带我去提供接骨木鸡尾酒的地方。我喝得酩酊大醉，开始夸夸其谈。离开的时候，我会看到一个在街上等出租车的模特。

"皮特·塔斯洛，你是只会写作吗，还是你也会拦出租车？"

"我会拦出租车。"

"那我们走吧。"

我们回到她的公寓，在格拉梅西或其他地方，但不管在哪里，她都会把双唇贴上我的耳朵。

"我知道你能很出色地描写爱，皮特·塔斯洛，你也能出色地做爱吗？"

"我为什么不向你展示一下呢？"我就会开始展示。

两个月后：在伦敦的晚宴上（我去伦敦举办《龙卷风之灰俱乐部》英国版的发布会，而办晚宴的餐馆应该叫"肥牛犊"之类的），扎迪·史密斯[1] 会靠近我。

"知道吗，我很了解你，你这个伪善的家伙，"然后她会微笑，"公平交易，你不揭穿我，我就不揭穿你。"随后我们两个会在满是手稿的桌子或地板上翻云覆雨。

我还会上《查理·罗斯秀》。

我卖掉小说后实际发生的事情

看到合同的时候，我明白了为什么作家们如此沉迷于描写亲手修理坏锅炉、为杂货店账单争执不休的倒霉角色了。因为作家并没有得到多少报酬。蒿雀愿意出 15 000 美元买下《龙卷风之灰俱乐部》，而其中绝大部分的款项，我必须等到书出版之后才能拿到。露西给我画了一张示意图解释出版游戏里的经济问题：

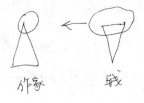

作家　　　　钱

1　扎迪·史密斯：英国女作家，代表作为《白牙》。

顶端的极少数作家，例如提姆·德鲁和帕梅拉·麦克劳克林，几乎拿走了所有的钱。留给绝大多数底层作家的所剩无几。

我的书预计在11月上旬问世。戴维·波尔告诉我，蒿雀的英国老板们认为美国人在感恩节前后会读大量书。"他们买书，在去克利夫兰的火车上读……"他们的逻辑就是这样。由于裁员的阴影笼罩着蒿雀，所以没有足够勇敢的人对此提出反驳。

有一次，上九年级的时候，为了参加学校的一个大型活动，我用牙签做了一个埃菲尔铁塔模型。我做出来的那个东西七扭八歪，脆弱不堪，以至我不敢再度修改，只希望它能够坚持得久一点，让我拿到一个名次。

对《龙卷风之灰俱乐部》，我也是这种感觉。露西整个夏天都在编辑我的稿子，而我则穿着内衣看红袜队的比赛，对于结果漠不关心。她几乎每天都给我发来写满疑问的邮件。"路加怎么学会西班牙语的？""赛拉斯为什么不向警察解释他没有杀害他的老板？""垂死的鹿闻起来真的有一股淡淡的肉桂味吗？""'蜡黄色'这个词你用了四次，可是没有一次用对了。"她似乎突然理解了我作品的草率本质。"第41页，你说阿尔伯克基是一个'如即将爆炸的熔炉般炎热的城市'，但8页之后，你又说，'山风为它带来清凉，令它宛若11月的树屋'。"

最后，我不得不告诉她，她可以进行一切必要的改动，只要不再来烦我。

我梦到《龙卷风之灰俱乐部》在杂物桌上望着我，周围堆满了被人弃置不理的书，它们的封面全都哀伤而绝望，如同中学校园舞会上丑陋女孩的脸孔。这画面经常在我午睡时来拜访我。我的自负竟如此迅速地变成了怯懦，这真神奇。

然后，6月里，我接到了强·斯特吉斯的电话。他打来的时候，我正在洗澡，对我来说，洗澡是最廉价的消磨时间的方式。强给我讲罗马的贵族女子为了和知名的角斗士睡觉会花费多到离谱的金钱。这很有趣，不过无关紧要。

"其实，我正在开拓一片新领域，前景可观。"

"好极了。"

为了公平起见，我要记下他对于自己新商业计划的描述。斯特吉斯用了很多类似"有开拓性"和"体系自由"的词语。所以，我本应该意识到他做的不是什么合法的事情。但是在我听来，那是某种不会被人抓住的勾当。

他提供给我的工作是为他创建的一个互助基金写推广文案。他宣称，该基金已经引入了很多有意向的严肃投资者。

"看，我很擅长挑选合作伙伴。你知道的吧？我有这方面的天赋。但是我——你知道——我没办法让他们施展出写作天赋，而这是你的特长，哥们儿。"

"是。"

"那好，我给你发一些——你知道的——基本材料，你以此为基础写作。罗马，这是主题。你知道的，罗马的力量。"

"我想我能做到。"

"我们已经改变了资本流动的方式，皮特，这是一个一体化的系统。不过我们需要一个像你这样条理清楚的人。"

"你给我多少报酬？"

"1000 美金。"

"好的。"

我应该在此强调，我写那份文案的时候，并不知道它会变成什么。我猜它变成了某份我没看到的简报。

事实上，我毫不为此担忧。网上有很多古罗马遗迹的图片和让你输入信用卡信息的网站。每天上午 11:00《价格猜猜猜》播出的时候，我就工作一个小时。那年夏天大部分时间，我都窝在沙发里。

8 月，露西给我发来了一份封面设计图：绿色的草原上，有仿佛是用手指画出的龙卷风图案。字体非常简单，十足的美国风，如同 IHOP[1] 菜单上的文字。

1　IHOP：美国的早餐连锁店。

长久以来，我一直认为美国小说史上最有影响力的人物是亨利·福特[1]。自从第一辆 T 型车驶下生产线，关于公路旅行的记叙便成了通俗文学的主干。可以想象一下，假如过去 50 年中所有美国小说中的司机都行驶在同一条公路之上，他们造成的交通拥堵绝不会亚于下午 5:45 时洛杉矶闹市区的拥堵，萨尔·帕拉蒂斯[2] 肯定会把喇叭按个不停。

不幸的是，并不是每一位上路的作者都是荷马或凯鲁亚克，也并不是每一次曲折的旅行都能成为《奥德赛》。以皮特·塔斯洛的处女作《龙卷风之灰俱乐部》为例。塔斯洛以拉斯维加斯的枪声开场，然后便让他的人物在时间与空间之中展开了一场混乱而曲折的旅行，而这却让人想要寻找呕吐袋。令人费解的情节中杂糅了许多光怪陆离的元素：法国农民、高中的橄榄球比赛、狂热的爱情。然而，它更像拉斯维加斯的自助餐，菜品丰盛，但味道恶劣。塔斯洛的行文特点在于总找不到自己的节奏。他将每一次无精打采的驾驶和吃了一半的奶酪三明治都伪装成貌似隽永的庸俗修辞，而支撑这一切的不过是一种原始而模糊的天主教式隐喻，这纯粹是在挥霍读者的耐心。他的作品就是用乏味的人物和场景熬出来的一锅粥，文字枯燥，就仿佛某个又老又丑的六十几岁的妓女在一个低级赌场中小心地保护着自己仅有的一支烟和一杯威士忌。这是一段你希望能够搭飞机掠过的公路旅行。

摘自查尔斯·梅瑞狄斯《旧金山纪事报》专栏"关于书籍" | 2007.12 出版

1　亨利·福特：美国汽车工程师与企业家，福特汽车公司的建立者。他也是世界上第一位使用流水线大批量生产汽车的人。

2　萨尔·帕拉蒂斯：美国作家凯鲁亚克的小说《在路上》的主人公。

有一本极好的书，叫《抨击：关于伟大作品的差评》。书中全是些完全不得要领的当代文艺评论，批评的对象是今天被我们奉为杰作的书、音乐、艺术、电影等。例如，关于《哈克贝利·费恩历险记》："宣称自己是马克·吐温的塞缪尔·克莱门斯[1]先生，用粗鄙的语言描绘了一桩发生在河边的蠢事，这让他降格到和能从这些努力中受益的黑人一样的级别。"而《了不起的盖茨比》："菲茨杰拉德在《人间天堂》中施展出如此耀眼的才华，这一次却马失前蹄，每一个人都希望他能够重新振作。除去对美国大亨的偏见、对燕尾服派对的幼稚迷恋，我们看到的是一位名符其实的言情小说家。"

也许，最好的一篇是关于《白鲸》的。"我们最好把这看作一

1　塞缪尔·克莱门斯是马克·吐温的本名。——编者注

位没有理想的作者注定的失败。梅尔维尔先生简直在浪费自己的力气。他没有选择宏大的主题，没有涉及人类的生存状况，对于那位疯狂的船长也吝于笔墨鲜少描写。他反而去写难以尽数、冗长乏味的捕鲸史。那些想获得鲸类学知识的人会更喜欢梅休的《大西洋与太平洋的鲸》。"

书的最后一章收录了许多现今已被人遗忘之作的狂热好评。《剧场变奏曲》是最罕见的事物，是一部你可以在每个句子中都察觉到伟大所在的小说。我们坚定地相信，我们的孩子在学习莎士比亚和约翰逊博士[1]之外，还要学习吉尔伯特·彭特维德的作品，他的名字将列入文学宗师之册从而永垂不朽。"

伊芙琳姨妈给我寄来一大包枫糖曲奇时附上了这本《抨击》，还有写着"继续加油"这类老生常谈的字条。当然，她很有礼貌，没有提及查尔斯·梅瑞狄斯的评论。

我尝试不去憎恨任何人。就像汽车保险杠贴纸上所说，"憎恨可耻"，但是，我恨书评人。

书评人是地球上存在过的最卑鄙下流、最令人憎恶的生物。他们通过啃噬他人的著作来填饱自己的肚子，他们是人类的垃圾。他们全都该染上那些不起眼的皮肤病期刊中描述的丑陋疾病。

书评人生活在散发着卫生球和烂纸味道的局促的工作室中，呼吸着腐坏咖啡的恶臭，时不时要穿上太过窄小的系扣衬衫和裤子，笨拙地离开他们的陋室，把永远咆哮不停的嘴脸扎进蛋黄酱三明

---

1 约翰逊博士：塞缪尔·约翰逊，英国18世纪中叶以后的文坛领袖，编纂了《英语大词典》。

治当中。然后他们就回到电脑前，用粗壮的手指敲打出所谓的"书评"。他们会周期性地暂停，发出野猪般的厉声号叫，愉快地沉浸在自己的残忍之中。

即便表现"友好"，他们也是在屈尊俯就。"我们期待能够听到更多作者的心声。"书评家都会这么说，那声调僵硬得如同一个二流的钢琴老师递给你一块陈年的草莓硬糖，告诉你还要多加练习。

但是一篇低劣的书评仅仅是令人讨厌而已。

试问：在文人能够找到的所有工作中，到底是什么样的怪物才会选择一份告诉人们"不同的书有多么糟糕"的工作？怎样扭曲的灵魂会选择如此度过一生？

这不是唐·里克斯[1]的名人烧烤会，在那里谁都可以拿鸡尾酒虾和杜松子酒取乐。现在人们依然援引多萝西·帕克的名言，因为她是最后一位有趣的书评家，而她生活在80年前。

我也不会因为所谓的"书评是在推广艺术"、"唤起人们对优秀作品的注意"或是"保持文学文化的生命力"而放过书评家。如果一个家伙拿着高音喇叭在你家附近广播哪些人太胖了，他可能是在宣扬健康，唤起人们对健身的注意，让公众保持健康和生命力。但是你会恨他，会朝他扔石头，你也应该如此。

我对查尔斯·梅瑞狄斯也会如此。

查尔斯·梅瑞狄斯在《旧金山纪事报》中算是位名流。他开设了专栏，名字带着恰如其分的自命不凡——"关于书籍"。17年来，

---

1 唐·里克斯：美国喜剧演员、作家。——编者注

在那个平台上，他用自创的怪异高级英语行话发布着愚蠢的见解。

在他写出关于我的书的评论之前，我从来没有听说过他。但是既然他无缘无故地招惹我，我批评一下他也是理所应当的。

这并不困难。在谷歌的图片搜索引擎里搜索他，盯着他高领毛衣后如海浪般起伏的一层层脂肪看上一阵子，仿佛他的脖子是一个没有割皮的生殖器，这时你也会像我一样，很自然地想象他孤独地坐在餐馆里面，把吃空的面包筐摔在桌子上，要求服务员给他加面包。

如果我真写了一本烂书，查尔斯·梅瑞狄斯为什么要介意？为什么要跳出来告诉世人？也许他有精神问题。也许他小时候，那些酷帅的孩子会叫他"爆裂肥球"。也许我应该为查尔斯·梅瑞狄斯感到难过。

但是我不。

我并不知道《龙卷风之灰俱乐部》是怎么进入他的视线的。戴维给我发来了一封电子邮件，里面是这篇书评的链接和一条信息——"一切评论都是好的"。

但是，把你的书说成是"用乏味的人物和场景熬出来的一锅粥，文字枯燥，就仿佛某个又老又丑的六十几岁的妓女在一个低级赌场中小心地保护着自己仅有的一支烟和一杯威士忌"，这样的评价并不是好评价。

我的书出版大约三个星期后这篇评论发表了。那个早上，《龙卷风之灰俱乐部》第一次出现在亚马逊上，销售排名是 253 477，在《北威尔士的历石》和《阿尔萨斯的骑手：一本关于普法战争的小说》之间。我去洗澡的时候名次跳到了 128 980。我想这是因为我老妈和伊芙琳姨妈在批量购买。每 20 分钟前进 124 000 个位置是正常情况，但是这第一次跳跃之后，排名便停滞不前了。为了比较，我查看了露西一直钟爱的《北京》，我们不分伯仲，于是我订购了一本自己的书，让我自己再往前迈进了 2 156 个名次。

在商业区的巴诺书店，有一个"员工推荐"书架。在托妮·莫里森的《宠儿》之下，是某位爱德华的推荐语："一个婉转、令人动容的不朽爱情故事。充满激情而怀旧的行文营造出无边诗意，它几乎触及我们生活中最重要的主题。"趁没有人注意的时候，我把这份评论放在了我的书下——评论中的每一点对我的小说都适用。

我再也没有重读过我的书，它们被成堆地陈列在书店中，让我更加望而却步。但回到家中，我把它和威廉·福克纳的《喧哗与骚动》一起摆在咖啡桌上。它们大小形状完全相同，我觉得，如果让人选择，文盲都会选我的书。

然而就在那时，查尔斯·梅瑞狄斯出现了，朝我泼脏水。无疑，波莉会看到，她和詹姆斯会把这份书评剪下来贴在冰箱上，然后一直笑一直笑一直笑。

所以，那天晚上，我去"殖民地男孩"喝到烂醉，最后在南区的一间公寓里醒来，酒馆女服务员丽兹健壮的胳膊横在我的胸膛上。应该是我先勾搭她的，因为我记得我问她是否喜欢读书，而她回答说不。

我蹑手蹑脚地从她床上下来，生怕开灯找衣服会吵醒她，所以我便忍冻回家，还损失了一件心爱的运动衫。

过河的火车载满了眼神空洞的上班族，他们要么盯着地面，要么就在看书。有些在看提姆·德鲁或是帕梅拉·麦克劳克林的书，其中一个家伙还拿着尼克·博伊尔最新出版的大厚书。但是没有人读我的书。

地铁停在查尔斯－麻省总医院站，一个含混不清的声音在广播中报站。我很冷，我的大脑已经蜷缩成了一个痛苦的结，我的胃泛起一阵阵恶心，仿佛里面流淌着发臭的死水。

我的名字已经印在了一本书上，可是我的一切困境丝毫没有改善。文学史上自杀者的幽灵在我头脑中跳舞——海明威和一个长着小胡子的、我认不出来的法国人。

用不了多久，每一本《龙卷风之灰俱乐部》都会缓缓地迈向积压书和打折书的阵列，然后变成一元书，最后进入造纸厂，变成碎片，被煮烂做成装鸡蛋的纸盒。而我无计可施，只能继续喝酒，不断长膘，给强·斯特吉斯工作，至死方休。

车门打开，一个穿着时髦的紫色风衣的金发女人上了车，坐在我的对面，打开她的羽毛手提包，拿出了一本普利斯顿·布鲁克斯的《与鸟为善》。

你的老板遭遇枪击，这也许是一个美梦，假如你为唐纳德·特朗普工作。但对于倒霉的赛拉斯·奎尔特，这是一个噩梦，特别是当警察认为他是凶手的时候。谋杀只是皮特·塔斯洛的小说处女作《龙卷风之灰俱乐部》的起点。谋杀让赛拉斯投入了他那擅长讲故事的祖母的怀抱，她，还有一辆福特翼虎带着赛拉斯开始了一场跨越20个州的逃亡之旅。逃亡路上，祖母细说自己遗失的爱。故事或许有些令人厌烦，因为塔斯洛可怕的野心——墨西哥的兰切拉、"二战"、秘鲁的葡萄园全都卷了进来。但是他确实下了功夫（想知道突尼斯的渔民吃什么吗？到213~217页中去找），另外还有很多梦幻般的描写，比如艾奥瓦的夜晚被描述为"一场绿草与星光优雅共舞的芭蕾演出"——自己去发现更多吧。

评分 B。

《龙卷风之灰俱乐部》的评论

刊载于 2007 年 12 月 8 日的《娱乐周刊》

任何关注美国的人都会告诉你，如今流行的事物以及它们流行的原因十分诡异。我愿意这么想象，公元前800年，在古希腊某个地方，有一个人，我们就叫他林纳斯吧，他写了一部史诗，这部史诗非常精彩，里面充满了冒险故事、奇怪的动物、性感的女神，还有长着五只胳膊的怪物，以及其他史诗都具有的读者喜欢的东西。林纳斯开始吟唱，或是用他们过去常用的随便什么方式讲述，但是不知道为什么，人们就是喜欢《奥德赛》多一些。没有人能够解释原因。也许是一个特别的国王或是什么人坚持拥护荷马，所以所有人就趋之若鹜。也许荷马先出现，也许荷马的声音更好听一些，抑或荷马的推销策略更有效一些。然而2800年之后，我们全都听说过荷马，林纳斯则无人知晓。

　　你可以坚持认为《奥德赛》更好，更精巧，更有诗意，主题更宏大，所以才会流传至今，但是我并不这么认为。没有任何证据能表明，名气与流行时尚遵循某种逻辑。现在有人能说出来吗？所有事情其实都是一次投骰子的游戏。每一位交好运的查尔斯·狄更斯背后，也许都有一个同样出色但是却没有那么走运的可能叫作巴特勒斯·奥斯布鲁克的家伙，而在另一个平行宇宙，人们在节日聚会上会一起阅读奥斯布鲁克的经典作品《圣诞传说》[1]。

也许有 20 本书都比《了不起的盖茨比》好，但我们却没有听说过。那些唯一幸存下来的版本都在乡村公路边散发着锯末味道的拥挤二手书店中腐烂，没有人想去阅读。而这仅仅是因为 80 年前，F.斯科特·菲茨杰拉德的访问做得更好，或是他的朋友更厉害，或是之后他的传记写得更好一些。

如果你认为我错了，我请你好好看看那些流行的东西，看看那些东西是否有任何实际意义。

或是以我的书《龙卷风之灰俱乐部》作为研究这个成名游戏的实际案例。

我几乎是根据八卦流言和道听途说把一切拼凑起来的，正如我所理解的，这里面有四个明显的阶段。

第一阶段

蒿雀出版社的一个市场推广人员是失眠症患者。他住在新泽西，每当睡不着时，他就走到自家车库里，在跑步机上跑上几公

---

1 巴特勒斯·奥斯布鲁克和《圣诞传说》均为作者虚构，狄更斯的一部小说集叫《圣诞故事集》。

里，一边跑一边看一台旧电视。一天晚上他碰巧看到了一档基督徒脱口秀，还是凌晨 3:30 的一个付费节目。白天上班的时候，他们正在讨论如何扩充教徒人口，于是他认为自己应该看看这个节目。他看到了加里·克莱恩教士，后者属于那种永远带笑的黑脸膛家伙。加里·克莱恩曾经是俄克拉何马大学校橄榄球队的前锋。他依然有着运动健将的能量，站在讲坛上挥斥方遒的样子仿佛是在拍卖会上叫价。总之，那个市场推广人员看到了加里·克莱恩愉快地讲述那些传颂福音的故事，也听到了克莱恩为自己的杂志《道路》做广告。推广人员觉得在《道路》上登广告对于销售宗教书是个好主意。那些杂志的读者似乎就是蒿雀的目标读者。也许他们能够给加里·克莱恩教士寄去一本让他评论。于是市场推广人员将这个点子记了下来。

《龙卷风之灰俱乐部》出版一个月后，除了被查尔斯·梅瑞狄斯抨击外一无所获，它刚登陆亚马逊时，蒿雀的英国老板们召集了一次大会。他们开始谴责每一个没有很好地拓展"潜在市场"的人。他们开始广泛征求意见。

然后那个市场推广人员站了起来。露西当时在场，她听到那个家伙讲他的失眠症、跑步机、加里·克莱恩教士以及《道路》。市场推广人员说，为什么要浪费大量金钱在《时代》上登广告呢？《道路》有我们想要寻找的顾客，我们能够以非常低的价钱找到他们。一个英国老板点了点头，对市场推广人员说："恭喜你，你刚刚保住了自己的工作。"

所以他们在《道路》上登了一整版广告。那本杂志的大部分读者都是孤独的老女人，是那种床头柜上堆满了安眠药瓶的老女人。她们看不出《道路》上的整版广告和加里·克莱恩教士本人明确的宣讲之间的差别，于是便派自己的女婿去给她们买书。

同时，加里·克莱恩也收到了一本书，以及莺雀出版社对他的恭维。以下这一部分属于推测，但我认为事情就是这样的：加里·克莱恩教士是那种因为人们把他当傻瓜看而感到愤怒的前运动员。他经常谈及他在大学里"迷失"的日子，也许他甚至后悔没有多在读书上下些功夫。所以，当一家曼哈顿的出版公司寄给了他一本书，请他作评时，他会满心欢喜，严肃对待。他是虔诚坚定的天主教徒，所以他不想冒犯送书的人。于是他开始阅读，并且在自己的节目中发表温和积极的评价："一个非常真诚的爱情故事，知道吗，这让我想到了《帖撒罗尼迦前书》[1]第5章第8节。"类似这样。

慢慢地，我的书的销售排名开始上升。在亚马逊上，它甚至飙到了1000出头的位置。

第二阶段

乔姬娜·玛多克斯是一个热爱读书的小镇图书馆管理员。她曾经这么写过："我认为菲茨杰拉德、简·爱、大卫·科波菲尔是我最好的朋友。"乔姬娜从来没有发表过任何东西，直至她题为"读

---

1 《帖撒罗尼迦前书》：《圣经》全书的第52本，使徒保罗在哥多林写给公元1世纪位于帖撒罗尼迦的基督徒的一封信。成书时间大约是公元50年，它是除《马太福音》之外使用希腊语写成的最早的《圣经》书卷之一。

者意见"的文章发表在《大西洋月刊》上。她的行文是鲜明的学院女生风格，你能想象出乔姬娜穿着蓬松的裙子在厨房的桌子边一笔笔写出它的画面。

促使乔姬娜写这篇文章的是美国书评的现状——野蛮与愤怒太多了。书评家们，她写道，"越来越像恃强凌弱的恶霸。他们如同残忍撕下蝴蝶翅膀的邪恶男孩，他们的乐趣就在于摧残最脆弱、最美丽的生物——书"。

她把矛头直指查尔斯·梅瑞狄斯。她引用梅瑞狄斯关于我的书的评论作为例子。

> 当梅瑞狄斯先生把一部小说（皮特·塔斯洛的《龙卷风之灰俱乐部》）说成是"用乏味的人物和场景熬出来的一锅粥，文字枯燥，就仿佛某个又老又丑的六十几岁的妓女在一个低级赌场中小心地保护着自己仅有的一支烟和一杯威士忌"时，你几乎能够闻到他呼吸中的醋味。他的比喻也许绝妙，但是为什么要对一个有前途的年轻作者进行如此邪恶的攻击呢？
>
> 在这个年代，文学饱受威胁，年轻男女喜欢在游戏中打打杀杀，或是观看虚伪的真人秀节目，而不喜欢阅读。我们不需要更多的愤怒，我们需要谨慎而友爱的读者，准备从文字中发现奇迹的读者，无论奇迹出现在什么样的书中。

《读者意见》这篇文章使得《大西洋月刊》收到了有史以来最多的读者来信。其中有反驳，也有反驳之后再反驳。书评类的博客

也就整个行业展开了热火朝天的辩论。乔姬娜·玛多克斯出现在
《今天》节目中，为真诚的写作摇鼓呐喊。

突然间，购买我的书，在读者的意识中，成了从恶童手中拯救
蝴蝶的象征。蒿雀赶紧加印《龙卷风之灰俱乐部》，书的封底上多
了这样一句话：

一个有前途的年轻作者。

——乔姬娜·玛多克斯，《读者意见》作者

而在亚马逊上，书的排名升到了843。

第三阶段

在20世纪80年代末，"欢呼小分队"麦片广告中那个扎着辫子、
鼻梁两边长着蟹状星云般雀斑的金发女孩就是哈泽尔·霍利斯。
VH1频道有时候会在"他们成名前"单元中播放这些广告。2000
年，哈泽尔推出单曲《清空我》，然后紧接着推出了更有暗示意味
的《躺在那儿》。她开始小有名气。但是2003年，她在翻拍自《修
女飞飞》的电影中饰演伯特瑞尔修女后，才真正大红，名气达到了
能主演"超级碗"可乐广告[1]的级别。

接下来当然是不可避免的、在可卡因催动下的堕落。她被人拍

---

1 "超级碗"指美国职业橄榄球大联盟的年度冠军赛，比赛会在电视上播出，在美国收视率极高，很多品
牌不惜一掷千金，制作特别的广告，在"超级碗"中插播。——编者注

到唤一个夜店保镖"意大利小可爱"。然后在马里布的滴滴答答餐厅的停车场中，把她的"悍马"倒到了太平洋里，最后是消防队赶来才把她捞了上来。

然后《龙卷风之灰俱乐部》介入了。她的经纪人觉得她需要出演一部优质电影。有些人肯定向他们推荐了我的书：整本书都贯穿着天主教信仰，是奥斯卡评审团喜欢的类型。有一个可以帮她挽回名声的完美角色珍妮薇芙。她不仅可以扮演，还能演唱几首插曲。

不管怎样，一本《龙卷风之灰俱乐部》最后抵达了哈泽尔手中。当她离开美发沙龙与狗仔队展开角逐的时候，她正拿着那本书。她挥着我的书，如同举着一把斧子走向了狗仔。

三天后，在《美国周刊》的封面上，新闻报道的标题不堪入目，但是在哈泽尔手中，在她蛇发女神般暴怒扭曲的脸旁，我的书就在那里。名人杂志总是把注意力放在细节上。文章甚至提及了《龙卷风之灰俱乐部》的名字。

那一个星期结束时，我的书在亚马逊上排到了212名。

第四阶段

那个虐童嫌疑犯是由一个我觉得眼熟的家伙扮演的。几天后，我想起来了，那家伙曾在一部短命的情景喜剧里扮演一个同性恋，那部电视剧叫《不便》，讲的是便利店的故事。

但是在《法律与秩序：犯罪倾向》的特别集中，他扮演一个天主教青年团的领队，被指控骚扰并杀害了一个8岁的孩子。他演得十分怪异，我甚至怀疑在那部"便利店"剧集里他的角色是被胡乱安排的。有一幕，警察从单向透视玻璃中观察着审讯室中的他，他坐在金属椅上，等待他们回来，同时读着《龙卷风之灰俱乐部》。

电视剧播出的时候，我并没有看。但是这集一播完，当我翻着《X战警》的旧漫画准备睡觉的时候，露西给我打了电话。

"你看到了吗？"

"什么啊？"

"《犯罪倾向》！我给你发一份录像。这简直意义重大。"

那一集的关键性时刻是文森特·多诺费奥[1]走进审讯室的时候，虐童犯嫌疑人放下了我的书。

"这书很好？"多诺费奥说。

"还不赖。"虐童犯说。

多诺费奥暴怒之下把书扔到了房间另一边。

"肯定没有这么差。"虐童犯说，声音冷冷的，异常平静。

"也许你可以到赖克斯岛[2]上开一个读书会。"多诺费奥说。

这是伟大的一幕。之后的事情证实了那个家伙的罪行。

我不认为一个刑侦电视剧中虚构出来的虐童犯的评论会是什么金口玉言，甚至反而会影响书的销售。但是戴维·波尔的话又一次成为现实，"任何评论都是好的评论"。也许这只是让人们在书店中认出我的书的一种手段。

---

1 文森特·多诺费奥：《法律与秩序：犯罪倾向》的主要演员，饰演检察官罗伯特·戈伦。

2 赖克斯岛监狱是纽约最大的监狱。——编者注不管怎样，销量在增长。请将此转告给那些认为荷马仅仅依靠美德而名垂千古的人。

在为小说找资料的过程中，我几乎看完了维基百科上与龙卷风相关的所有页面。龙卷风形成过程中，会出现一种叫"下降气流"的东西，这是麻烦的开始。龙卷风越来越强烈，开始不断蔓延，最后与地面接触，事情才真正变得疯狂起来。

事情就是如此，就如同龙卷风，你很难记住它的全貌，只能记得一些碎片。当我的大作荣登《纽约时报》畅销书排行榜的第23位的时候，强·斯特吉斯带我去99餐厅吃牛排，我们碰了拳。德雷克和霍巴特开始让我为他们的同事签名。大卫·波尔一天给我打两次电话谈电影版权问题。我开始与加里·克莱恩教士通信，他承诺将一直为我祈祷。我每天都去巴诺书店，只是为了感受看到自己的书出现在畅销作者书架上的兴奋。蒿雀安排我前往12座城市做巡回签售，还有些人经常请我去做"小型签"。难以胜任。我已经感觉疲惫不堪了。

我记得最清楚的是在费城。

我站在书鼎——管那家书店叫什么呢——的讲台上，盯着下面听我朗读的18个人。

有些时候，一些最简单的东西——一段熟悉的旋律，祖母温柔的双手，面包烘焙的味道，你的脸颊被温柔触碰，重游童年时的梦想场所，因多次被攀爬而弯曲的树枝——都会再次打开你心底尘封的密室。如同在11月的寒冷清晨喝到了温暖的牛奶一般，你将瞬间精力充沛。

我庄重地停了一下，才合上书。

掌声过后，我开始签名。人们渐渐散去的时候，我看到了那个披着围巾的女孩。

"嗨，不好意思，"她说，"我只是……我真的很喜欢你的书，我只是想，我，我只是想对你说声谢谢。"

我摆出了我最佳的作家式面孔——我对着镜子练了好几个月的表情，会被世界上所有的快乐悲伤牵动的表情。然后我邀请她和我回华美达酒店喝点儿东西。

一切近乎完美，几乎完全符合我的想象，除了仿佛全世界最糟糕的华美达以外。我们缠绵地进了我的房间，我掀开被子，结果床单上有一块八角形污渍，像电焦的黄色，不自然，仿佛有什么东西在这里爆炸过。所以我不得不把这些弄干净，这阻挠了事情的进程。然后，大约凌晨 2:30，火警响了，我们不得不跑到停车场去。

可想而知，戴围巾的女孩把这当作一场伟大的冒险。她挽着我的胳膊，头靠在我身上。

"写首诗。"她说。

"什么？"

"写首诗记录这些。你是一个如此伟大的作家，我打赌你肯定能即兴创作一首诗。"

我心想，老天啊，我到底干了些什么？

小说明

我想在这里插入一些东西，因为很明显，我描述了一些我做过的很糟糕的事情，而且还会越来越糟。我得回答很多问题，我知道。但是，读者朋友，我只告诉你三件事：

1. 自从和波莉分手后，每一次听到"寻找者乐队"的《我永远找不到另一个你》，我都会泪如泉涌。

2. 有时候，某些孤寂的夜里，我会用一把波莉的旧牙刷刷牙，那把牙刷我从大学时保存至今。

3. 在我最低落的时候，在我写《龙卷风之灰俱乐部》并且哪里也不去的时候，我就是否要自杀这个问题纠结，两边的"比分"到了 49:51。我甚至在网上搜索吃多少片阿司匹林能够自杀成功。

请记住这些。

腐化堕落

北约军事总部，第 2300 小时

詹姆森上将望着闪烁的计时器。今晚的行动比他预想的要多。

他把手探进口袋中，拿出一支万宝路香烟。他是一位四星上将，是大西洋舰队的总指挥官，已经在战争与和平中摸爬滚打了 35 年。他经历过越南的硝烟，也感受过白宫的核冷战。而他必须把香烟藏在放袜子的抽屉中，以免被妻子发现。

但是今晚，他知道自己需要抽一支烟。

一个比利时军官走上前来："长官，按照规定，这里不能吸烟。"

詹姆森看着他，肩章显示对方是一名安全官。这张脸其实他见过 1000 多次了。这个一脸傲慢的人，从来都没有离开过办公室。

"孩子，今晚你会看到很多违反规定的事情发生。"

伊特鲁里亚海上，AH-1眼镜蛇直升机

戴维·布兰德舒特中尉在椅子中转过身来，摘掉一侧的耳机。

"我们刚收到消息——不可以再往前靠近了。空中意外太多。"

在螺旋桨的喧嚣声中，弗林努力地听着。

"那我他妈的该怎么进入威尼斯？"他喊着回问。

布兰德舒特指着正下方。弗林通过舱门望到下方的海。一辆佐迪亚克快艇正在下方漂荡，距他50英尺[1]，也许只有40英尺。

"你必须跳下去！"布兰德舒特一边保持航向一边用尽力气喊道。

弗林犹豫了。20年前，他曾经在"鳕鱼角"做过救生员，但是从那之后，他就再也没有游过泳。

"妈的，快点，还要我过去推你一把吗？"布兰德舒特一手抓着变速杆，扭头喊道。弗林就这么跳下去了。

1　1英尺=0.3048米。

"啊！啊！啊！"

她的叫声狂野又有规律，仿佛一只遭受定时电击的兔子正在号叫。她跨坐在我身上，以她这个年龄的女人的活跃程度摇晃着。我从头到尾几乎都是被动的。

"啊！"

她重重地拍打我的胸膛，两只手掌都压了下来，仿佛要把我榨干，就像榨干一只橙子。

"啊！"

然后一切结束了。她起身，轻声走入卫生间，关上门。过了一会儿，她穿着一件睡袍出来，手里拿着一杯水。

"你是谁来着？"

"《龙卷风之灰俱乐部》的作者。"

她喝了一口水。"那是哪个？"

"关于一个人和他祖母，还有一个乡村歌手的故事，还有'二战'时的……"

"对，对，天主教的东西。"她又喝了一口水，"也没有那么天主教，我估计。"

"嗯，中等水平吧，我估计。编辑改了很多。"

她穿上了牛仔裤，可是依然没有穿上衣。我过去从来没有研究过该如何讨好一个女人。

"编辑们就是用红笔的会计。"她说着，跳到了酒店房间的桌子边，拿起了电话，"达娜。对，我是帕米[1]·麦克劳克林。听着，帮我一个忙，让厨房给我送一大份烤鸭来。"

然后帕梅拉指着我。"你想来点儿什么吗？"

"嗯，我还不觉得饿。"

"你要留下来吗？"

"哦，不！"

"好的，只要烤鸭，最好再来点儿山药泥或甜土豆泥，再来点儿豆类食物。"她挂断了电话，告诉我她要去洗澡，并祝我好运。

我穿上衣服离开。

当我走入电梯回到圣迭戈书展的时候，我才意识到我的"那家伙"正直接接触着牛仔裤，所以我肯定是把内裤忘在了帕梅拉·麦克劳克林的房间里。

一切是这样发生的：

1　此为帕梅拉的简称。

我和妈妈、伊芙琳姨妈还有玛格丽特一起过了圣诞节。每个人都少见多怪地欣赏着我这位年轻的作家。老妈要我即兴赋诗。为了哄她，我就凑了几句"伟大的火鸡，无私的鸟"之类的句子，赢得了满堂彩。我很紧张，总担心她们让我说一些睿智的话语，但结果每个人都认为我所说的平常话已经充满智慧。我要玉米（也有可能是别的）的时候，我妈妈会大叫着"好的！我们要喂饱年轻作家的大脑！"，然后才把玉米递给我。我编造了一个福克纳总吃深色肉的故事，说他认为这样的肉饱含着鲜血和历史。

然后一切如火如荼，我知道的下一件事情就是我被邀请参加圣迭戈书展。

我没想到圣迭戈的人对于书籍居然会热爱到举办一个书展的程度。我是看《西蒙兄弟》和《海洋世界》才知道有这么一个地方的。

但是嵩雀市场部的人员不仅告诉我圣迭戈有这样一个书展，还告诉我，我是受邀嘉宾。我要去发表一个题目为"博客与书：年轻作家如何面对现代科技与文学"的演讲。露西和我都还没有抽出时间注册一个博客——幸好没有人核实，但是这个演讲只能由 30 岁以下的作家来做，我有这个资格。

这是西海岸巡回签售的第一站。我满心期待。因为自从我诈骗到了霍巴特的瑞乌提卡之后，待在家和他相处总有点儿隔阂。

但是到了最后一分钟，我却被乔什·霍尔特·克瑞狄踢出了局。他愿意委屈自己，离开过冬的格施塔德[1]（也有可能是其他鬼地方），提前回来。

1　格施塔德：瑞士城镇，滑雪度假胜地。

然而，我的飞机票已经买好了，一切都准备就绪，书展的主办人员们满怀歉意，愿意保留我的房间。所以整个周末，我可以随心所欲，在圣迭戈逛逛街，购购物。坐在飞机上，我记得自己当时想着："一切都在塔斯洛身上发生了！"

我在圣迭戈书展上看到的

- 在会展中心的楼下，人们拎着大口袋，穿行在出版商展位中间的过道里。这就是一个为举止温和的中年人举办的"阿拉伯集市"，充斥着条幅和作家的立像，还有等待人们来翻阅的闪闪发光的书籍。这里还是一个能得到免费签字笔和钥匙链的巨大矿藏。

- 有提姆·德鲁的新书《阿勒拉山》的宣传活动。这本书讲的是生物学家们发现诺亚方舟真的存在，以及这能够帮助人们找到治愈许多疾病的方法。

- 有一整区都属于尼克·博伊尔。巨大的展板展示着尼克·博伊尔的最新纪实作品：《尼克·博伊尔的灵异秘术》。人们排着长队，疲倦地站着，满腹期待，想看看拥有灵异秘术的真人。

- 有一面墙被硬件公司用来展示可现场体验的手持阅读器。我选择了"东芝但丁"，一个小姑娘向我展示如何翻页。然后我开始读"哈利·波特"系列中的一本，但是我发现自己很想念那种阅读时把书脊一分为二的感觉。我建议小姑娘增加一个散发油墨味道的气味合成仪，但是她似乎并不感兴趣。

- 瑞兹沃尔出版社谨慎地缩在一个角落里。这是一家出版刺激的色情读物的出版社。他们一本书的封皮上，一个没有胳膊却长着一只螃蟹钳子的男人在一座石头地牢里抓着一个胸部饱满的女人。我很想过去仔细看看，但是在展位上工作的女士是一个令人震惊的巨人，头发是染黑的，每只手上都戴着差不多10个戒指，嘴长得就像《蝙蝠侠》里小丑的一样（而且是杰克·尼科尔森版的）。我被她吓住了。

- 我感到最兴致盎然的时刻是看兰罗德出版社的展位。我从来没有听说过这家公司，他们专门出版架空历史的惊悚小说。他们最显眼的一本书是《羽蛇神之血》，书中幻想1491年，阿兹特克人侵入了欧洲。里面充满了屠杀和骑士武士之间的大战，主人公是一个不为人知的商船水手克里斯托弗·哥伦布。他们展示了几十本这样的书，封面全都无与伦比：经过中世纪古堡的蒸汽火车，穿着宇航服的亚伯拉罕·林肯，金字塔上空的双翼飞机，山顶洞人大战外星人，日本武士大战因纽特人，阿道夫·希特勒亲吻玛丽莲·梦露。他们似乎喜欢真实存在的天才。但是除我之外，唯一关注他们的人是一个12岁的亚洲小孩，他几乎能够钻进自己巨大的背包里。他和坐在桌子后面的长胡子胖子争论AK47是否能够抵挡汉尼拔[1]的大象。听起来他们似乎都对此做过深入研究。亚洲孩子一直说："我要朝膝盖开枪！我要朝膝盖开枪！"长胡子家伙则说："孩子，你知道大象的皮肤和骨骼有多么坚硬吗？"

1　汉尼拔：惊悚小说《沉默的羔羊》及系列电影中的人物，是一个食人恶魔。——编者注

普利斯顿·布鲁克斯并没有来书展，这真遗憾。我走在过道的时候，一直幻想能够和他不期而遇——我们两个四目相对，然后拉开架势，也许会有一场生死对决。

看到他的新书时，我竭力控制着自己。我假装自己在做一个游戏，让自己想象他这次煽情到了何等程度。是小孩子们背着包袱去寻找失散已久的哥哥？还是两个孤儿相爱了，并尝试以自己被抚养的方式再共同抚养另一个孩子长大？或是一个周游全国的兽医去治愈孤老流浪狗的心灵？

但是，我最不知羞耻、最狂野的幻想也没能企及大师的高度。

普利斯顿·布鲁克斯的新书叫《寡妇们的早餐》。非常神奇。他单单依靠标题就击败了我。主角是五个寡妇——对，其中还有一个是黑人。她们相识于1942年，当时她们的丈夫都在为参加"二战"接受飞行训练。从那一年开始，她们有了一个习俗，每死一个丈夫，葬礼过后的第二天，她们就聚在一起吃早饭。

寡妇们的早餐延续了多年，年年岁岁，岁岁年年，孙子辈也参与进来。这就是适合和纸巾一起卖给老年妇女的书，一提及岁月流逝，她们总是泪眼婆娑。

他是一个多么了不起的天才啊！对他来说，一切仿佛信手拈来。如果那天下午，我和他相遇，根本不会有什么生死对决，我会去握他的手。

这奠定了那天下午余下时间里我的心情。

我搭电梯上到二楼，站在一个大礼堂后面，听着本该由我发表的演讲。

那是乔什·霍尔特·克瑞狄。活生生的乔什·霍尔特·克瑞狄！他是个多么不起眼的小个子啊，金属框眼镜令他看起来像是一只白蚁或其他毒虫。

他以一种低沉而脆弱的声音轻声说着，所以拥挤的观众必须尽力往前靠才能够听清他的话。"迟早我这一代人都会长大。他们会厌倦夏奇拉[1]，转向索尔·贝洛[2]，他们会忘记《南方公园》[3]，而记住《曼斯菲尔德庄园》[4]。"

他讲得着实不错。资料翔实，言语得当。几个热忱的学校负责人模样的人站起来热烈鼓掌。

我靠在礼堂的后墙上，假装这掌声是给我的。

在文化和自我陶醉中度过这一天的光阴后，我认为最好去喝一杯。

发生了两件极美妙的事情，然后到了第二天早晨。

第一件极美妙的事

顺着一条观光街道直走，穿过会展中心附近的一条街，我看到了挂着斑驳的健力士标志牌的爱尔兰酒吧，其中一家叫"鲍比海滩"。

1　夏奇拉：歌手、词曲创作者，她曾连续演唱两届世界杯主题曲。

2　索尔·贝洛：美国作家，1976年诺贝尔文学奖得主。

3　《南方公园》：美国的一部成人动画情景喜剧。

4　《曼斯菲尔德庄园》：英国作家简·奥斯汀于1814年出版的小说，具有强烈的社会讽刺意味。

我走了进去，从圣迭戈的阳光中进入喜欢白天喝酒的人钟爱的昏暗之中，我花了一分钟才适应过来。我的注意力被 L 形吧台角落里传来的大声的自言自语吸引住了。

"如果我们要建造一个帝国，然后毁了它，那我们就去建造一个帝国。"

这句话来自一个戴着墨镜，有双下巴的人。他的听众只有一个酒保，还不是那种你在老电影或《纽约客》漫画中看到的戴着眼镜的酒保，这是一个头发蜷曲的年轻人，笑着观看一切，仿佛这是专门为他一个人表演的喜剧。

"但是要成就一个帝国，双手必得染满鲜血。屠杀。你知道屠杀这个词是从哪里来的吗？古罗马。他们攻克一个城市之后，就会这么做：一二三四五六——"双下巴的人在我们三个之间数来数去，"七八九十，咔！"他看着我，做了一个猛砍的动作。"砍下他的胳膊。要是在伊拉克这么干，那儿就再没有叛乱了。这就是力量，统治。他们能懂的。当然你不能这么干啦，他们那该死的摄影机正对着你的脸。"

酒保来到我身边，问我想喝什么。

但是我盯着那个双下巴的男人，他看上去很面熟。他脖子上的肉一晃一晃，挤在一起时就像姨妈家的窗帘。他眼睛周围的皮肤好像养护不良的人行道。他喝醉了，或是疯了，或是处于两种状态的奇妙结合之中。

"嗨，等等，我们问问他，"双下巴的人说，"看他知不知道。"他牢牢盯着我的脸，"哪边是东？"

就在他发问的时候。我想起来这个双下巴的人是谁了。我记起了他的相片，他开着两栖登陆艇。他是尼克·博伊尔，《战神的魔爪》的作者。

"哪边是东？"

酒吧和街道垂直，我正对着瓶子，而我刚刚是顺着街道过来的，我的身后是海，所以——

"那边！"

"好的，放过你了！"尼克·博伊尔说，"中国人在那边，伊朗人在那边。而那边，上帝救救我们，是该死的墨西哥人。"

"我很不想告诉你，但是那边也有很多。"酒保指着北面说。

"该死，四处都是，该死的墨西哥人。"

我点了一杯加酒的柠檬水。这是一个仓促的决定。

"加酒的柠檬水，老天啊，"尼克·博伊尔说，"给他一杯伏特加或是别的，苏联红牌的，让他见识一下什么是男人！"

"我看我是得见识一下。"我说。

"不要低估伊朗人，"尼克·博伊尔说，"他们的潜水艇非常厉害。"

"不好意思，"我说，"抱歉，你是尼克·博伊尔，没错吧？"

"这取决于发问人是谁。如果你是国税局的，我不是。如果你是我前妻，我不是。"

"我觉得你前妻应该能认出你来。"说着我发出了一阵面对偶像时才有的紧张笑声。

"喝上一瓶红酒，再吃上两片阿普唑仑[1]，就算该死的圣诞老人撞上了她的胸部，她也认不出那是谁。"

这句话让我大吃一惊，我被酒呛住了，还吐了一些出来。

"上午 11:00 之后她几乎就都是这样了，"尼克·博伊尔仔细地端详着我，"你看起来也不怎么像我前妻，"他端起伏特加，喝了一大口，"你看起来比她瘦 30 磅！"

尼克·博伊尔！在圣迭戈的一个酒吧里与他相遇！这是真的。文学生涯的意义本该如此。

"我不是个容易动感情的粉丝，"我说，"不过，你明白，你肯定听过这样的话，我热爱你的书。我记得有一年夏天，外面是 90 度的高温天气[2]，我坐在家里仅有的一张破烂的吱吱嘎嘎响的沙发上，破空调也吱吱响个不停，可是我就沉浸在你的书里，根本不想起身，哪怕最后我的腿都快长疹子了。"

其实不需要描述所有的细节，但是对于那一幕我的记忆实在是太深刻了。每次想到《战神的魔爪》我都不禁想到沙发刺耳的声响，以及劣质二手沙发垫的灼热。

"Arma virumque cano."尼克·博伊尔的语气中透着厌倦，仿佛这是"不成功便成仁"之类的老生常谈。

"什么？"

"Arma virumque cano——我要歌唱男人和战争。"

1　阿普唑仑：一种常见的精神药物，主要用来缓解焦虑、紧张、激动等情绪。

2　此处指 90 华氏度，相当于 32 摄氏度。

"嗯。"

"这值得写写。但是有一半该死的评论家不懂这个。树屋和缝纫俱乐部不值得写。Arma virumque cano —— 我要歌唱男人和战争。你知道出处吗？"

尼克·博伊尔看着我，但是并没有给我足够的时间回答。

"这是《埃涅阿斯纪》中的第一句。所言即所信，无须任何辩解。这是世界上最古老的故事。"

现在隔阂之冰消融，我受到了款待。

尼克·博伊尔的想法和观点

- 关于政府规定："这家酒吧应该提供花生。美国的所有酒吧都应该提供花生。为什么政府不规定一下？也许正在酝酿中？"

- 关于他如何构思《战神的魔爪》："我和前妻去了威尼斯，我们搭了一班夜间游船，回望整个城市时，我想，要是有人把这个地方毁灭了会是什么样子？"

- 对年轻作家的建议："其实，我不是一个好作家。行文和句子这类东西，我一点儿都不了解。我有一个律师的素养，一个商人的素养，所以我写的东西简明而直接。但是听我说，行文，修辞，人们不在乎那种东西。他们想听故事，因此好莱坞才和他们一拍即合，因此我的书才能改编成电影、游戏 —— 我所做的就是勾勒故事。"

- 关于越南："越共铤而走险发起进攻！'春节攻势'[1]几乎让他们全军覆没！之后我们就撤退了！什么样的国家走到胜利边缘后又撤了兵？任何一个拳击教练都会告诉你比赛不是这么打赢的。"

- 关于他的商人生涯："作家们热衷批判资本主义，他们会用500页来写一个辛勤耕耘的农民，可是一个辛苦养家的公司职员对他们来说比斯大林还恐怖。"

- 关于美国文学的现状："如今一半的书都有关嗑药、手淫和为了女朋友哭泣。"

- 关于他自己的写作："我开始写作的时候并没有意识到自己的写作能力，但是最后确实有所成就。每个人，绝对是每个人，都好奇自己是否也有这种能力。主人公是什么？故事是什么？故事就是主人公的自我证明。然后深入挖掘你想要的所有该死的心理。故事就是这样，从原始人围坐在篝火旁时就是如此。"

- 关于最好的"自杀手枪"："史密斯威森640。"

- 关于普利斯顿·布鲁克斯："一捆多愁善感的柴火。"

这些都是他说的，不是我。

如果有读者觉得难以想象，那应该明白一点，我们一直在喝酒，这些话都是以比平时更饱满的激情和更含糊的发音说出的。

差不多三四点钟的时候，他给我描述了他拥有的那艘两栖登陆艇，就是我在《纽约时报》的照片中看到的那一艘。

1　春节攻势：1968年越南战争期间，北越发动的规模最大的地面行动，是越战中美军主动撤离的转折点，交战双方均伤亡惨重。

"那是艘希金斯登陆艇，艾克[1]说靠那些船我们才打了胜仗。吃水才两英寸！能开过珊瑚、礁石，所向无阻。"

"吃水两英寸[2]！"我叫道，但我其实根本不知道这是什么意思。他告诉我，他从一个脾气暴躁的海滩警卫队队长手里买下了这艘船，而那个队长只有一只胳膊，另外一只在去天宁岛[3]时弄没了。

"在奥马哈海滩，其中一艘船，所有该死的东西，人，还有金属——凭空蒸发，全都消失了！可能撞上了水雷，或是别的什么。该死的，这还不算大无畏精神？"

"我告诉你，"他靠向我，呼吸坚韧而沉重，"我的书就是那么回事儿，围着人和武器打转。"

"好的，"尼克·博伊尔最后看了看手表说，"我得去一个学校演讲。你是提姆？"

"皮特。"

"坚持到底。"

他摇摇摆摆地走了出去，我坐在原地傻笑。我做到了。从令人发痒的沙发到和尼克·博伊尔本人促膝谈心。酒保递给我一张长长的账单，是我们两个人的，我毫无怨言地付了账。

第二件美妙的事

我明白，读者会觉得我在同一天遇到了两位名作家实在有点儿

1　艾克：美国总统、五星上将艾森豪威尔的昵称。

2　1 英寸＝2.54 厘米。——编者注

3　天宁岛：美国海外领地，西南面临菲律宾海，"二战"时期美军原子弹储藏地。——编者注

太巧了。但是请记得，这毕竟是书展，名作家都在这种地方晃悠。我很确定我还看到了亚历山大·索尔仁尼琴[1]，当然那可能只是一个流浪汉。我看到了汤姆·沃尔夫[2]，或者是一个模仿汤姆·沃尔夫的人。我还看到了斯蒂芬·金，如果他当时不是在吃椒盐卷饼的话，我会过去和他聊聊红袜队的。

下午 3:00 左右，那个地方的空气开始让人难以忍受了——一箱箱未被读过的新书的味道，还有那些焦躁的读者口中散发出来的咖啡味。我走出去想要沐浴一下太平洋的和风，其实不过是绕着会展中心散步，就在这时我看到了帕梅拉·麦克劳克林。

她穿着一件旧唱片颜色的厚皮夹克，一头乱蓬蓬的泛金头发散在肩上。我看到她的那一秒钟，她正在一边点烟一边擤鼻涕。我的一个想法是"她这么做真有效率"，接着，我想"这也挺危险的"，然后我意识到，"嘿！那是著名的畅销悬疑小说家帕梅拉·麦克劳克林"。然后我想，帕梅拉·麦克劳克林一边点烟一边擤鼻涕，这太奇怪了。这时我已经走到了她跟前。我觉得自己必须说点儿什么。

"我是一个货真价实的粉丝。"我最后说了这么一句。

"啊？"

"你的书迷。"这并不是真的，实际上，我顶多在书店里走马观花地翻过她的书。"你是帕梅拉·麦克劳克林，没错吧？"

她轻蔑地点了点头，仿佛是告诉我有话快说。

"对，对。"

1　亚历山大·索尔仁尼琴：俄罗斯作家，1970 年诺贝尔文学奖得主，被誉为"俄罗斯的良心"，2008 年去世。

2　汤姆·沃尔夫：美国记者、作家。

事情进展不妙。我需要说些冷静镇定的话来挽回。

"你是来看熊猫的吗[1]？"我说这话的时候笑得非常得体，因为我为这句聪明的话感到非常骄傲。但是说完之后我的笑容开始扭曲，最后几乎变成了皱眉，因为我突然意识到我是在剽窃《西蒙兄弟》的台词。

但是我猜她并没有看过那部电视剧，而我脸上的笑容仅仅被当成了色眯眯的笑，因为她对着我左耳上方喷出一串烟，说："我打算去海洋世界喂企鹅。"显然，她准备开始与我周旋。

"我是皮特·塔斯洛。我写了《龙卷风之灰俱乐部》。"

"我是帕米·麦克劳克林。我没有读过你的书。"

真棒！她这么回答实在是太高明了，这是我当时的想法。我指着她的烟说："这东西会杀了你的。"一般酷的人都会这么说，不是吗？

"我又不是刚学抽烟的小孩子。"

走近了就会发现，《纽约时报》做了多少修图工作，她的脸像只棒球手套。特别提示：一只崭新的棒球手套，不是库珀斯敦的展览《希望与悲伤：大萧条时代的棒球运动》中陈列的破旧的老手套。她的脸颊如同一个新威尔士人猝不及防打来的手掌，她脸上有一堆皱纹，有些很深，我打赌，你可以把一便士的硬币塞进去三分之一。她的头发是金色的，但并不是维京女人式的金色，而是被切割成板材的木头的颜色。她的肌肉也很健硕，就肩膀而言，足以胜

1　圣地亚哥拥有全球最大的动物园之一，饲养的熊猫数量在全美动物园中最多。——编者注

任曲棍球教练。

但是她却拥有一种无畏的成年人的自信，这让我有些局促不安，仿佛一个佛罗里达州的高二学生遇上了一位传闻中很恐怖的离婚教师。

帕梅拉在采访里说过，她总是随身携带一把枪，我非常好奇此刻那把枪在哪里。

回首之后那一刻，可能是我个人自信达到的最高极致了。我是说一生，包括未来。也许我散发出了一种超级男人的信息素，而她则散发着一种女王蜂的激素，两种激素在空中混合搅动。这才能够解释接下来发生的事情。她用黑色皮靴的靴底碾灭了烟头，然后直盯着我的眼睛。

我知道这听起来开始有些不自然了。不过，事情确实如此，变成了看彼此能坚持多久的斗争。

"我要去方先生餐厅，"她说，"就在我住的酒店附近。你一起去吗？"

是的，我当然要一起，你这个古怪的边擤鼻涕边抽烟、穿靴子、长着手掌脸的狐狸精。我心里这么想。

但我却说："我一直想去尝尝那儿的饺子。"我不确定是否还有其他更好的说辞。

帕梅拉·麦克劳克林在方先生餐厅给我讲的故事

"简直惨不忍睹！"她扯了一块酒巾，想要借此描绘她曾经亲临的，发生在匹兹堡南部自由大桥下一次谋杀的现场。

"我到那儿的时候，一个警察新手已经收拾了大部分的颅骨碎片，他也许只是想通过干这种脏活给自己的头儿留个好印象。所以我到达的时候，探长正对他大吼：'因为那些都至关重要！如果你想标出弹壳位置从而找到枪手位置的话。'

"其实也并没有那么重要。枪手是在一辆车里，透过车窗射击的。真正的问题是他们怎么找到了受害者伊万，又是怎么把他从车里搬了出来。

"在谋杀案里头，你必须从受害人的配偶入手。这家伙的妻子瘦得像根牙签，举止非常优雅——在法国出生。这就是每个人都怀疑的地方。她的家族经营进口酒生意，所以在一个全城人都只喝啤酒的地方生意并不好。她有自己狡猾的小手段——她绝对不会自己开枪。还有她为什么要在外面下手？所以，你就开始调查夫妻俩的外遇情况。你晃晃树，就会有果子落下来。"

帕梅拉真的是这么说的。

"每一宗谋杀都是一幕肥皂剧。你只需要搬把椅子等着好戏上演。"

"然后就涉及了毒药。他们验了伊万的血，发现他服用了硝酸戊酯类药物。这种药能够令肛门放松，他去那儿是为了做爱。"她笑了，"报告出来的时候，探长不得不输给我 20 块钱，因为他不相信那家伙是同性恋。"

"那个妻子有个很亲密的朋友，叫肯特，肌肉强健，是个高级男妓。不管怎么说，警察弄来了一个电脑奇才。几个钟头内，他们就发现这个叫肯特的家伙在网上勾搭了伊万。又过了两个钟头，他们找到了买枪的收据。接下来是最妙的部分：这个叫肯特的家伙在熊山狩猎用品供应中心买了枪。如果我把这事写进书里，我想读者恐怕不会相信竟有如此愚蠢之人。我是说，如果你看到这个家伙，他是那种穿着夏尔凡衬衫的家伙，任何卖给他枪的人，都知道他肯定不是去打野鸭的。

"总之，看到警察他就瘫在了地上，不到一分半钟就交代了事情始末，他说是那个妻子付钱给他的。但那个妻子请了个精明的律师，仍在等候审讯。当他们给她看那张购枪收据的时候，她轻声说：'那个小笨蛋！'正如我所说的：你要从配偶入手。"

然后帕梅拉喝光了她的酒问："那我们接下来干什么？"

于是，我便和她在 W 酒店中幽会，然后在电梯中感受着我的那玩意儿摩擦着牛仔裤。

在 W 酒店的电梯中，我真的很好奇，如果我表现得当，帕梅拉是否会邀请我到"美人居"去。不过我已经非常为自己高兴了。

第二天早晨

星期日的会展中心仿佛刚遭受了洗劫。《纽约时报》书评版、新书的宣传单、书目表，全都凌乱地散在地板上，像一场即将闭幕的嘉年华会，四处都是爆米花盒和花生壳。

我在外面找到了一辆卖咖啡和早餐煎饼的小车，买完早餐后我沿着自动扶梯上去，想找个地方坐下来。在一个稍小的会议室里，仍有人在办讲座。我从敞开的门中往里看了看，观众寥寥无几，所以我就在后排坐下开始吃东西。

讲台上是一个老人，长得很像退休后 70 岁的查理·布朗[1]。他正在轻声回答几个读者的问题。

"文学很重要，关系重大，这听起来也许有点儿陈腐，但我确信如此。"

耶稣啊，这家伙就像尼克·博伊尔书里的人物，我一边掀开潮乎乎的油纸一边想。

"要么就做到最好，要么就别做。我小时候，当然也想成为一个海明威那样的小说家，所以我决定：要先写 100 万字，然后才能尝试出版。这花了我 30 年时间。"

我咬墨西哥煎饼的时候，一滴油滴到了大腿上。我穿着整个行程中唯一一条漂亮的裤子，所以我把煎饼放在座位上，溜到洗手间找了些湿纸巾开始清洗。

当我溜回来的时候，那个老年版查理·布朗仍然在讲述。

"……所以，我去了中国，在领事馆工作——那是 1980 年前后，我想我就是从那时开始做笔记的。"他说。

"我也是从那时开始构思，开始尝试创作，不过更多是出于爱好。进展非常缓慢，你必须非常谨慎，非常耐心。反正我发现是这样。虽然缓慢，可慢慢地也就像模像样了。然后我退休了，我的妻子，愿上帝保佑她，她对我说：'你等了 30 年，想要成为一个作

1　查理·布朗:《花生漫画》中的角色,圆脑袋,几乎光头,额前和后脑勺各有几根头发。史努比是他的宠物。

家，现在应该去试一下。'每天早上，她都让我坐下来写东西。"

我现在多少能够从煎饼上方抬起头了，所以我一边吃一边看着老年版查理·布朗说话。

"很有意思，"他继续说道，"我一边写关于古生物学的东西，一边开采和挖掘。写小说就是这样。人们总以为写小说是在纸上敲出字来，一摞摞的纸，可能还有几包烟。或是觉得那就像变魔术一样，闭上眼，灵光一闪，就写出来了。"

这个煎饼里鸡蛋放多了。

"……但是，却需要挖掘。我想这是一个很好的比喻。你深入地层，慢慢地吹去历史的尘埃，循序渐进，一切就会在你面前呈现，你看到的也越来越多。"

我把吃了一半的煎饼放在一边，开始喝咖啡，而他依然在讲。

"这是一份小心细致的工作，也是一份乏味的工作。如同挖掘一样，如果你操之过急，就会毁掉一切，所以你不能着急。也许你挖了一天，最后只发现了一小块陶片；你写了一天，只了解到了你的一个人物的一件小事。但缓缓地进行下去，这是唯一的方式。所以这是一份缓慢的工作，需要深入挖掘。如果你行动无误，那么将很有希望揭示出一些东西。揭示，就是这个词语，你将揭开一部小说的帷幕，你将揭示出一些有价值的东西。"

浑蛋，我想，这个家伙用力过头了。

"所以，我估计自己会再次尝试，再次深入地底。因为我真的很享受这缓缓发掘的过程。如果你做得够好，我想你几乎不会感觉到自己在参与，就像古生物学家对化石的形成未曾参与一样。"

我能够明白为什么他们把这个家伙安排在星期日了。老年版查理·布朗走下讲台，观众们礼貌地鼓了鼓掌。

离开的时候，我问一位观众这个讲话的家伙是谁。

"比尔·拉铁摩尔。"他说。

"比尔·拉铁摩尔……他写过什么？"

"他写了一本叫《北京》的小说。"

"哦，好的，谢谢。"《北京》，露西最喜欢的书，现在无疑正被霍巴特当作午餐速熟土豆泥的隔热垫。

我特地记下来，想要告诉露西，让她提醒比尔·拉铁摩尔停止"挖掘"，用谋杀和圣诞节元素凑出一本书来就成。

我的飞机还有几个小时才起飞，所以我走下楼闲逛。一些摊位还没有撤，有几个闲人在前面逛来逛去。在蒿雀的桌子前，我拿起了一本《龙卷风之灰俱乐部》开始浏览，随便读着里头的段落，"金色的光芒从群山的缝隙中流泻出来，温度使得岩石边缘的积雪消融"，或是"赛拉斯回味着口中老啤酒的味道，看着脚下的白色锦葵和肉叶刺茎藜，看着土地如何自我重建"。

尼克·博伊尔关于"男人和战争"的叫嚣还在我的耳际回响，而帕梅拉在酒巾上给我指出匹兹堡的警察在哪里发现了受害者脑浆的画面也浮现在我的眼前。至少，他们所说的和所写的没有差别，我却很难在自己的书里找到一句我真正相信的话。可这本书是我写出来的，不是吗？

我旁边有一个女人，大约 35 岁，也在拿着我的一本书看。

"真是本相当好的书。"我说。

"哦，"她说，"我参加的读书会要求我们必须读这本书。我还没有读完。知道吗？我完全无法投入其中。"

"哦。我觉得它相当好。"

"是，它就像是那种刻意塞进去太多东西的书。我看了大约一半，就这么觉得。"

"语言怎么样？"我问，"你不觉得行文很深情吗？"

"我猜是吧，不过，你知道，从某种观点来看，它就是——字词堆砌而已。"

"嗯。我肯定人们也会对福克纳的书这么说。"我想听的可不是这些。

"实际上，我很喜欢福克纳。我的硕士论文就是关于《喧哗与骚动》中的种族冲突。"

她继续看着我的书，仿佛是在看一本她不喜欢的服饰目录。

"你知道吗？这本书是我写的。"

她抬头看我，然后又低头看了看封面，仿佛是在比较我的脸和封面上的名字是否相配。

"嗯，警察认为赛拉斯杀了老板的时候，他为什么不等着，然后解释一下？"

"嗯……赛拉斯慌了，他生性胆小，当然……"

"我是说，我肯定如果他去解释澄清，他们一定能够弄明白。那不是比跑遍全国更可行吗？因为按后一种方案一来，就显得他真的犯了罪。"

愤怒的血液在我体内翻涌，但是我让自己保持冷静，转换出我的作家式声音——充满耐心和学究气："这些人物自己在书中构筑自己，我所做的就是观察，然后记录。我等待着故事自己向我倾诉。"

"嗯。"她说。

"我挖掘，"我说，"我就像一个古生物学家，深入地底，挖掘。这本书只是我发现的一块恐龙骨头。"

她把我的书放回了书堆上。"也许它只是——你知道的——不适合我。"她回馈我一个小学老师般的微笑，极度傲慢。

"你知道帕梅拉·麦克劳克林吗？"

"帕梅拉·麦克劳克林，她写悬疑小说？我听说过。"

"我昨晚和她上床了。"

"嗯，那很棒。"她往后退，开始寻找出口。

"我还和尼克·博伊尔谈论船只，希金斯船。艾克说靠那些船才打了胜仗。"

"那很棒！恭喜你。"

"所以，我觉得，对于写作，我知道的还是不少的。"

我赢了。打败了那个蠢女人和她的硕士论文。《喧哗与骚动》里的种族冲突？真是个陈旧的主题。如果不是要赶飞机，我一定会告诉她这一点。

如果她知道我要飞去洛杉矶商谈《龙卷风之灰俱乐部》的电影改编事宜，肯定就不会这么狂妄了。

同一天晚上，坡的公寓里

那地方看起来就像特德·卡钦斯基[1]的藏身之处移位到了布鲁克林棕色石头房子的地下室里。衣服、旧毛巾、中餐馆外卖的盒子，从克林顿执政之时就在那儿了。破旧的音响播放着《历代纪》。画面正中，水果箱子上面，是一副棋盘。

坡的特写。他伏在棋盘上，黑棋一子未动。

坡：你怎么办到的，浑蛋？

门"砰"地一响。坡没有动。

镜头对准门。又一声"砰"，门打开了。瑟吉走入。伊格跟在后面——壮得像是栋砖房，他25岁，性格随和，胳膊强劲有力，能够把人脑袋挤碎，就像捏碎一个富士苹果。

瑟吉：你应该锁门。这一片不怎么太平。

他笑了，是你不想看到的那种笑容。这时坡才抬起头来。

坡：我没有。

瑟吉：你没有什么？

坡：钱。

瑟吉：钱钱钱，美国人总是为钱奔忙。给我点儿钱？哈！也许我们只是顺道过来看看你的练习情况。

1　特德·卡钦斯基：美国著名邮包炸弹杀手，放弃文明社会生活回归野外的奇人。

坡：练完了。

瑟吉：也许我们只是顺道过来，让我朋友看看你怎么下你的棋。

伊格上前，从棋盘的另一侧望着坡。

瑟吉：也许我们只是礼节性地拜访。

坡：那么，很抱歉我没有夏多利香槟和布里奶酪。

突然瑟吉冲上去打坡的脸。坡一惊，退后，鼻子开始流血。

瑟吉从口袋中拿出一把枪，放在棋盘中央。

瑟吉：也许我们可以来玩个游戏。

瑟吉蹲在坡的身前。

瑟吉：你并没有那么聪明。

瑟吉从棋盘上拿起一个卒，站起来。

瑟吉：这个叫"卒"，是吧？卒很容易被放弃，弃卒无足轻重。

坡（揉着鼻子）：你对象棋了解很多。

瑟吉：我小时候下过。

坡：听说过加里·卡斯帕罗夫[1]吗？

瑟吉站起来。

坡：有一次卡斯帕罗夫和匈牙利的贝拉·纳多西交手，纳多西执白，

---

1 加里·卡斯帕罗夫：俄罗斯国际象棋特级大师。

卡斯帕罗夫执黑。最初的三步是这样的。

以电光火石的速度，坡走了 6 步——两个卒、两个马、两个车。每一步都没有碰到枪。有一个卒子就落在扳机旁。

坡：就这样走了三步，然后纳多西说："你赢了。"并不是什么特别的走法，一个优秀的业余选手也不会看出什么来。但是纳多西知道自己输了。你知道为什么吗？

瑟吉：告诉我为什么。

坡：因为他能够感受到卡斯帕罗夫的自信，他能从卡斯帕罗夫下棋的方式中看出来。而他知道，自己永远没有办法打败如此自信的人。

瑟吉：然后卡斯帕罗夫就成了世界冠军。真是精彩的故事。

坡：然后纳多西……

坡伸出手，就在伊格的下巴正下方，推翻了白棋的国王。

坡：纳多西自沉黑海。

坡站起来。

坡：你执白，你刚走了第一步。

突然，坡从棋盘下面掏出一把泰格 –9 冲锋枪。俄国人还来不及反应，他就把枪指向了瑟吉前额。

坡：你觉得我自信吗？

摘自未拍摄的剧本《黑白之间》| 作者：米勒·韦斯特利

"听我给你讲一个马龙·白兰度[1]的故事。实际上,这更应该算是伊利亚·卡赞[2]的故事。他们拍摄《码头风云》的时候,有一幕发生在船边,告密者把一个箱子砸在马龙·白兰度身上,然后卡尔·马登出场,所有的码头工人都看着他。卡赞架好摄影机,让每个人各就各位,然后他开始四处走动,首先和临时演员交流,告诉他们背景故事和人物的行为动机,让每一个人都刻画出饱满的角色。'你是个捷克人,你的英语说得不怎么好,你知道这些家伙不喜欢你,不过能在这儿干活你还是觉得很幸运。你正在攒钱,打算把老婆接过来。''你是个聪明的孩子,老师让你去申请大学,你爸爸也鼓励你,说会竭尽全力供你读书。但是,你爸爸却摔断了腿,

---

1　马龙·白兰度:美国知名男演员,代表作有《欲望号街车》《教父》《码头风云》等。

2　伊利亚·卡赞:美国导演,曾执导电影《欲望号街车》《码头风云》等。

没有人能够帮他，所以你不得不开始工作。'像这样，卡赞和每一个人交流，五六十个人，他给每一个人都讲这样的故事。从没有台词的临时演员开始，最后所有的配角终于全都搞定。然后卡赞和卡尔·马登说了20分钟，引导他理解一切：他该怎么思考，他过去为什么没有看到过一具这么吓人的尸体，他那天吃的是什么，类似的所有一切。

"然后，给卡尔·马登讲完之后，卡赞说：'好的，各就各位，开始拍摄。'

"然后，已经站在旁边看了三个钟头的白兰度说：'嘿！伊利亚，你还没有跟我说戏呢。'

"然后，卡赞转身看他，指着他，当着所有人的面说：'你就站在那儿说你那该死的台词就行。'"

米勒·韦斯特利的情绪始终都维持在同一个强度水平上。他一直都在给我讲这讲那，双手在空中不停比画，仿佛是在与一堆飞向他的看不见的盒子搏击。

"人们就是这样拍电影的。"

好莱坞的标准酒店就像是个笑话。那颠七倒八的标志像个笑话，那绒地毯像个笑话，从屋顶上垂下来的2001年款小椅子像个笑话，那硕大的欧洲风格度假套房像个笑话，那泳池更像是一个20世纪70年代复古派后现代设计师开的玩笑。但是每个人都表现得非常严肃：柜台后面短头发的瑞典人非常严肃，在一个巨型荧光鱼池里穿得像条美人鱼一样的模特也非常严肃。

米勒·韦斯特利当然也非常严肃。下午3:13，他冲了进来，从大厅桌子上的一个黑色陶碗中，盛了一些芥末豆角出来。他直接告诉我他的体味可能不怎么好，因为他上午和他的教练在一起。"一个以色列人，踢你屁股却让你欢喜。"

我们在泳池边坐下，他告诉我他最近总是把莫吉托[1]和埃普敦朗姆酒兑在一起喝，然后问一个女服务员这里是否有埃普敦朗姆酒，请她务必放新鲜薄荷，他点了两杯莫吉托和一杯黑人莫德罗。服务员走开的时候，他以一个植物学家审视一株稀有兰花的目光，注视着她的屁股。

"这很精妙，也很重要，我是说本能反应。我在创作的时候一直坚持的一个核心理论就是人是原始的、受本能支配的动物。虽然包裹在各种礼节之中，包裹在萨维尔街出产的、有丝绸口袋、价值1500美元的套装里头，人本质上还是一个有原始本能的动物，一有机会就会表现得与动物无异。如果你回归这种基本事实，你就永远都不会缺故事。"

他说这些话时的语速着实惊人，仿佛是在读着他头脑中一个飞速运转的电子仪器上的文字。我只能在几个小时后以半速将之在脑中重放，重新构筑。"看看白兰度，"他说，"依我所见他是最好的演员，代表了一个时代。他的一切表演都是纯粹、自然、本能的，没有人可以与之匹敌。如果我能给他写一幕戏，就算让我没了睾丸，命根子短上三英寸我也无所谓。我过去所写的剧本全都是一种练习，只是为了想象白兰度会怎么说、怎么演。有些时候，剧本里

1　莫吉托：一种源自古巴的鸡尾酒，内含薄荷。

的问题我得花上几个月才能解决，但是白兰度只要往那儿一站，就是答案。他能占据屏幕，吸收它，融入它，屏幕期待着白兰度与之融合。原因是，他能演出那种张力，那种社会中的人类和原始动物之间的界限，而你能感受到。你能感受到他在自我克制。《欲望号街车》你看过吗？"

"看过。"

"白兰度第一次遇到田纳西·威廉姆斯[1]的时候，他脱掉了自己那件该死的衬衫，修好了田纳西家的厕所。然后田纳西给导演卡赞打电话，说：'就是这家伙。他就是斯坦利·卡瓦尔斯基。这个家伙一手油污，修好了我的厕所。'多原始。"

这时，莫吉托送上来了。米勒给我讲完了白兰度的故事。

我奉命前去洛杉矶与米勒·韦斯特利会面是因为他对《龙卷风之灰俱乐部》改编电影感兴趣。我读了他的资料，觉得对于这一工作来说，他是个杰出人选。传说，2000 年奥斯卡颁奖礼上，米勒·韦斯特利在男洗手间意图刺伤罗素·克劳[2]。他当时刚刚痛失了最佳改编剧本奖，而帮助蕾妮·齐薇格[3]赢得奥斯卡奖的埃塞尔·默尔曼的传记片就是他写的。

然后他和罗素·克劳发生了争执（如果互联网上的消息可信的话），因为克劳拒绝了韦斯特利的下一个剧本。那是一部现代版的

1　田纳西·威廉姆斯：美国剧作家，代表作有《欲望号街车》《玻璃动物园》。

2　罗素·克劳：新西兰男演员，代表作有《角斗士》《美丽心灵》。

3　蕾妮·齐薇格：美国女演员，代表作有《BJ 单身日记》《芝加哥》。

《威尼斯商人》，背景设置在拉斯维加斯"超级碗"比赛开幕的周末。据克劳说那个剧本是"100页散发腐臭的垃圾"，然后韦斯特利朝着他挥了挥自己的博伊刀。韦斯特利被哈维·韦恩斯坦摔倒在地，也有可能是伊恩·麦凯伦或凯西·贝茨摔的，这取决于你相信哪个故事版本。在那之后，韦斯特利消失了两年，在日本生活。

但是，按照我的理论，你的名气必须达到特定高度，才有可能在洗手间和罗素·克劳争执。而且无论垃圾与否，如果你为了剧本刺伤人，必然是对它非常看重的。

埃塞尔·默尔曼的那部影片拍得很好，或者至少可以这样说，即使里面存在缺点也不是米勒·韦斯特利造成的。我是在大学时和波莉一起看的。看过之后的很多个星期，每当我们无聊的时候，我就要求她模仿蕾妮·齐薇格告诉制作人自己不会改变唱歌方式的那一幕，"绝不，绝不为了任何人改变！"波莉会像蕾妮那样翘起下巴。

在飞去西部之前，我试图重温这部电影，但是当我看到埃塞尔终于告诉欧内斯特·鲍格宁（瓦尔·基尔默[1]饰）她爱他的时候，我知道她只是太伤感了。

根据 IMDb（互联网电影资料库）上的消息，米勒·韦斯特利已经复出，他把一部关于阿拉斯加捕蟹人的剧本卖了 200 万。他为马丁·斯科赛斯[2]改编了《嘉莉妹妹》。作为参考，他的经纪人给我

1　瓦尔·基尔默：美国影视演员、歌手，代表作有《盗火线》《圣徒》。

2　马丁·斯科赛斯：美国导演、编剧，曾执导《愤怒的公牛》《华尔街之狼》。

寄来了他的下一部剧本《黑白之间》，写的是一个俄罗斯黑帮想要敲诈一个布鲁克林象棋天才的故事。罗素·克劳有意向担任导演。

安排这次会面大费周章。我和他的经纪人助理阿荣通了 27 次电话。他已经开始叫我"伙计"，并且告诉我等我们到了洛杉矶，必须去"苏格兰一场"，我觉得这是指找个地方畅饮苏格兰威士忌，但对此并不确定，所以并没有答应。

在标准酒店的泳池边，米勒敲打着我的杯子，猛喝莫吉托，然后开始用手指捻着薄荷。

"不确定这是否新鲜。"

这时，他口袋里的 Treo[1] 振动起来，他竟跳起来接电话。

一切应该是这样。我在这里，和一个想要把我的书改编成电影的家伙一起喝莫吉托。对于那部电影，我有一些很明确的想法，我也想听听他刺伤罗素·克劳的故事。但是对于一个小说家来说，最英明的策略无疑是保持冷淡，对整个环境及整件事情都保持轻微排斥，因为他们要把我的作品，我的艺术结晶，改编成电影，转换成商业利润。对于莫吉托，我也应该表现出不满来。

总之，我的表现就该那样，哪怕我心里始终想着"我会借此认识哪些电影明星"和"我会得到多少报酬"。

甚至更加遥远——我几乎不敢想象，如果我得了奥斯卡会怎么样？

米勒挂断了电话，或是按下了结束通话键，或是……管他呢，

1　Treo：一款智能手机。

总之他回来了。

"听着，伙计，我得走了，我得在一个制片人飞去伦敦前把一部关于象棋的剧本草稿发给他。而我的助手要在圣巴巴拉挑选莫蒂里安尼[1]的饰演者。你的素材足够了，是吧？"

"足够？够干什么？"

"你的文章。"

"什么？"

"你不是《娱乐周刊》的那个小孩？"

"不——我，我和你的经纪人谈过，是阿荣？我写了《龙卷风之灰俱乐部》。"

"啊！"他又坐了下来，说，"那本书！浑蛋！"他拍了拍我的肩膀，"《龙卷风之灰》。哈泽尔·霍利斯喜欢的那本浑蛋书？那个疯婊子。"

他拿了一块冰塞进嘴里。

"据我所知，她真的是个疯婊子。哈！"他又拍了拍我的肩膀，"是真的。查理·希恩告诉我的。不过话说回来，你的东西，是神来之笔，是天才之作。"

他从包里拿出一本我的书，页边有彩色的小便条。

"我真想去爱抚你的书，说真的。我想在里面挖个洞，抹上润滑油，然后进入它的内里。这是不是太激烈了？我就是个非常激烈的人。我做了很多笔记。"

1　莫蒂里安尼：意大利画家，表现主义画派的代表人物之一。

米勒·韦斯特利的笔记

- 听着，我有很多朋友是同性恋——好莱坞就是这样。大学里就乱成一团，同性恋制片人，同性恋牙医——但是赛拉斯必须充满男子气概，如果能请到最好的演员的话。

- 开场是拉斯维加斯的东西：赛拉斯从一个喝醉的落魄赌鬼身边经过。我们让这个家伙每天都在旅馆外晃悠。他向赛拉斯讨几块钱，而赛拉斯给了他，虽然明知道他会拿去输掉。这个设定显示了所有一切：宿命、善意、爱，一切。

- 赛拉斯的祖父，路加死后祖母再嫁的人？他必须是一个真正的浑蛋：心理扭曲，殴打祖母，酗酒。我们拍这么一幕，让祖母在车上给赛拉斯讲："你祖父就是个杂种。"然后闪回祖父正在打她，并且非常用力的画面。你明白我说的吗？

- 祖母——知道吗，这是个大角色，给艾伦·巴金，或是那种总在抱怨如今没有接到"成熟"女性角色的女演员。奥斯卡评审团绝对会爱死这个。但是对于观众，必须让他们知道祖母年轻的时候热情似火。也许找雷妮扮演她，也许找个新人女演员。狐狸精，不过是个优雅的狐狸精。

- 埃丝梅拉达——民谣歌手，伟大的角色，原声带发售的第一周我们就能卖出 40 万张。但是必须将她设定成一个瘾君子，正处于自我救赎中。她没有告诉赛拉斯这件事，然后在路上，遭遇挫折时，她再次堕落。伟大的三角关系：赛拉斯照顾她康复，然后把那个引诱她走向毒品的家伙揍得屁滚尿流。

- 赏金猎人。他必须是个极端富有感情的人。那种被基督教转变的家伙，你知道吧？他家里有个小女儿，在他乱七八糟的装满手枪手榴弹的书包里，我们可以看到有一张小女孩在学校里给他画的画。他追上赛拉斯后，做了一场关于赎罪的伟大演说。

- "二战"的东西。路加在留守地，还有那些留守战士，他们都很伟大。一天，他和他们共同执行任务。他们带他穿过树林，向他介绍这个地方——铁丝网、纳粹无处不在。那是什么？是一个集中营。你明白了吗？

  "我们就是为此而战斗。"就要这东西。

- 路加在秘鲁，奄奄一息——他们找来一个天主教老牧师，替他行临终礼。牧师告诉他："我有很漫长的一生，你有很短暂的一生，但是很快，我们会在天堂重聚。"你能想象出来吗？多棒的一幕！充满张力。

- 结尾，祖母挥洒骨灰——伟大的一幕。就这样：她得拉着赛拉斯的手，然后松开，一直向龙卷风走去。这就是结尾。这就是你的最后一个镜头。这个女人走入了一个糟糕的龙卷风涡旋。巨大的冲击。

要想表达出米勒·韦斯特利在喝着黑人莫德罗时向我阐述这些构思的速度是非常困难的。等到啤酒喝完了，他的话也说完了。他从口袋里拿出了一个深色小瓶，对着两个眼睛各挤了三滴水。

"你觉得怎么样？"

我觉得，这人是个天才，也许比普利斯顿·布鲁克斯还要伟大。

他如此厚颜无耻！如此不知羞耻！他甚至没有试图用诗意的语言来包装他的伪劣商品。文学的骗术是写一些糟粕，让读者相信那很好。而好莱坞的游戏则似乎是在直接告诉顾客："这是些糟粕，你们会花钱买下，并且会喜欢。"

我非常惭愧，因为我意识到他在这方面比我强多了。

米勒带着一抹稍微有些得意的笑容看着我。

"你意识到我在这方面比你强很多，是吗？"

"的确。"他的直白让我目瞪口呆。他隔着桌子又捣了一下我的肩膀。

"我必须如此。你的书卖了——三万本？差不多吧？"

实际上，比那少多了。但是我谦逊地耸了耸肩，暗示他说对了。

"对一本书来说，这就算成功了。"他继续说，"但我搞的是电影。我得让四五百万人去看，最少要这么多人，否则我就得死待在这个小地方，没办法像你这样四处周游。"

米勒拿起他的 Treo 看了一眼，然后把它摔回桌上。

"浑蛋！我得去帕利塞德，在 17 分钟之内弄出那个草稿，然后发出去。你想不想兜兜风？我们可以在车上谈。"

在酒店门前的人行道上，米勒给了墨西哥服务员一张 20 美元的钞票，告诉他"火速"，然后服务员就像奥运会选手一样冲了出去。

我们等车的时候，米勒又拿出了他的眼药水，滴了几滴，然后递给我。

"想要些吗？"

"是什么东西？"

"THC[1]萃取浓缩精华液。往眼睛里滴，不用抽烟就能让你精力充沛。烟那些烂东西对肺不好。"

我谢绝了，心里有些害怕上车。但是我什么都没有说，因为我不想表现得不酷。

服务员把车开了过来，是一辆宝马6系，我们上车，米勒把车开向日落大道。

开过一排低矮的写字楼，我们被一辆行动迟缓的货车挡住了路，左边也被一辆普锐斯封住了。面对此种情况，米勒的解决办法是倒车，在一辆凯雷德即将撞上他的时候切换到右侧车道，继续向前。他一边开车，一边伸手拍了我一下，指着山上一条蜿蜒的公路。

"我在那边参加过一个派对——完全不知道自己是怎么回的家。我醒来的时候在浴室的地板上看到了10个鸡蛋壳。我吃了10个生鸡蛋。浑蛋！"

这句"浑蛋"是对一盏红绿灯说的。

"而最浑蛋的事情是这样的，那场派对是在星期六，而我醒来的时候，已经到了见鬼的星期三。"

1　THC：四氢大麻酚，是大麻素的一种。——编者注

我怀疑米勒是那种一直咆哮着却能把车开得更好的人，所以我试图让他继续说下去。

"你从一开始就想写电影吗？"我问。

"小时候，我爸带我去看《奇爱博士》。对一个孩子来说，这部电影真是难看极了。不过我爸就是一个浑蛋。看这部电影的时候，我 12 岁，灵光一闪：是的，我要成为其中的一分子。自从知道阿瑟·米勒[1]搞上了玛丽莲·梦露，我就想成为一个剧作家。梦露可不会和约翰·厄普代克[2]乱搞，不是吗？"

我确信了自己刚才的怀疑。

"知道吗，我是一个求胜心切同时非常热情的一流人才。你找遍这个地球，也不会找到比我更精通这一行的人。我曾经浪费了很多时间，整个 20 世纪 90 年代中期都在胡混。但是你想想，没有任何一个国家擅长任何事能比美国擅长电影制作的程度更深。明朝的中国人做花瓶，文艺复兴时的意大利人弄壁画，我们却是电影做得最好的。我们就是一群鬼才。伊朗人撕烂践踏美国国旗，但他们还是会去看《史莱克》和《X 战警》。你在蒙古的市场上甚至能够买到《加勒比海盗》的 DVD（视频光盘）。伙计，这就是我们见鬼的文化杰作，我们就像种子一样飘到了这个见鬼的星球的每个角落。"

我们正在迂回兜过一处绿化带。

"你是个聪明人，写了一本好书。但是听我说，在这个时代，小说已经终结了。'电影在 20 世纪取代了剧场，在 21 世纪，它会

---

1 阿瑟·米勒：美国剧作家，代表作品有《推销员之死》《萨勒姆的女巫》。玛丽莲·梦露是他的第二任妻子。

2 约翰·厄普代克：美国小说家、诗人，曾两度获普利策小说奖。

取代写作。'这是雷德利·斯科特[1]说的。他显然知道：你是否读过一本能像《异形》那样震撼你的书，我的意思是那种原始的内心震撼。那部电影震撼得我肠子都空了。我是说那东西都拍了好几十年了。

"我们一直在这样努力，而且越干越好。80年前电影是钢琴伴奏加台词板，是脆弱的女人和留胡子的恶棍。80年后，电影就变成了《异形》。你觉得小说有这样的进化速度吗？你觉得小说能与之看齐吗？听我说，小说家也一直在为此努力。对一个作家来说，最令人激动的事情就是听到自己的文字在影院里播出来。你是一个作家，想想那画面。你的台词隔着60英尺远，通过声音表达了出来。倒霉的莎士比亚可从来没有享受过这种待遇……浑蛋。"

这最后一个"浑蛋"是对着宝马车上的钟表说的，并不是指莎士比亚。

米勒全神贯注地开了三分钟，然后再度开口："那些家伙有一半也是剧作家——狄更斯、托尔斯泰、吐温、德莱赛，这些家伙写出了冷峻的开场、慢摇的镜头还有战争场景。他们只是缺乏技术。F.斯科特·菲茨杰拉德将死之时还和米高梅签了合同。你想想，如果莎士比亚认识白兰度会怎么样？或是狄更斯认识朱丽安·摩尔[2]？把罗伯·施奈德[3]和珍妮弗·蒂莉[4]交给狄更斯，首映周末的票

1　雷德利·斯科特：英国导演，曾执导《银翼杀手》《火星救援》。

2　朱丽安·摩尔：美国女演员，代表作有《时时刻刻》《依然爱丽丝》。

3　罗伯·施奈德：美国男演员，代表作有《憨直舞男》。

4　珍妮弗·蒂莉：美国女演员，代表作有《缘来是你》。

房就能达到 5000 万。如果那些杂种现在还活着，我就得住在倒霉的丹尼市替百视达[1]工作。"

米勒不再理我，开始拨电话。

"我们怎么干的？……我交给维尔·罗杰斯了……那快完了，到时也许我会以迅雷不及掩耳的速度给你打电话……她在圣巴巴拉要挑一个莫蒂里安尼……伙计，再过 7 分钟……好的。"

他说话的时候，我担心我是否会死于一场惨烈的车祸。从好的一方面说，如果这真的发生了，《龙卷风之灰俱乐部》的销售额会一飞冲天，我必然会重新出现在畅销书排行榜上。而一股感伤的气氛会毁掉波莉的婚礼。

但是，如此一来，不好的就是我本人无法拿到钱了。

我在开玩笑，不过，恐惧还是令我几乎浑身都湿透了。

"但是关键，"米勒已经挂断了电话，这句话是对我说的，"不在于人才、配乐、特效、摄影和灯光，关键在于经济。我不是指剧作家的收入比小说家高，因为这一点显然根本不需要我说明。关键在于讲故事的规则。这听起来是不是有点像胡扯，因为规则？这儿的每个人都想花 500 美元找个爱沙尼亚的模特为自己深度按摩，然后享受从阿留申空运来的生鱼片，没错吧？"

此时，米勒在一个红灯前猛地右转，驶入一条蜿蜒的窄街。他不断加速，仿佛想从他的德国汽车上找到什么性能瑕疵。

"但是你知道为什么剧作家们更审慎吗？他们不得不如此。因

1　百视达：影音产品租赁供应商。

为导演拍片子的时候，每一秒都是在烧钱，不能浪费。想一下，如果一本书里的每个句子都要花 2000 美元，你确认自己还会留着那些句子？你认为自己真的需要那些副词？全国最好的写作教育方式就是看着太阳照在摄像机上，听着钱哗啦啦地流走。"

我们在米勒的房子前停下。从车道上看过去不过只是两块白墙中间夹着一扇玻璃门。我跟着他进去了，他巨大起居室的背光面是一片玻璃，隔着玻璃望出去是一群散点般分布的小屋顶，再看远点儿就是太平洋。右边有一扇门，通向一个黑色地砖铺底的泳池，点缀其中的小瀑布流向另一个泳池。

"自己弄杯喝的。我得去把那个鬼玩意儿发出去。"

一个小巧的吧台就在一幅巨大的镶框《僵尸男爵》海报下面。原版的，看起来像是。一个德国表现派吸血鬼俯视着我，看我最后挑选哪种伏特加。

我意识到我的衬衫后背因为那个被 THC 精华液滋养的疯狂天才的疯狂驾驶而被恐惧的汗水湿透。由于害怕弄脏白沙发，我就站在那儿，欣赏着眼前的水池，而米勒正在另一个房间打电话。

"砰！我刚把宝贝给你发过去。去 VIP（贵宾）候机室或者随便什么地方把它打出来……让漂亮的空中小姐给你弄杯爽口的尊尼获加，双份，摇匀，然后读一读，等飞到纽芬兰上空你就会开始想用哪张照片做《名利场》的封面……旅行愉快。"

米勒回到起居室，看着我，然后指着下方："托马斯·曼[1]过去

---

1 托马斯·曼：德国作家，代表作有《魔山》。

就住在下面。"然后他转身说，"你知道的小说家里有几个拥有两个泳池？"

THC 精华液被服用后肯定有一个阶段是起镇定作用的，这种情况在我们开回标准酒店的时候出现了。他对红绿灯的咒骂少了，而我也无须耗费那么多力气来控制我的括约肌以免自己出丑。

"我给你讲个关于小说的故事吧，"他说，"我在钟楼酒店和萨姆·门德斯[1]一起吃午饭。我们边吃边聊，他说（这时米勒露出了非常纯正的英国口音）：'米勒，有个东西我非常渴望拍摄。我想让你来改编。'是《包法利夫人》。他给了我一份合约，我接受了。我去温哥华待了几个星期，看了看那本书，做标注，搜集场景，草拟对话。萨姆没有说什么，但是我知道他想让凯特来演——我是说凯特·温斯莱特[2]，所以我想我得仔细思考里面诸如婚外恋、失败的手术、巴黎、死亡之类的事，然后才开始写。

"事情是这样的，我写到 19 世纪 50 年代，法国北部，鲁奥的农庄，等等。他在处理自己的腿伤，艾玛[3]走了进来。但是那时我意识到我没的可写了。问题在于：你必须深入作品内里，而非凭空想象一切。根本没有足够合适的女演员，甚至凯特·温斯莱特也不成。永远都不会有。永远都会有距离。你可以看电影，但是你不会把它当真，可是《包法利夫人》这本书，你却必须把它当真。

1　萨姆·门德斯：英国导演，曾执导电影《美国丽人》《革命之路》。

2　凯特·温斯莱特：英国女演员。其代表作有《泰坦尼克号》《美丽心灵的永恒阳光》《朗读者》《革命之路》。她是导演萨姆·门德斯的妻子，此段婚姻只维持了 7 年，两人于 2010 年宣布离婚。

3　艾玛·鲁奥：《包法利夫人》的女主人公。

"所以我给萨姆打电话，告诉他我有了麻烦，写不下去了，他说我们总会找到办法的，诸如此类的话。

"为了厘清思绪，我写了一个电影剧本，是关于一个在黑帮火拼中被捕入狱的混血偷车贼，最后被派拉蒙[1]改得面目全非。"

我们驶过贝莱尔社区那遮挡住房子的绿化带。

"知道吗，我本可以写完它，《包法利夫人》，可以弄出些东西来，萨姆和凯特能把它拍得很好，但是你知道吗？那不可能成真。我没有办法把它弄得真实。

"告诉你——我可以为一切撒谎，但是我没办法让自己把《包法利夫人》变成一个谎言。"

"福楼拜，"米勒说，"那个家伙配得上两个泳池。"

我离开洛杉矶后就再没有收到米勒·韦斯特利的消息。我和阿荣又通了几次电话，后者对我们没有去"苏格兰一场"表达了虚伪的遗憾。通过米勒接下来几个月中表现出的奇怪逃避态度，我终于明白他失去了兴趣或是太忙。总之他最后放弃了《龙卷风之灰俱乐部》。

这非常遗憾。我非常想和他谈谈后来自己身上发生的一些事情。

1　此处指派拉蒙影业公司。《教父》《变形金刚》《阿甘正传》等影片均由其制作出片。

15

按摩浴缸依然在运转，将冰冷的水花拍打在已经下沉的脸孔上，仿佛拍打着一个丑陋的救生圈，或是一个糟糕的孩子的泳池玩具。海文丽·德琼斯的脸，刚在一个单身汉的大腿上跳完舞的女孩的脸，就如此将一生定格在了一个枪眼上，那枪眼如同古董文档上的红色蜡封，静静地印在她前额的正中央。

泰德·寇伯乐看着这一幕，而其他的高层则在露台上商谈。寇伯乐从来没有见过这么漂亮的房子，不只是在过去8年路检与巡逻之中没有见过，而是整个一生都没有见过。他没有想到有人的后院里会有一个"极可意"按摩浴缸，无论如何，他觉得匹兹堡不会有。此外，草坪修剪得如同水兵的头发一般整齐，向看不到的远方延展，城市的灯火如同圣诞树一般装点着远方的地平线，阿勒格尼黑色的河水在灯火之中流淌。

虽然景致繁多，但寇伯乐却无法让视线离开那个枪眼。

这时，有人从他身边经过，他过了一秒钟才注意到来者，远比一个警察应该花的时间长得多。

那是一个女人——黑色的直发、紧身的卡其布裤子、皮夹克，正俯在"极可意"的西班牙文商标牌上，拿出了一个笔记本。

"嘿！嘿！你不能待在这儿，女士！"

然后他感到肩膀上沉下来一只坚实的手。

"放松，寇伯乐。"

米奇·弗里洛克侦探走到他身边，端着一个宝丽龙的杯子喝着咖啡。

"嘿，特朗，"弗里洛克说，"你觉得那胸部是真的吗？"

特朗·马丁尼丝从她的笔记本中抬起头来。

"我觉得不是，米奇，也许你应该过来摸摸。也许这是过一会儿你的第一个动作。"

摘自《赤裸的嘲弄》（特朗·马丁尼丝悬疑系列之一）

作者：帕梅拉·麦克劳克林

1997 年出版，口袋图书版权所有，重印需经授权

我这次西部公费旅行的下一站是蒙大拿。

我在洛杉矶的机场买了一本帕梅拉·麦克劳克林的《赤裸的嘲弄》，打算在飞去比灵斯的途中阅读。到达丹佛的时候，我已经读完了。

基本的情节是这样的：特朗发现这些谋杀全都是为了羞辱一些市议员。然后她了解到这些议员被一个古怪的老家伙借此要挟，不去征收他那已经腐烂的，满是蛇虫鼠蚁的老房子。她解开谜团之后，所有人都以为尘埃落定了，可之后特朗发现这个老家伙不想让自己的房子被征收的真正原因在于一旦房子被拆除，他们就会发现他妻子的尸体，妻子是多年之前被他谋杀的。所以，特朗也解决了另一个疑案。另外，特朗还和一个在动物园里和老虎打交道的兽医上床了，这部分完全是在凑字数。

但是对我来说，事情的关键不是读那本书；关键是，本人，皮特·塔斯洛，知名小说家，曾经和帕梅拉·麦克劳克林上过床。这就是文学界的事态走向：现在我要做知名小说家会做的事情——满怀讥诮之情阅读前任情人的作品。

　　这是我出席比灵斯大学"大平原写作论坛"的准备工作。

　　我在洛杉矶的时候，抽空上网用谷歌搜索自己，看了一些新闻评论。《布鲁克林视角》说我有"一对罕见的倾听乡土之音的耳朵"。如果真有人知道什么叫"乡土之音"，我想他就是布鲁克林的一个书评人。《迈阿密预言报》说我的书"观念错误，技巧拙劣"，迈阿密本身也是如此，不过人们都喜欢这一套。

　　也有一些很明智的抗击。一个自称为"悲伤的谬见"的人在博客里洋洋洒洒写了一大篇，说我的书里"都是当代小说的毛病"，但在我看来，这可以算是一种恭维。我是说，我毕竟触及了所有的毛病。

　　但是我希望自己能够在"大平原写作论坛"受到热烈欢迎，显然它是全国第一批"成人写作学校"之一。我过去从来没有听说过，但我认为这在你们这些文人学士之间是件大事。论坛创始人汤姆·伯克利是个传奇人物。他曾经出版过一本叫《鸟王》的备受欢迎的短篇小说集，然后便潜心从事教育，至今已 15 年。很多写出了广受欢迎的短篇小说的人，都是他的学生。

　　更关键的是，赢得他的支持，是寻觅一份美好的教师工作的第一步，然后我就可以享受烟斗和艳遇交织的生活了。

　　除了特邀作家的请柬，汤姆·伯克利还寄来了几期文学期刊

《原上草评论》。所以看完《赤裸的嘲弄》后，我就开始浏览它们。

两相对比，简直有天壤之别。看一下这张简单的表格：

	帕梅拉·麦克劳克林的《赤裸的嘲弄》	《原上草评论》中的典型故事
开篇	特朗·马丁尼丝检查一个被谋杀的脱衣舞女的胸部。	一个人在医院里吃沙子。
人物	腐败的市议员 独眼的妓女 被捕的连环纵火犯 特朗的旧情人（一个荷兰足球明星）	想要自杀的女孩 退休的水管工 从后窗观察乌鸦的老人
例句	尸检官割开了受害者的胸腔，特朗在一旁听着，那声音如同一千片薯片在吱嘎作响。	他们坐下来，安闲而木然地微笑着对望了一阵。
结尾	特朗帮助一个警察拉上了收尸袋的拉链，然后说："避孕套不能循环使用真是糟糕。"	老人吃下了一包杏仁。这仿佛是一种模糊的暗示。

我觉得它们都各有缺陷，这就是我的观点。但问题是你们没有办法在机场买到《原上草评论》。

比灵斯的这些家伙们想围绕乌鸦和杏仁写出最真实、最诚挚的小说，如果他们想试试的话，我很愿意让他们得偿所愿，只是需要他们提供适当的车马费。

比灵斯大学答应派一个学生来接我。我异常激动地跟在几个年轻女人身后，直到她们去取行李，或是投入某个下巴松弛的家伙的怀抱。

我的学生司机最终找到了我，介绍自己叫玛丽安。他们起码还有最基本的礼貌，知道派个女孩来，但她绝对不是我满心期待的校花型。不过，幸好她不想和我谈论写作。实际上，当她领我走向她的皮卡货车时，她告诉我她还没有读过我的书。她就这么直接地说了出来，没有任何讽刺或其他意味，这让我对她产生了敬意。

我在《龙卷风之灰俱乐部》中写到了比灵斯，虽然我从来没有来过这里，但我让赛拉斯、祖母和埃丝梅拉达（本名珍妮薇芙）开车经过这里。我这么写道："在比灵斯，他能听到金属咔嗒咔嗒的声音和卡车引擎的轰鸣，这是当之无愧的美国工人的奏鸣曲。"非常真实，尽管我的描述令这个地方显得比实际上要浪漫很多。实际上的比灵斯非常原始，除了加油站和必胜客以外一无所有。玛丽安的皮卡副驾驶座一侧的窗户是由硬纸板和胶带拼成的，三月的风从边缘渗进来，这毫无乐趣可言，只是让我的旅途变得非常不舒服而已。

读书会

我们到达演讲礼堂的时候已经有些迟了。大约有 40 个人在座位周围晃悠，这超过了我的读书会单场平均观众人数。其中三分之一是大四学生，他们可能会出席他们看到宣传的所有活动，只是为了活动活动筋骨。

汤姆·伯克利握了握我的手。他很英俊，但有些清瘦，仿佛大草原经年的风吹去了他脸上多余的肉。

"皮特，欢迎来到比灵斯。"

"谢谢。不胜荣幸。"

"我们很荣幸能邀请你作为特约作者。大家都很期待你能与我们分享一些创作经历。这里有一些刚刚起步的作者，我觉得他们肯定能从你的分享中获益良多。我们还会进行开放式讨论。"

我很想靠上去说："拜托，老兄，特约作者？你是个聪明人，你显然已从这一切中为自己找到了乐子。然而我们都知道我只是个废物，没有去找工作，而是拼凑出了一本低劣的书。分享？示范？我会读上两段话，而你的学生们会傻傻地坐在那儿，觉得自己的学费有所值。然后我们就可以去喝点儿啤酒了。"

汤姆·伯克利快步走上讲台，向大家介绍我。这通常是非常不舒服的一分钟，因为除了说我很年轻以外，人们总是不知道该如何介绍我。然而伯克利的发言却吸引了人群，我看到在他即兴谈及我特地从波士顿赶来"给予"大家这场读书会的时候，人们开始往前排的座位转移。汤姆说他总是喜欢用"给予"这个词，因为这正是作家们所做的。对于这个美丽的观念，学生和老年妇女们都点头称赞，我趁机喝了几口水。

我为读书会选定的章节是"二战"时期在法国的回忆。路加和一些留守战士在一片森林中碰到了一个怀孕的妇女，她是一个通敌者，被所在的城镇驱逐，即将临盆。一些留守士兵想要开枪打死她，路加却决定留下来帮助她。

这一段非常适合读书会，里面有些段落是路加笨拙地帮助那个妇女却在帮得一团糟时被那个女人用法语咒骂。我会故意把法语读出一种口音，模仿我的高中法语老师波查德夫人，这总能引人发笑。但这幕情景却沉浸在猛烈的煽情之中，因为路加会双手托起婴儿。每个人都喜欢婴儿，有些时候，观众席中的母亲会在最后痛哭流涕。

但是在比灵斯大学却不是这样。我分心了。汤姆·伯克利就坐在第一排，半坐在椅子中，微笑着，那微笑仿佛一个和蔼的牧师面对无神论者时会给出的笑容。

我一直在掉链子：首先我忘了法国口音，说话的样子仿佛是史高治·麦克老鸭[1]一般。

最后，我终于撑到了结尾：路加用一块残留着枪油污渍的破布擦拭着婴儿的前额。观众的鼓掌声刚好持续了恰当的礼节所要求的时间。

汤姆·伯克利站了起来，说道："有什么问题想问作者吗？"

出现了一阵沉默，四声咳嗽，然后一个老女人站了起来。

"你写过悬疑小说吗？"

"嗯……没，我没写过。"

然后她坐了下来，对身边的姐妹摇头，我猜后者听力不太好。然后又有两声咳嗽。后排站起了一个孩子，可能只有17岁。

"我叫爱德华。路加的枪是标准的 M1 葛兰德步枪还是 M1A1 卡宾枪？"

"嗯……后者。"

然后便再没有人提问。

汤姆·伯克利向我道谢，然后响起了温和的掌声。掌声之中，伯克利靠近我并拥住了我的肩膀。

---

1 史高治·麦克老鸭：迪士尼动画中的经典角色。

"打磨出一个场景、真实地感受到那个场景真的很困难，不是吗？"他说得好像从没有人向我表达过类似的意思，"写作是个困难的打磨过程！很难找到合适的工具！假使你拥有了它们，还得让它们保持锐利，从始至终。"

课堂

那天下午，轮到玛丽安读她新写的短篇故事。她的声调有如在宣读使徒的信条。

> 她感受着牙齿间巧克力的美味，听着他靠在有裂纹的卫生间水槽上玩水的声音。她知道他会把那里弄干，一如往常。而毛巾中央那个纤维布料的补丁依然非常牢固。

听着玛丽安的嗡嗡声，我真希望自己能够跳过下午这段时间。如果写作教学就是如此，那么我恐怕得度过一段难熬的日子了。等她读完了，我应该说点儿什么呢？整个东西一团糟，显然，她所有的注意力都放在把细节弄得一清二楚上了，对于写作来说，这是一种愚蠢的浪费时间的方式。

度过了人际关系中最沉默的一段时间，我已经有点儿喜欢玛丽安了。我很想告诉她："老兄，你要写的是小说——编造故事就成！"我想向她挥舞帕梅拉·麦克劳克林的书，告诉她："人们全都爱这种废话！你为什么费尽力气去写什么毛巾的细节？"

她的这个短篇故事叫作《焦糖》，写一对艰辛的父母在万圣节带着患自闭症的孩子出去玩"不给糖就捣蛋"的游戏。最后他们终于让孩子上床睡觉，两个人坐在餐桌前抽一支大麻烟，然后决定吃掉孩子的糖果，全都吃掉，从星河巧克力到 M&M 到士力架。

　　这并不是一个糟糕的构思，你可以想象有些人会为这个构思落泪，这很容易办到。但是玛丽安却坚持把它弄成了一记朦胧而缓慢的摄魂咒。重点情节进展缓慢。

　　"天啊，我们知道了，"我想告诉她，"吃糖是某种残酷的报复？很孩子气？还是父母之间温柔的示爱方式？管他呢。"

　　有一个人没有我这种不耐烦——汤姆·伯克利。他坐在桌子一端，整个身体摊开，填满椅子。他如此专注地听着玛丽安朗读，仿佛在从她身上吸出那些字句。

　　　　他把手背贴在桌面冷冷的漆布上，她将两个奶球放进他的手里。他们四目相望，然后眼神分离。他们的下颌开始用力地拉伸，咀嚼着焦糖。

　　玛丽安就此停住。汤姆·伯克利继续保持刚才的姿势，一分钟，以防故事还没有完。

　　"好的，玛丽安，谢谢你带给我们这个故事。我们歇息一下！然后一起看看是否能从这个故事里挖出宝物来。谁准备来挖？皮特，你怎么样？"

　　我最不想做的事情就是从任何东西中挖出宝物来。

"嗯，这真是一篇杰作，不是吗？"我说，"它几乎是……有形的。"

我看到几个学生在他们的笔记本上记下了"有形"。

"有形，"汤姆·伯克利点了点头，"洗耳恭听，请继续。"

"嗯，"我说，"她的语言有一种质感。你几乎能够……感觉到这个故事。你几乎能够……把它摊开在这里，就像一件旧毛衣。"

这是否能够应付这些怪人？

"这是一种鼓励，"汤姆·伯克利说，"一种熟悉感。"

什么？我想。

"的确。"我说。

几个学生开始加入了讨论。最初很轻松，但之后事态就被激化了。人们对她相当刻薄，说她的语言"枯燥""令人昏昏欲睡""令人怒不可遏"。有一个人指责她"抄袭了某本书的观点"。他们一直说自己要提出一些"建设性评论"，然后就告诉她一切都需要修改。

有一个叫伊森的南方小孩，下巴极长，整张脸看起来像个月牙儿。他攻击玛丽安使用了"气态"这个词。

我想，你们这些家伙到底在说些什么呀？

全都不是小说层面上的评价——小说一派胡言，他们撕裂它并没错。但是这一切有什么意义？这么说吧，经过一年的推敲、修改和编辑，这个故事会发表在《原上草评论》上。然后呢，玛丽安也许能得到 500 美元？在美国，伟大的短篇杰作就值这个价钱，还不如一台 PS3[1] 值钱。

---

1 PS3：索尼电脑娱乐公司推出的家用游戏机。——编者注

一个小时过去了，批评和评论还在继续。

见鬼，你们这些家伙！放轻松！

最后，汤姆·伯克利终结了这场论战。

"皮特，谢谢你能加入我们，并给出你的评论，"汤姆·伯克利说，"既然大家都很有兴趣——皮特，我希望你也能加入——为什么我们不去'枯落客'喝上一两杯成人饮料并继续讨论呢？"

"哦！我乐意至极。"我说，我依然希望能够找到一份工作，也许不是在这里，但是可以在，比方说佛罗里达或其他地方。

成人饮料时段的继续讨论

我搭乘玛丽安的皮卡去往"枯落客"，沉默不语。

在一个时间长得出奇的红灯前，我觉得我必须说些什么。"你真的——我认为你真的在你的故事里面触及了某些东西。"

"谢谢！"玛丽安说，带着一种根本不相信我的语气。

到了酒吧后，"大平原写作论坛"的作家们躲入了一间暗室，那是附着在"枯落客"一角的砖头筑就的四方形"珊瑚"。他们挤在一张上面摆满了啤酒罐的桌子周围。汤姆·伯克利背靠在墙上，露出一抹透着智慧的狐疑笑容。

玛丽安挤了进来，一只手点燃一支烟，另一只手接过了一杯威士忌，晃着脑袋吞了下去，一副打算喝到酩酊大醉的模样，但是我很难责怪她。

威士忌是伊森给她买的——这是他的职责，因为他的评论被票选为最具杀伤力的一条。这是一个传统，防止大家变得满嘴是刺。

关于玛丽安小说的讨论安全结束了，但是所有的谈话始终都围绕着写作和作者。显然，这些人想不到也说不出任何其他的东西。酒吧主厅中的点唱机所播放的《超级游民》的旋律传了过来，有人指出他们高一的时候买过那盘磁带，我就开始兴致大增，觉得我们可以就此跑题，开始谈论《超级游民》。但是只跑了两次题，人们就又开始谈论起爱丽丝·门罗[1]。

有人抛出了尼克·博伊尔的名字，仿佛那个名字本身就是一种嘲弄。

"尼克·博伊尔很了不起。"我在一片嘈杂声中说。但这似乎只让大家感到了困惑。伊森大笑了起来，其他人一直盯着我看，仿佛我说了一个字谜。所以，我就此改变策略，决定闷头喝酒，希望我的沉默能够被误当作充满智慧之举。

接着说到了乔什·霍尔特·克瑞狄。玛丽安用她拿烟的手做了一个轻浮的嘲弄动作，然后发表了一句挖苦的评论。但之后她偷偷看了看汤姆·伯克利的脸，仿佛害怕他听见。

汤姆·伯克利没有讲任何人的坏话。他讲话的时候，所有人都向前靠，你能感觉到桌子被压低了。他提及里克·耶茨和雷·卡佛[2]，像在回忆童年时冠军球队的阵容。

1　爱丽丝·门罗：加拿大女作家。

2　此处指美国作家理查德·耶茨和雷蒙德·卡佛。汤姆·伯克利称呼这两位作家的方式很亲切。——编者注几个小时后，暗室变得不再拥挤了。这对我来说是个谜，那些成人写作班的学生可能去哪儿呢？

　　现在桌子边还剩下五个人。汤姆·伯克利说："咱们来谈谈故事吧。"拜托，我们可是一直都在说故事，"你听过最孤独的故事是什么？"

　　我考虑站起来让《超级游民》重新开唱。

　　汤姆·伯克利的问题是向所有人提出来的，他环视着伊森、玛丽安和我，但所有人都不敢回答他。

　　没有人主动应对这个挑战。

　　"我来给你们讲一个孤独的故事吧。我过去有个朋友，住在巴特附近，我是大约 10 年前认识他的。巴特附近的整个地区全都是铜矿。我的这个朋友是个矿工，一个真正的老人，名字叫比尔·斯塔波斯。比尔喜欢波旁威士忌，有时候我会弄上一瓶'旧日时光'，敲开比尔的门，说：'比尔，你为什么不拿几个杯子，弄点水，咱们坐在门廊上，喝一瓶上好的波旁威士忌？'他就会走出来，然后我们开始聊天。"

　　得了，老兄，还是留给《原上草评论》吧。要我做出感兴趣的表情，实在太痛苦。

　　"一天晚上，比尔给我讲了他当矿工时的故事。他说有一次发生了爆炸——甲烷爆炸——就在他离开矿洞的时候。大部分伙计都出去了。但是有一个——杰克——被困住了，埋在了矿洞里。他们挖啊挖，还弄来了铲车，希望杰克能呼吸到足够的空气撑下去。杰克的妻子就守在那里，紧握着拳头看着他们挖。"

这时候，我偷瞄了一下桌旁的其他人，不确定这一切都是真的。这家伙是认真的吗？可是他们全都盯着他。

　　"三天后，他们终于挖通了。杰克死了。在他身边，他们看到了一个账本和一根断开的铅笔。杰克肯定知道他死定了，所以被困住时，他写了一张便条给妻子，现在她已变成了遗孀。便条开头是'你知道我爱你'，还有一句给孩子的话。然后字迹开始潦草，很难辨认。杰克的那一段文字，写的全是关于被清洗后的亚麻布的气味。

　　"那些矿工认为可怜的杰克给妻子和孩子留下只言片语后，甲烷就蔓延到他身边，让他疯狂，他的思维只能随便抓住一些东西，在一片黑暗中写下来。但是比尔告诉我，那个寡妇并不相信。她把那张便条读了一遍又一遍，想要从中找出什么来，她认为这肯定是杰克在天堂门口留下的讯息和呼唤。那个寡妇开始清洗家里的亚麻布，一周洗两三次。每次洗完，她就会揪住邻居，告诉他们：'我想我懂了。我觉得我知道杰克说的是什么了。'某个星期她会说：'他是想告诉我生活就如同亚麻布般清新。'下一个星期她会说：'我现在终于懂了，他是让我宽恕他，这条讯息是说我们都需要在见到上帝之前清净肉身。'邻居们只是微笑，点头表示同意，除此之外，又能做些什么呢？"

　　汤姆·伯克利讲完了他的故事，然后猛喝了一口啤酒。

　　"这就是老比尔的故事。这杯敬他。"

　　什么？这到底是什么？我期待每个人都疯狂地制造借口离开。因为，认真地说，这真他妈的令人沮丧！我们全都只是喝了点儿啤酒。

汤姆·伯克利看着我说:"皮特,你呢?你知道关于孤独的故事吗?"

现在,如果给我一分钟的时间思考,我会编造出非常精彩的内容,甚至还能令粗鄙的蓝领动容。

但是汤姆·伯克利的眼神却让我心惊肉跳。我愚蠢地讲了自己想到的第一件事情,再一次被迫犯了错。

"有一次,我妈妈带我去商场买东西。我那时大约5岁,当然觉得非常无聊。我刚刚看完《帝国》[1],所以假装自己是卢克天行者,在衣服架子下面爬来爬去,在达戈巴星球的沼泽中与尤达在一起。那感觉很棒,架子下面又黑又疯狂。然后,仿佛过去了很长时间,我不知道妈妈去了哪里。我向外看,怎么也找不到她。我便开始不知所措。"

我喝了一口啤酒,大家都把这当成了一个戏剧性的停顿,而非结束。

"然后怎么了?"

"哦,她当时正在和退货部门的女人争吵,听到我哭喊,就过来了。"

我能够感觉到尴尬在桌子上流转。汤姆·伯克利优雅地收了尾,拍了拍我的后背说:"当个孩子也是一种孤独啊。"

但是我知道自己犯了错误。我亵渎了这个夜晚。这些人把故事

---

1 这里指电影《星球大战2:帝国反击战》。——编者注

当作圣礼，而我却没有，他们怜悯我。

玛丽安开始讲了。"我曾经有一个男友，在林业局工作。我们已经分手了，那说来话长，是另一个故事了。总之，有一次，他给我讲了这个故事。林业局在暑期的时候会雇用大学生，长途跋涉去森林外面的瞭望塔上监控森林火警，一人守一塔。他们会带上三个星期的食物、给养和其他必需品跋涉到那里。他们就坐在塔上，身旁是无线电对讲机，如果看到火星儿、亮光这类东西，就呼叫总站。三个星期后，替换人员来到，他们再走回去。总之，这个工作显然能吸引一些怪人、孤独者、哲学家、诗人、刚失恋的家伙。

"迈克，也就是我的男朋友，告诉我，那些人会带着一大堆书、棋盘、字谜游戏之类的东西，因为他们得坐在那里，孤独一人，整整三个星期。他们会带上很多很多平装书，比方说 10 本尼克·博伊尔的书。但是有一年夏天，来了一个人，大约只有 110 磅重，是个来自东海岸的脸色苍白的小矮个。迈克帮他办理入职，问他带了些什么。他说，他所带的只有一本惠特曼的《草叶集》。迈克看了看那本书的厚度，然后说：'老兄，你用不了两天就能看完这本书。'那个家伙回望着迈克，异常严肃，说：'这本书永远都看不完。'总之最后，迈克觉得让这家伙保持心情愉快并不是自己的分内事，于是就祝他好运，送他出发。

"但是那个夏天，山里出现了怪异的暴风雪，据说是印度尼西亚的火山爆发引起的。大部分待在瞭望塔的人都在电台中听到了这个消息，雪刚开始下，他们就离开了。到了第二天，林业局呼叫所有留在塔里的人最好立刻返回总站。但是那个孩子，那个脸色苍白的孩子，他的电台断线了，他没有收到消息。第三天，下了一场大暴雪。他们认为最好派人去接他，但是只走了4英里就回去了，因为雪实在太大了。他们觉得那孩子只能在林中等下去。

"雪下了一个星期，当时是6月，没有人想过会下雪。然后雪化了，山洪暴发，席卷一切。直到7月，他们才得以组织一个搜救队，解救那个被暴风雪困在瞭望塔里的可怜孩子。

"迈克是其中一员，他非常担心那孩子。他们以最快的速度行进，但还是用了一天半才到达瞭望塔。一路上，他们都在担心那孩子能否撑到现在。到达瞭望塔后，他们顺着梯子爬上去，找到了那个孩子。他被冻死了。迈克经常做噩梦梦到那个画面，苍蝇绕着尸体打转。奇怪的是，塔上本来有一个小棚屋，至少可以凑合做个避难所，但是那个孩子却待在外面，在桌子边。迈克告诉我，那个孩子坐在那里，坐在外面，伏在自己的《草叶集》上。"

有一阵子，没有人讲任何话。我当然也没有，因为，这是个故事，好吧。

然后汤姆·伯克利说："殉道者的蔑视和沉着。[1]"伊森点了点头。

我高中的时候只瞄过一眼《草叶集》，但是我有绝对的信心，认为他就是在引用《草叶集》。

之后，我们继续喝酒。甚至有人讲了一些笑话。汤姆·伯克利讲了一个在艾奥瓦城帮约翰·契佛[2]找小巷子让他撒尿的故事。而

1　本句出自惠特曼的《草叶集》。

2　约翰·契佛：美国现代小说家，普利策小说奖得主。

我肯定没有说任何东西。我有一种很隐约但无误的糟糕之感。我们一直待到打烊。

在《原上草评论》刊登的小说里，人物所经历的领悟都必须隐约而微妙。我不知道这是出版界的官方规则或仅仅是不成文的默契，但总归是其中一种。你不能说出来。我最后躺在速8酒店的床上看完了去蒙大拿时带着的《原上草评论》。当时我正吃着想再尝尝的"得意"洋葱片，看着一场无聊的科罗拉多雪崩队[1]比赛。

帕梅拉·麦克劳克林却把一切都说了出来：人们为什么做这些事，人们在想些什么——诸如此类。从艺术上讲，这也许很糟糕，但是人们喜欢。所以我也要这么干。

当我躺在速8酒店的床上，看着一场出奇无聊的科罗拉多雪崩队的比赛，再一次确认"得意"洋葱片的味道确实很糟时，我想到了玛丽安的故事。伊森、玛丽安、汤姆·伯克利，他们所有人都生活在一个粪坑里，以近乎发怒的状态指责别人，开着窗户上贴着胶带的卡车四处走，互相讲述他们虚构出来的骇人听闻的故事。而这全都因为一个理念：他们全都相信恰当地收藏一个故事，恰当地讲述一个故事、传继一个故事，是一项神圣的使命。他们似乎都相信这样就能拯救世界，或者至少会让自己变成一个更好的人，而无法诚恳地讲述一个故事就是一种亵渎。

我讲出的故事，不管是什么，都不诚恳。那明明是谎言。第一次，我开始好奇这是否算一种犯罪。

1　科罗拉多雪崩队：美国丹佛的国家冰球联盟队伍。

16

爸爸对越南食物的了解并不多。德式小香肠，德式酸椰菜丝，撒了厚厚辣椒粉的芝加哥热狗，这才是他的风格。如果在伯莫里克运动吧或西阿狄森烧烤餐馆不点这个，根本就不值得去吃。据我所知，我们是唯一一家对他们的感恩节火鸡和美乐生啤套餐闷闷不乐的人。

但是我长大一些后，爸爸认为也许我应该了解一些自己的原生文化。他找出"黄页"[1]，在埃文斯顿找到了一家叫"54号河粉"的饭馆——"正宗越南料理"。于是在一个星期日，我们一家三口便出发前去享受一顿将带有纪念意义的早午饭。

服务生用友好却蹩脚的英语安排我们落座，他无疑是在好奇这个丑陋的黑头发小女孩为什么会跟一个穿着"小熊队"[2]夹克的大个子以及一个烫着金发的女人在一起。也许是在进行某种儿童交换计划。

打开菜单后，爸爸立刻露出一副惊恐的样子。我上一次看到他如此惶

1　"黄页"起源于北美洲，主要指电话号码簿，现在互联网上流行的工商指南、消费指南等，也可以算"黄页"。

2　小熊队：一支棒球队。

恐是在家庭医生给了他一本写有月经注意事项的小册子时。

"春卷，这听起来很好，做开胃菜吧。"妈妈提议，一如既往地试图提供帮助。爸爸信任地点了那个东西——至少它还有英文名字。

服务生本分地端来四个卷在米纸里的小圆柱，放下就走开了。他深信我们知道如何吃。这简直是大错特错。

妈妈认为最重要的事情是保持微笑。她把圆柱切开了，仿佛屠夫切开动物的肠子，然后优雅地把它们放在自己的盘子上。

"看，丹尼斯，有黄瓜！"她向父亲提供了他无比需要的鼓励。

然而爸爸并不想上当。他非常清楚，无论这是不是越南菜，没有人会吃纸。

所以他拿起一个春卷剥开了，就像在剥香蕉，然后把里面的馅儿倒在了盘子上。小虾、黄瓜、香草，乱七八糟地堆在他面前。

"嘿，他们给的量肯定不够，不是吗？"他明显很失望。

妈妈害怕得开始喘粗气。她环顾四周，确认没有人听到。

"丹尼斯，"她靠近父亲并轻声说道，"他们尽力了。"

1　这是一个波兰姓氏，综合上下文，艾伦的养父是个波兰裔芝加哥人。——编者注

看到那集令我哭出来的《奥普拉脱口秀》时，我的感情防线彻底决堤。现在，我知道一个作者谈论奥普拉就如同一个有罪的人谈论上帝，但是先忍忍吧。

　　那班从比灵斯返回波士顿的飞机是那种会在凤凰城停留的可怕航班，因此，当我最后在洛根机场降落时，还是紫色的黎明前夕，"唐恩都乐"甜甜圈店还没有开门。我把手机打开之后，发现里面有一条强·斯特吉斯的留言。

　　"皮特，我是强尼·斯特吉斯。听着，你也许会接到联邦检察官办公室的电话。他们弄了些官僚来骚扰我们，完全就是诬陷，因此我正考虑把所有一切都转移到一个岛上。总之，你要冷静处理。我肯定一切都会过去，但是——嗯，他们查了电脑，确实记住了你的名字，所以——不管怎么着，我确定一切都会过去的。"

所以，我得把这存储在我脑部"可能晚些时候会变糟的事情"的区域中。

回到公寓时，霍巴特没有在他的房间里。我在厨房里发现了一锅被人遗忘的速熟土豆泥，它显然已经在那儿好几天了，因为有种类不明的虫子在上面飞来飞去。我穿着裤子爬到了床上。

我醒过来的时候，大约是下午 2:30，然后我从 54 寸的松下平板电视中找到了慰藉。

为了买这台电视，我把拿到的预付稿酬花去了很大一部分。《龙卷风之灰俱乐部》没能帮我买上一套房子，不过一台 54 寸平板电视也是一件不错的替代品。

我调到一个高清频道，一边瞄着英属哥伦比亚岛的航拍镜头，一边浏览着积压的电子邮件。

其中有一封来自波莉。"皮特，"我仿佛听到了波莉的声音，离开我之后，她多了一些鼻音，"我看到了你的书，有一天在我们（我们！这个婊子！）当地的书店里看到的。我真为你骄傲！我知道你一直都有这种能力。我还没有抽出时间来读——婚礼的事情实在太变态了，但是我对这本书充满了期待。我也很高兴你能来参加我的婚礼。能够再次见到你我很开心。你最好的（什么！）波莉。"

真是一个卑鄙到极点的怪物！可最糟的是，我非常敬佩她的策略——嘲弄的口吻、温柔的语调、着重的提醒，这完全就是《孙子兵法》里的高招，是她报复我成功的一种尝试，假装为我骄傲（骄傲！），这样一来，我作为一个成功的知名小说家，出现在她的婚礼上只会令她锦上添花。

无论如何，这令我震惊。我很不好意思地承认，我把怒气撒在了送比萨的孩子身上，给了他不到一块钱的小费。不过几个星期后我试图补偿他，所以不只多给了他小费，还点了我根本不想吃的面包条。

如果和德雷克喝上一天酒，我所有的问题就都解决了，至少可以暂时被排解掉。但是他去陪他的霍利奥克山女孩了，就是那个多年前他经历森林之旅时怜悯过他的女孩。所以，我找不到他。

因此，我只能独自一人吃饭，看高清电视，以此打发时间。

在那样一台电视上，几乎所有一切都显得非常吸引人。在MSNBC（微软全国广播公司）台，奥伯曼就像天神一般降临，摆出一个最佳的姿势，仿佛就要走进你的起居室。在西班牙语脱口秀里，你能发现所有的穿帮细节，比如他们停止画画或是卷板子上的线。在 E 频道的《名人夫妇》节目里，安吉丽娜[1]的头像如同复活节岛上的石像一般占满了整个屏幕、装饰了整个房间。我的扬声器也很好，看《低音捕鱼》节目时，都能听到绝望的鱼用鳍拍打着船身钢板的回声。

我停止换台，开始研究一个亚洲女人的脸，她大约 35 岁上下，化妆师肯定没有想到我的松下电视能提供的画面有多清晰，因为她的前额上有些地方明显比其他地方亮。就在那时，我发现自己正在看《奥普拉脱口秀》。

1　此处指安吉丽娜·茱莉。

我把声音关小了，决定玩一个游戏：猜这个亚洲女人为什么会上节目。做饮食专家的话，她显然不够瘦。她也太年轻，不必急着提出婚姻见解。而如果是提供对待虐童犯的建议或是说明男孩们为什么在学校总排名靠后，她又显得太温和了。但是奥普拉——她的妆容显然好得多——带着一副严肃的表情听着。也许这女人是一位提供友情方面建议的心理学家？我决定就此罢休，把声音重新调大。

"……在学校怎么样呢，孩子们会对你有所不同吗？"奥普拉正在提问。

"嗯，我那时候非常小，孩子们只是好奇，因为我的眼睛同他们不一样，他们问我是不是也能看见东西，或者我是不是一直斜视。'你能看到这个吗？''是的，我能。'"亚洲女人说。

观众们笑了。我也笑了，因为我想起二年级的时候，约翰·怀特贝克替克里斯·派做了一个类似的眼部检查，那检查虽然令人困惑，却彻底用科学理论改变了我们对眼睛工作方式的理解。

"但是大部分孩子视我与常人无异。我曾经同所有人一样——参加生日派对，进学校，我是'小熊队'的超级粉丝，还对柯克·卡梅隆极度迷恋……"

观众们又笑了。

"不过，和其他所有人一样，你会遇到一个恶霸，所有孩子都会遇到恶霸，"奥普拉对着观众说，"没有遇到过恶霸的人请举手。"摄影机并没有跟上，但是奥普拉说："你们这少数几个人可能就是恶霸。"大家再次笑了。然后奥普拉转向她的对谈嘉宾："你在书里面讲了一个关于恶霸的了不起的故事。"

"是，他叫米切尔。"

"米切尔，真像个恶霸的名字。"奥普拉说。真是观察敏锐！我笑着认同，观众也是如此。有一些特定的"恶霸名字"，米切尔绝对是其中之一。为什么人们要这样决定自己孩子的命运？

"米切尔曾经给我起外号，从学校跟踪我回家。我向爸爸诉过苦。我爸爸，当然，他是典型的芝加哥人，在酒馆里把事情告诉了他的兄弟们。他们全是些大个子，是工厂工人。他们制订了一个计划。有一天放学后，米切尔跟着我回家，叫我的外号，朝我扔树枝。就在我跑向家门的时候，爸爸出来了。我开始哭，米切尔站在一边，竭力装出一副无辜的表情。"亚洲女人将米切尔竭力做出的无辜表情模仿得非常有意思。

"我爸爸说：'看样子你喜欢骚扰女孩，哈？'米切尔摇了摇头。我爸爸接着说：'不过，我和我的朋友们，我们喜欢骚扰恶霸。你为什么不和我的朋友们见见面呢？'然后从我们家里走出了 12 个人，全是你有生以来见到的最高大、最健壮、表情最严厉的芝加哥人。米切尔只看了一眼，就开始哭。"

观众们非常喜欢这个。他们大声地笑了，我也是。有一些观众开始鼓掌，但我没有，因为我孤单一人在家，鼓掌实在是不合时宜。

"这是他最后一次欺负我。"

奥普拉将手放在了亚洲女人的膝盖上，用那种"我们暂时打住"的方式。

"等下回来，我们要见见艾伦的爸爸！"最后这几个字，奥普拉说得有如在唱颂歌，但插播广告仍令观众怒不可遏。

我甚至没有换频道。如果我换了，哪怕只是再去看看英属哥伦比亚的航拍镜头，一切都会朝着不同的方向发展。

"我们现在回来继续对谈艾伦·卡拉珀斯基，一个苗族人——是这么说吗？"

艾伦点了点头。

"一个苗裔美国人，她在三岁的时候，"奥普拉用她发自丹田的、稳稳的声音说，"被伊利诺伊州的比尔和丹尼斯·卡拉珀斯基夫妇收养。她将这段经历写成了一本回忆录，叫《芝加哥最幸运的波兰仔》。艾伦，你写到你爸爸是激励你成长的最大动力。"

"他是，绝对是。他教会了我道德的价值和超越自己的重要性。他并不健谈，"在这个地方，观众们因为艾伦有意思的表述笑了，"但是他教育我，真正地以身作则。他一直守护着我们，让我们全家团结在一起，让我们知道我们很安全，被爱包围。"

这是一个有着强烈冲击力的句子，甚至我都需要停顿一下。奥普拉自己也沉默了一阵，赞许地沉默，然后才说："读这本书的时候，我觉得，我个人非常想去听听这个男人的故事，这个父亲的故事，听他用自己的有趣方式讲述。这真是一本非常有意思的书，而你的爸爸，真正教会了我们身为一个父亲意味着什么。所以，我们将他请到了现场。有请——丹尼斯·卡拉珀斯基！"

镜头转向观众，他们瞪大眼睛充满了期待。你能看到他们的皱纹和放大的瞳孔。

一个六十几岁留着扫把胡的男人走了出来。他走路的样子仿佛屁股有一点儿不平衡，一直低着眼睛，仿佛是在舞台上寻找一条隐形的，他被训练过要记住的路线。他坐下时，奥普拉站了起来，给了他一个拥抱，艾伦也是。也许因为那豪华座椅令他们非常舒服——他们看起来确实非常舒服——他对着后排的观众笑了笑。

"谢谢你来到这里——"

"谢谢你，奥普拉，我和所有的伙计——"观众们已经笑了，因为他的芝加哥口音特别重。

"那是芝加哥口音！"奥普拉说，"你们在这里听到了，如果你们想要进城，准备好！"每个人都笑了。

"那么，丹尼斯，你和妻子在知道自己不能生育孩子之后，便决定去领养，是这样吗？"

"对，没错。我们去了服务机构，你知道，全是些表格之类的。然后，我们从一个朋友那儿听说了这个项目，从越南领养失去了家庭的孩子。我有朋友去过那儿，和我一起上高中的朋友。我们在电视上看到了那儿发生的悲剧。（用他的芝加哥口音说出来就成了'拿德被拒'！）我向妻子提起，我们都认为这是应该要去尝试的事情。"

奥普拉轻轻地拍了拍他的腿。

"跟我讲讲，丹尼斯，你是怎么培养出一个这么神奇的女儿的？"

所有人都开始拍手，奥普拉看着他们点头，仿佛人群是她自己感情世界里的伴唱。

"其实，是她自己做到的！我们只是——我妻子和我认为应该像抚养普通孩子一样把她抚养长大。我们在芝加哥，所以，她很小的时候，我带她去看'小熊队'的比赛，教她怎么吃香肠，以及其他事情。我们只是尽力让她感觉到我们对她和其他家人一视同仁，我们完全确定她是百分之百的卡拉珀斯基家的人。我们就是这样把她养大的。"

现在，请想象一下当时的我，孤独地坐着，眼前打开的比萨盒子里积下的硬皮越来越厚，我早就停止吃比萨了。而那个在我的电视屏幕上有三十八九英寸大的人说着那样的话。然后是一阵沉默，安静被我的扬声器表现得极端完美。

我的眼睛感到咸涩而沉重。

"丹尼斯，艾伦在书里谈到了你有多么迷'小熊队'，以及你如何想尽办法多去看几场比赛。"

丹尼斯点了点头。"是的，我带她去看了很多比赛。不过我觉得她有半数以上都是为了爆米花才去的。"除了奥普拉，所有人都笑了。

"我们所有人，读过这本书之后都会想：我们应该为这个男人做点儿什么，他忍受了所有哭喊，所有晚睡的长夜，当妻子生病住院的时候，带着女儿去买舞会礼服，这样的人——"她指着丹尼斯，"应该得到一些什么。"

观众们热烈激动地鼓掌，而我感到自己的嘴部肌肉在笑，这几乎完全违抗了我的意愿。整件事情，整个节目的编排，绝对不可能没有说服力。这个人确实应该得到些什么，他太了不起了。

"所以我们找了一个朋友，玛丽·布雷泽克，她是芝加哥'小熊队'的公关部主管，我们问她能否送你点儿什么东西。"

一个穿着"小熊队"夹克的宽肩膀金发女人走了出来。我的扬声器里传出了观众席中的人们因梦想实现而发出的每一声幸福的喘息。玛丽·布雷泽克递给丹尼斯一个信封。

"我们只是想感谢你的支持，"玛丽说，"还有你女儿的支持，感谢你培养了新一代的'小熊队'球迷。芝加哥小熊家族想送给卡拉珀斯基一家两代球迷一些小礼物，以表达我们的感激之情。"

丹尼斯打开了信封，就在他想弄明白里面是什么东西的时候，奥普拉说："季票，第一排，就在球员休息处后面。丹尼斯，这次你得买很多爆米花了！"

丹尼斯站了起来，浅浅地拥抱了一下玛丽·布雷泽克，他简直太高兴了。人们全都沉浸在发自内心的喜悦中。

事情是这样的：等之后和德雷克喝酒的时候，我会用充满讽刺的语调向他描述整件事情。我会有所夸大，将丹尼斯的口音夸张到克里斯·法利的程度，我会在"殖民地男孩"里面模仿他走路，就好像一只跳舞的熊。我要告诉他，那群贫困的更年期妇女在看到这个蠢货因为当了一个好爸爸就赢得了一份奖励时变得如何疯狂。

德雷克和我会谈到艾伦·卡拉珀斯基肯定已经看到了她自己的故事——悲剧性质的苗族过往和由深盘比萨和棒球组成的美国新生活——是多么具有市场价值，肯定有某个善于包装的人看到了她那份动人的 190 页厚的颂词将在父亲节和母亲节大热，然后和她勾结在一起，而某个枪手必然曾帮助她将文字打磨润色加工，渲染舞会礼服和爆米花这些情节。

　　但是那一刻，在丹尼斯握着那些票的时候，他不知道如何是好，于是想要去握奥普拉的手，奥普拉看着观众做出了一个"拜托"的表情，给了他一个拥抱，然后丹尼斯吻了艾伦的前额，这令我双颊湿润，我竟然哭了。自从波莉离开我的那天，我像一只无助的小海豹在床垫上滚来滚去之后，我就再也没有哭过。但这些眼泪是另一种意义上的无助之泪，是我们面对世界上最纯洁最美好的事物时的无助。我哭了，如同一个重获新生的罪人，泪如泉涌。

　　这个女人，这个皮肤有些苍白的亚洲女人，讲了一个故事，一个关于父亲、母亲和女儿的故事，描绘了关于养育一个孩子的平凡却不可置信的奇迹。成长有多么艰难，爸爸有多么蠢笨，整件事情有多么平凡无奇，但是多年之后，你会发现它有多么神奇，父母有多么伟大，即便他们瘦到裤子都可以提到腋下，即便他们有些时候会放屁，即便他们的呼噜声像雷声一样可能震翻房子。

　　总之，我们仿佛身临其境，我们可以分辨出它足够真实，我们能够感受到一个真实的故事中那种近似信仰的力量。

　　我突然间感到害怕，甚至惊慌失措，赶忙关掉电视，跑出去买啤酒，甚至忘了穿外套。

　　我只用了一分钟的时间就把一切拉回原有轨道了。我开始嘲讽奥普拉如何掌控着这一切，如何以巴斯比·伯克利的精准度一步步地安排着这一切，即便是丹尼斯的笨拙也都是建立在固有规则上的。我想象着"小熊队"的老板们接到了一个电话，可能是在一台他们留给奥普拉的专属红色电话上接到的。然后他们开始算计这件事情会如何发展，他们看到了一个绝佳的公关良机，便派出了他们的宣传人员玛丽·布雷泽克，她可能在商学院里学习过"社区合作的交互作用"之类的课程，知道如何把她的老板打造成好市民、好邻居。

而一切的关键在于时间的把握，安排，计算，所有一切，都是为了卖这些东西——这是一个真实的列表，我记下来了广告内容——特别 K 蛋白棒、鲁敏尼尔烤瓷牙罩、奥斯乐感冒宁、午餐盒加大奶酪比萨、儿童祛痰药、沃尔登农场巧克力糖浆、玉兰油，还有当地新闻，这当然只是《奥普拉脱口秀》的极小一部分。这种人类之间的感情只是一种计谋，一种让人们锁定眼球的无耻努力，最终将我们的感情变成了食品公司和牙膏企业的销售业绩。

但是他们讲了一个故事，他们让我哭了。他们触动了我深藏内心的悸动情愫，也许这就是所有人总是说个不停的"灵魂"。

注意，注意，嘿……大家都注意了，我想说点儿东西。（对着坐在前排桌子上的一个陌生人）你——不要再嚼了。嚼嚼嚼，你的样子真像只松鼠，或是海狸，一只嚼东西的海狸。是的——谢谢你，让他闭嘴。嘿，大家听着。我是皮特，皮特·塔斯洛，我认识你们当中的一些人。其他的人，你们知道，不管怎么样，我们会成为朋友的。我只是，你们也知道，这个时刻那么感人，这是一场婚礼啊，我想我必须得发个言。长话短说，这是他们给我的建议，我会照办的。顺便说一句，我是个小说家。

我和波莉——波莉·波森，就是你们知道的新娘或波莉，我们在大学的时候曾经是恋人，知道吗，那是最好的时候，我的黄金时代。真心话。记得上大学时只需约会，无须下文的时候吗？（此时，德雷克站了起来，示意我"就此打住"）不，我不会。你知道吗，波莉，你是个美女。黑色的头发，还有你的肌肤，令你魅力大增。你的快乐就是我的快乐。詹姆斯，你是澳大利亚人，不过那没什么，还有很多人也是。（德雷克顺着一面墙慢慢靠近）我看得见你，哪怕你现在不在我的视野之内。我看到了你的示意。我就像只恐龙。

嘿，乔治，那是乔治。乔治曾经和我有过一场投球比赛。我赢得轻而易举，但是他来自一个爱扔回旋镖的种族，而不是爱打棒球的种族。而且，很明显……你们也知道。

另外，感谢波森一家为这一切买单。

看，这场婚礼，非常诚恳。事情就是如此。你能感受到诚恳。知道吗，可能林肯的灵魂就在这里。你们两个彼此相爱，我由衷地、百分之一百地、毫无怨恨地替你们感到高兴。

所以，我想说一句祝酒词。献给诚恳（德雷克此时抱住了我，在我耳边轻声要求我停下来），不，让我说完。献给诚恳，献给爱。还有波莉。你真是他妈的冷淡到家了。真的。现在每个人都知道了。

我在波莉·波森的婚宴上发表的演说 | 根据在场者的回忆整理

尊严，这就是一切的关键词。在波莉的婚礼上，我会让自己浑身上下每一个毛孔都散发出尊严来。有尊严的表现，也就是人们称之为高尚的东西，将会是最优雅的复仇手段。自信和成功会环绕着我，那些澳大利亚人会颜面尽失，七大姑八大姨会对我充满敬仰，女傧相们会争着认识我。当所有客人都围绕着大驾光临的知名小说家时，波莉会知道我赢了。

　　像我这样的知名小说家是不能够搭乘华人街的大巴出席前女友的婚礼的。

　　我必须搭乘阿西乐[1]，因为若是你带着骑士般的超然直说自己搭乘的是美铁，实在太不合宜了。我还在餐车喝了一瓶喜力——一

1　此处指阿西乐特快，美国的高速列车，专门为商务旅客提供服务，全车只设头等座和商务座，票价比一般列车高出 60% 以上。由后文提到的美铁经营。主人公认为"阿西乐"听上去要比"美铁"高级，虽然两者并没有本质区别。——编者注

种高贵的啤酒。

我听到一男一女谈论他们在波士顿参加的一场会议，向一家咨询公司提供市场营销计划。我便思考如何在婚礼上用老于世故的嘲讽口吻把它编造成一个趣闻。"我们正在穿越清教徒的家乡，那是约拿单·爱德华兹[1]和纳撒尼尔·霍桑的家乡，而他们却在谈论市场营销。"我会带着超越年龄的睿智，微笑着讲述这些。

天啊，我要在婚礼上让人们笑得前仰后合。

而其中最具刺激性的，就是我准备的天才结婚礼物。每一次，当我开始厌倦表现得像一个坐火车旅行的知名小说家时，我就会想想它。它现在可能已经送到了：品酒专家首选温控双体28瓶位酒柜。

波莉的嫁妆中并没有品酒专家首选温控双体28瓶位酒柜，所以，我正好借此传达一个信息：她替自己选择那些俗气的东西简直是一种羞耻，我只好将自己高雅的品位提供给他们。它当然很贵，但是大多数人都不知道它到底有多贵。波莉肯定会好奇，但是她同样也会觉得上网查证有失自尊。但是几个月之后，她就会沉不住气，然后就去查证。价格会比她想象的便宜很多，但是依然很贵，只要看一眼，她就算输了。

最妙的是，她会把这个东西放在她的房子里，却永远填不满！新婚的詹姆斯和波莉怎么会有28瓶酒？慢慢地，波莉会开始有所思虑。她会看着詹姆斯，思考他为什么不是那种需要28个瓶位放

1　约拿单·爱德华兹：美国神学家。——编者注

酒的人。然后她会想到我——她的前男友，知名小说家——肯定以为所有人都需要 28 个瓶位。她会意识到自己错失了我能提供的品酒专家首选温控双体 28 瓶位酒柜级别的生活。

露西在纽约的宾夕法尼亚车站和我会合，一同前往华盛顿。她看起来有些疲惫。几个月来，当那些英国人在蒿雀肆无忌惮时，她一直都在为保住工作而拼搏。她带着千锤百炼造就的冷静告知我上一季度的销售报告显示《龙卷风之灰俱乐部》的销售量已经下降。普利斯顿·布鲁克斯，这位长辈，这个天才杂种，凭借《寡妇们的早餐》重回榜首，显然全国有一半的读者觉得此书适合用来填充圣诞长袜。

可是这个事实丝毫没有影响我为尊严而做的努力。实际上，离开纽约的时候，我已经让这番努力开始在我的波莉婚礼攻略中发挥正面作用。非常完美。普利斯顿·布鲁克斯是一个不折不扣的商业作家，而我，皮特·塔斯洛，知名的小说家，更胜一筹。我可以不动声色就搞定一切，我计划向七大姑八大姨以及伴娘团暗示，绝大多数伟大的作家在自己生活的时代都没有得到全面的赞誉和好评。

我策划这一切的时候，露西靠在我的肩膀上睡着了，并且已经开始流口水了。

我们驶入巴尔的摩的时候，她一下子惊醒，脑袋瞬间离开了我的夹克，这一小觉肯定给了她很大的能量，因为现在，她已十足是一副要去参加婚礼的女孩架势，并且开始和我闲聊。

"皮特？"

"嗯？"我练习着小说家应该有的低沉饱满的声音。

"我能问你一些事情吗？要实话实说。"

"当然。"知名小说家总是实话实说。

"你有什么感觉？我是说，这件事，波莉要结婚了。"

一般情况下，我也许会跟露西讲实话，但是现在，离婚礼只有不到 15 个小时了。所以我看着她的眼睛，摆出我小说家的脸孔，开始胡扯。

我给了她一个回答，说"人都会变"，说"总会有遗憾，甜蜜与苦涩交织的遗憾"，但是所有"真正懂得爱的成年人"看到"自己爱的人快乐"，即便不是和自己在一起，"也会感到快乐"。

我说完之后，她完全相信了，蹭了一下我的胳膊说："听你这么说我真高兴，因为实际上，波莉问过我邀请你是不是合适。"她又蹭了一下我的胳膊，"我说我觉得合适。"

如果我告诉她事实，当然，我会告诉她我觉得波莉是一个邪恶的巫婆，她以为用这个叫詹姆斯的家伙就能打败我，而我已经通过写了一本畅销书这种顶级高招证明了自己是更好的骗术大师，我满怀喜悦的预感，等待着看到波莉在自己的婚礼当天挫败退缩。

露西和我当天晚上在华盛顿的雷迪森酒店休息，我肯定一切都会如我所料。

但是第二天早晨，我却看到了两个和尚。

露西和我身着盛装出席婚礼，当我们坐上波莉爸爸租来的，从酒店载客到教堂的巴士时，上来了两个和尚。

他们顶着秃头戴着眼镜，穿着和橙色交通灯一样颜色的袍子。

露西开始和他们攀谈，得知他们是来自澳大利亚的詹姆斯家族的朋友，特地赶来在婚礼上送出一份祝祷。

"这是我们三年来第一次走出寺庙，"其中一个人告诉露西，"我们打算明天去国家动物园看熊猫。"

我已经开始意识到婚礼并不会按照我所写的剧本展开情节，因为连我都无法相信自己能令和尚钦佩。

前往教堂的人们声音中流淌着一种腔调：一种由衷的幸福。女人们靠在男人身上，把手插在男人的外套口袋里。露西也想这样，但是被我赶跑了，我可不想让某个潜在的艳遇对象认为我们是恋人。

婚礼在一座建于 1840 年前后的简陋教堂中举行，有木墙板和白色座椅，据说，这就是亚伯拉罕·林肯签署了《解放宣言》后，第二天早晨和几个获得自由的奴隶一起服务过的教堂。

我感到运动外套下的身体开始刺痒。

我本来期待詹姆斯的澳大利亚亲友团成员全是蓬头垢面的笨蛋，但实际上，澳大利亚人一点儿也不笨。他们都很精瘦，胡须理得很干净，面部皮肤细腻光滑，看样子他们已经不扔回旋镖了。他们看起来会一起参加合唱团。其中的女人也不是抛媚眼撩人的女傧相。她们带着轻微的口音，主动挽起老年妇女的手。

接待我的实际上是一个发育迟缓的孩子——绝对患有唐氏综合征 [1]，他对接待工作尽职尽责。

1　唐氏综合征：即 21- 三体综合征，是由染色体异常（多了一条 21 号染色体）导致的疾病，典型症状是身体发育迟缓，有特殊面容体征和智力障碍。

"新娘的亲友还是新郎的？"他问露西。

"新娘的，"她告诉他，"你不会碰巧就是詹姆斯的弟弟乔治吧？"

"对，我就是乔治。"他说。

"我是露西！乔治，你有了新嫂子，激动吗？"

"嗯，她是一个了不起的嫂子。"乔治说。那些和尚已经落座了，回头看着我们微笑。露西带着一个"会有多了不起呢"的表情转头看我，我尽力笑了笑。

"詹姆斯在那儿！"乔治说。

他确实在那儿，我一眼就看到了他，他站在圣坛上。他的样子，用一个词来形容，就是纯真，就好像麦考利·卡尔金[1]，只是眼睛更加漂亮。他身上最有男子气概的地方就是肩膀，几乎要把他的礼服撑开了。我看到他走到自己的位置对弟弟挥了挥手。

婚礼开始在我眼前清晰显现，如同一张渐渐显影的快照。我的幻觉都已经悄然溜走。我看到了波莉的爸爸，一个不幸有着"地中海秃"的律师，从过道中走过，笑着和人们握手。波莉的妈妈，这个曾经在私下里说我长得像个伟人的女人，染黑的头发在头顶盘成了一个发髻，穿着优雅的蓝色长裙，在波莉的爸爸身后微笑。有一次他们两个带波莉和我去吃海鲜大餐，回来后波莉告诉我，他们认为我"讨人欢心"。

我看到了波莉的弟弟，这个22岁的窝囊废住在父母的地下室

里，整天抽烟斗。但是现在，连他也拾掇得整整齐齐，挽着他的祖母，后者曾经捏着我的脸颊说我长得像个"结实的爱尔兰青年"。

德雷克溜到我身边，一边轻声向我说了句"嗨"。他抹了抹长凳才让霍利奥克山姑娘落座。

然后管风琴奏响，提醒所有人注意，我们转头看到波莉走了进来。

我想让读者省去阅读关于波莉顺着过道走来时有多么美丽的废话。美丽并不是关键。她看起来确实很美丽，看到她如此美丽，我瞬间意识到，过去我毁了自己的一生。

但是比这更糟糕的是，她看起来真的是发自内心地高兴。

我们在一起的时候，我知道波莉在很多事情上都很能装。当我们的朋友阿莱娜在一个寒酸的小舞台上，来回走了两个小时，演了一幕出奇糟糕的关于多丽·麦迪逊[1]的独角戏时，我见过波莉虚伪地恭维她"非常迷人"。在一个知名教授的美国历史课上，我看到她表现出天才般的智商，暗示自己怀孕了，只因为她不想坐在教室里看《一个国家的诞生》。在我母亲面前，我看到过她长篇大论，信口胡扯，说我是一个多么勤奋的学生。没有人能像她这样善于伪装。她实在太神奇了。我就是因此才爱她的。

但是此刻，她顺着过道走来，微笑着，这并不是假装。我看得出来。而这，又一次击碎了我的心。

主持仪式的牧师是一个女人。她读了《先知书》和《哥林多前

1　多丽·麦迪逊：美国第四任总统詹姆斯·麦迪逊的妻子。——编者注

书》里的几段话，然后和尚用藏语说了几句祝福。之后牧师邀请詹姆斯和波莉"在亲友的见证下共同发誓，彼此相爱"。

他们看着彼此的眼睛。

"我，詹姆斯，"他带着澳大利亚口音，声音比我想象的圆润而有教养，"在此宣誓，不会把每个星期天上午都用于在电视上点播回看的橄榄球赛和板球赛，"人群爆发出欢乐的笑声，"我发誓记得要靠右行驶，"快乐的笑声，"我发誓，在你模仿小甜甜的时候我不会有太多怨言。"

笑声又一次响起，然后人们开始变得严肃了。

"波莉，我发誓永远支持你，支持你做的所有事情。波莉，我发誓永远保护你，和你珍惜的每一件东西。我发誓永远倾听你，照顾你，陪着你，无论你醒着还是睡着，我就是你的慰藉，你的力量。波莉，我发誓爱你，爱你的全部，无论疾病还是健康，直到死亡将我们分离。波莉，我发誓将我的生命交给你，我们一起创造新的生活。"

露西抹着眼睛，它们已经红得像甜菜根了。

"我，波莉，发誓至少试着去喜欢蔬菜酱[1]。"她说。人们哽咽的喉咙中发出了痛快而欢乐的笑声。"我发誓要钦佩澳大利亚的文化成就，例如凯莉·米洛[2]《凯斯和吉姆》[3]，还有 INXS[4]。"放松的

---

1 蔬菜酱：澳大利亚的特色食品，气味刺鼻，外观也不讨人喜欢，却被澳大利亚人引以为傲。

2 凯莉·米洛：澳大利亚籍女影星。

3 《凯斯和吉姆》：澳大利亚电视剧。

4 INXS：澳大利亚的新浪潮摇滚乐队。

笑声。"我发誓不会总说百威啤酒远胜过维多利亚苦啤。"笑声、零落的欢呼声以及友好的嘘声，都在合理的音量之内。

"詹姆斯，我发誓永远支持你，支持你所有的梦想。詹姆斯，我发誓永远关心你，安慰你所有的担忧。我发誓永远倾听你，照顾你，陪着你，无论你醒着还是睡着，我都是你的慰藉……"

波莉哽咽了，抹着眼睛，深吸了一口气，发出一阵温和的笑声。你能够感觉到人们在为她加油。她颤抖着继续说："詹姆斯，我发誓爱你，爱你的全部，无论疾病还是健康，直到死亡将我们分离。"她又深吸了一口气，声音变得平静而坚强，"詹姆斯，我发誓把自己的生命交给你，我们一起创造新的生活。"

一些澳大利亚人发出了有教养的"噢吼"声，随即爆发出一片喜悦的喝彩。露西把脸藏在袖子里，揩拭泪水，抽噎着。

写作《龙卷风之灰俱乐部》的时候，在掌控感情方面，我已经非常厉害了。但是此刻，面对这些如此真实的东西，我的技艺瓦解了。

接下来我本来有很多事情可以做。我可以为过去忏悔。我可以双膝跪地祈求上帝和亚伯拉罕·林肯洗刷我的谎言，让我重新做人。我可以把那个女牧师叫到一边，向她坦白我失去波莉之后做的每一件事情，然后问她如何能开始诚实而正直地生活。我可以找机会向詹姆斯介绍自己，和他握手，恭喜他做得比我好。我可以找到波莉的父母，感谢他们曾经友好地对待我，拥抱他们，感谢他们养育了一个如此了不起的女儿。我可以看着脸颊泛红的露西，告诉她，她是我遇到过的最甜美最友善的人，请求她嫁给我。

但是，我冲出了教堂，以出现"紧急医疗状况"为借口，冲进了我在多年以前一次聚餐中偶然认识的波莉的一个表哥租来的车中，沉默地开回了雷迪森酒店，让前台的人卖给我一包感冒药，一口气吞下了全部 8 片。然后我去了宴会厅，告诉酒保，我"是和家人一起来的"，所以早点儿给我上酒没关系，在他倒酒的时候我还鼓励他慷慨一些。

我在波莉的婚礼上做过的事情和别人说我做过的事情

- 拦住提供餐前点心的女孩，拿了 10 只虾，放在一个塑料杯子里，并且告诉她"快点儿再去装一盘"。
- 问波莉一个做高中英文教师的伴娘，海明威、莎士比亚和马克·吐温究竟谁是"最大的骗子"？并且说如果他们中的任何一个生活在今天，都会去写汽车广告。
- 拦住女牧师，问她当圣女多久了。
- 向詹姆斯的弟弟乔治挑战，在停车场进行一次投虾比赛。以六投击中五个挡风玻璃胜过他，他击中了三个。
- 拥抱波莉的妈妈，整整一分多钟，即使她明显表示出了不舒服。
- 对和尚讲了德雷克和他的霍利奥克山姑娘的故事，我还对一些细节添油加醋，一度还把霍利奥克山姑娘叫了过来，建议她还原一些确切的身体示范。

- 告诉德雷克，如非必要，我不会打他。
- 聚齐一群澳大利亚人，以"诚实的亚伯·林肯[1]：大胡子英雄"为主题发表演讲。
- 对宴会上的同桌说我本可以和波莉的妈妈上床。
- 告诉露西她尝试让我安静的举动是"万恶的法西斯"行为。
- 宣称自己是一个技艺精湛的业余厨师。证明的方式就是把伏特加都倒在了露西的鲈鱼上。当她表示反对的时候，我指责她的味觉不佳。
- 告诉很不高兴的酒保，他是一条野狗，我要揍他一顿。
- 问那个当老师的伴娘，是否觉得我能打败乔什·霍尔特·克瑞狄。
- 误拆了几个礼物包裹后，找到了品酒专家首选温控双体28瓶位酒柜，将它搬到室外，砸向垃圾箱。
- 重回室内，谨慎地在一块餐巾里呕吐。决定发表一段小演说，说服DJ（打碟师）把话筒给我。

据说，我的发言是这样结束的：DJ把《小鸡跳舞》的音乐声调至盖过我反抗的呼号声，德雷克和露西将我架到了走廊里。我在那里摆脱了他们，冲出大门，控制了一辆接送客人的巴士，开着它疯狂地在停车场兜圈子，最后撞到了路缘上。

第二天我醒在酒店的浴缸里。

---

1 "诚实的亚伯"是林肯的外号。——编者注

鱼类有时候会长出凸眼，这是由它们体内积聚的气体所引起的，最后气体甚至会撑破它们的眼睛。我的眼睛也是那样。我的胳膊虚弱颤抖，如同长在一个浑身皱纹只能坐在轮椅里的百岁老人身上。我花费了巨大的意志和力量才把自己从衣服上覆盖的秽物中解救出来。我的头脑乱成一团，仿佛它正试图让自己从一个错综复杂的绳结中解脱出来。我感到内脏脆弱不堪，肌肉阵阵疼挛。在这种情况下，我最好的防御就是在恶心感达到狂暴的顶点前晕过去。

这一切对我来说，只是一部分惩罚而已。返回波士顿的漫长行程中，惩罚一步步加重。露西用令人挫伤的失望语调，不断地回忆着我做过的丢脸事。我几乎没有办法让自己一直保持足够的清醒意识听下去。

我自己只有两段非常清晰的记忆，它们如同胶片一般碰巧保存在我酒醉的头脑中。

其中一段是这样的：我无精打采地坐在宴会厅一角，靠着墙，喝着莱姆酒，看着露西和波莉在舞池中聊天。波莉走了过来。我盯着我的莱姆酒，假装没有注意到她提起婚纱跪在我身边，摸着我的脸颊说："皮特，去睡觉吧。"

"新婚快乐！"我说。

"拜托！让他们带你回去吧。"

然后她就走开了。

另一段记忆是这样的：德雷克像一个粗暴的狱卒一样架着我穿过大厅，我依靠残存的记忆哼着爱尔兰民谣《迷雾水珠》，我们从两个偷偷抽烟的中年妇女身边经过。

"那是写了一本书的那个人吗？"其中一个问另一个，她深信我已经醉得知觉尽失。

"是啊，"另一个说，"作家们都喜欢醉酒，我猜。"

"我跟你说啊，"第一个女人说，"我读过那本书。其实没有好到可以容许他如此猖狂。"

有人说，85岁显然太老了，不适合做一个斗牛小丑，他们说老人应该卸甲归田，不要再从摔倒在地的牛仔身边引开公牛，应该放弃娱乐人们的把戏。可是，他们不认识"茶杯伯爵"，他正是85岁，而他说……他的人生才刚刚起步。

列奥纳多·达·芬奇、克劳德·莫奈、保罗·塞尚，如果要成为画家，你必须要有两只手。但是当一场意外改变了贝特斯·比灵格的生活后，她并没有放弃用艺术表达自我的梦想。实际上，她决心为了目标加倍努力。那么结果呢？至少可以说……非常多彩。

它们交谈不多。它们每天要吃掉1000磅虾。它们的居所有半英里深，它们穿不进去你在商场能买到的任何游泳衣。但是当它们开始约会，它们会有一些奇思妙想。蓝鲸并不是以它们的爱情生活而闻名的，但一群研究者一直在研究鲸的交配方式。他们发现，单身鲸鱼……能够教给单身人士一些事情。

玫瑰、香草和新鲜烘焙的曲奇，它们的气味众人皆知。但是红桉木、南部山楂，或者烧焦的车前草的气味呢？而这仅仅是世界气味大赛中参赛者需要分辨的极少几种气味而已。如果你想要了解这场年度盛事……只需让你的鼻子做主。

ABC电视台《新闻报道》杂志中汀丝莉·霍尼格的报道摘抄

由本书作者记录（其中的省略号代表戏剧性的停顿）

以下开始的事情是你们——我的读者们——可能曾经关注过的事情。抱歉我这么久才写到这里，因为这部分充满了爆炸性的消息和言辞，无疑是你们购买本书的首要原因。但是话说回来，我希望自己看起来没有那么浑蛋。

　　当得到汀丝莉·霍尼格想要采访我的消息时，我正坐在温暾的水中泡澡，全身赤裸，水中漂荡着很多毛发和香皂沫，任何人见到都会觉得不舒服。

　　这幅画面——我赤裸肉体，脸上表情麻木，手机岌岌可危地放在浴缸边缘——能够代表波莉婚礼结束后我生活的一切状态。

　　就在那时，戴维·波尔和露西的电话带来了令人惊喜的消息。

　　"你不理解这有多重要，"波尔说，"一个作家，如果没上过电视，就还什么都不是。"

电视！更何况还是汀丝莉·霍尼格的节目！我将成为《新闻报道》中的人物访谈对象。如果运气好，他们会把我放在一个用无线电勾引孩子的怀旧恋童癖和一个被迫训练使用地雷炸弹的阿富汗人孩子重新开始学习踢足球的报道之间。

"你的书会再度热卖！"波尔说，"他们已经在谈论要印刷《新闻报道》特别版，并随杂志附赠 DVD 了。总之，他们想了一堆'坏'主意。关键在于这是一个非常非常好的消息。"

露西应该得到嘉奖。她陶艺课上的一个同学是汀丝莉一个助手的室友。我的书就是如此挤出了一条路，到达了棕色秀发、瓷娃娃脸孔的电视新闻杂志天使记者手中。这合情合理。我身上无疑充满了故事：一个写出了一本情感细腻的小说的青年人，也许能把文学和文化传递给"短信一代"。我的宣传照也暗示我将非常上镜。

"我的生活已经崩溃"这桩事情消失了。实际上，我很难想象自己曾经有过那样的想法。我在波莉婚礼上的表现看起来不过是很久之前的孩子气式胡闹而已。

我环顾浴室，从在塔吉特买的条纹毛巾，看到满是剃须泡沫的洗脸池。汀丝莉不能来这儿给我录像。那样的话这件事根本不会有正面意义。如果就在汀丝莉准备向我发问的时刻，摄影机还在拍摄，霍巴特突然出现了怎么办？当他顶着疯狂的发型准备加热速熟土豆泥时，我怎样才能显现出深沉呢？

幸好我有后备计划。我们可以在伊芙琳姨妈家做访问。制糖室、枫树、用当地石料筑就的房子——那才像一个作家的房子，那才是我应该假装生活的地方。

你在电视上看到这些片段的时候，可能意识不到它们发生和进行得有多么快。我几乎没有时间准备。

我的时间都浪费在了去伊芙琳姨妈家的大巴上。我本可用这段时间为访问做准备：搜集趣闻掌故，练习幽默的俏皮话和脸部表情。但是我一路上都在想，访问之后我的书将销量大涨，这样一来我是不是应该在纽约买间公寓或是直接买海边别墅。

晚餐时分，我到达伊芙琳姨妈家。她做了一些超级美味的茴香香肠——她正在紧跟多吃肉的潮流。结果这些香肠竟令我分心了。

第二天是星期二，早上刚 7:00，《新闻报道》的节目制作人和摄影师就出现了。他们开着一辆货车，显然是星夜兼程从纽约赶来的。很难想象他们将会说些什么。

摄影师叫斯基或是斯基特，瘦得像个吸血鬼，完全看不出年纪，如同度过了艰辛岁月的人到达一定极限之后生命会变得不朽，但是他的样子又像是从 20 世纪 70 年代中期就开始愤世嫉俗至今。他肤色苍白，是那种你可以在狄更斯笔下的送葬者脸上看到的骨灰之白。

制作人叫米歇儿，30 岁上下，她同时戴着——回想起来难以置信，所以我重新回想确认了一次——两条不同的围巾。她最特别的地方是紧张而恐怖的笑声，那声音实在容易被人误解为歇斯底里的哭声。

斯基和米歇儿毫不客气地自己动手去拿伊芙琳姨妈刚摆出的哈

密瓜和枫糖熏肉。米歇儿解释了这一天的安排，句子中不时点缀着她那哭一般的笑声。她说她会先对我"预访"。汀丝莉不喜欢亲自预访，而更喜欢捕捉与我在镜头前初见的惊喜。

"不要问汀丝莉关于她头发的问题，"斯基嘴里塞满了哈密瓜和熏肉，"在这方面，她真是个脾气暴躁的婊子。"

米歇儿大声地笑了，并紧紧抓住斯基的肩膀。

"而且她不会真正地看你，总之不会直视。不过这个不用担心，"他说，"你只要看着她左耳上方就行。这在镜头里看起来没什么区别。"说着就用左手小拇指从牙缝中掏出了一大块熏肉。

"好了！"米歇儿露出了一个灿烂而恍惚的笑容。

"她坚持要按门铃，"斯基说，"所以我们就这么安排。等她到达，树叶上全洒满阳光，拍出来肯定像在一个该死的奇幻屋里。"

我们在屋子四处转了转，寻找适合的拍摄场所，米歇儿帮我进行提问练习。

"写小说是种挑战吗？"

我一时语塞竟不知如何作答。

"抱歉，这绝对是她会问到的问题。"伴随着紧张的哭泣般的笑声。

房屋后面的树林里有一个锈迹斑斑的铁犁，半埋在土中，也许是一个世纪前被某个农民扔在这儿的。也许我能倚靠着它，说些有关逝去岁月的深刻话语。

"不成，"斯基说，"她不会来这儿的。她不会让她的靴子沾上泥的。"

"但是她和普利斯顿·布鲁克斯曾沿着池塘散步。"我说。

斯基朝我投来怪异的一笑。"他是他，你是你，而她是汀丝莉。我跟你说，她不会来这儿让她的靴子陷入这摊烂泥中。如果她会这么做，我肯定是第一个知道的。"

米歇儿回头看了看我们，又哭一般地笑了，表示一切进行顺利，但是也传达出一个信息：她和我一样非常害怕这个瘦瘦的狂人。

"你为什么会认为我们害怕龙卷风？"我们走到制糖室的时候，米歇儿又提出了一个问题，"抱歉，我只是想帮你练习。"

"哦，没关系，没关系。"我摆出了我的最佳作家脸孔。

"龙卷风是一种喧嚣，"我用我的最佳作家之声说，"是一种混乱、一种无序，这正是我们所有人害怕的。我想我的小说，实际上，在试图让人们真切地感受它们，触摸它们，并思索它们，从而可以在我们称之为生活的混乱和疯狂中找到一些秩序，一些诗意。"

米歇儿一下子紧抓住我的胳膊："真棒！"

"听着，你说这种废话的时候，尽量靠近汀丝莉，这样我就能拍到她的头发，"斯基说，"因为他们就想要那种东西。如果她的头发或是她的一部分脸没有出现在画面里，她会把我折腾死，会把编辑们都折腾死，那么我的生活就会变得可怜兮兮。他们会一直加班到凌晨 2:00 把东西拼凑在一起，而人人都会归咎于我、排挤我，全都是因为你吹嘘着你最好的东西时她的头发却没有出现在镜头里。所以，当我在背后拍你的时候千万别喷那种废话，好吗？等着，等我从正面拍你的时候再说，或是有那些墙当背景的时候再说。好吗？"

我点了点头。

"好的，我们练习一下。把刚才的再说一遍。"他把摄像机架到肩膀上。

"嗯，龙卷风是一种喧嚣……"

"不成，看那儿，你的身后我只能拍到那辆车，好吗？还有米歇儿，她扮演汀丝莉，她都没有出现在镜头里。所以，等着，我举手的时候你再说，那代表我把一切都框进了镜头。"

我们又试了一次，这次米歇儿站近了。

"龙卷风是一种喧嚣，一种混乱，一种无序，这正是我们所有人都害怕的……"

"靠近她的脸，成吗？靠到你可以碰到她的胸部。"我又向米歇儿靠近了一些。"我觉得我的小说，实际上，是试图要……"

"就这样，别害羞。"

"试图让人们真切地感受到它们，触摸它们，并思索它们，"我继续说道，几乎已经碰到了米歇儿的胸，这种距离让我感觉糟透了，我能够感到自己的声音越来越小，"从我们称之为生活的混乱和疯狂中找到一些秩序，一些诗意。"

"好的，非常好，看，这样我就不用听编辑室的家伙们抱怨他们凌晨 4:30 才回家，老婆全都大发雷霆。"米歇儿发出了哭一般的笑。

我们练习的最后一个镜头在客房里，米歇儿假装汀丝莉，我坐在一把藤椅上，伊芙琳姨妈的《冰与泪之心》躺在我旁边。

"小说也许看起来不性感，"我练习道，想以此暗示小说本质上性感极了，"却可以拯救我们。"

"好极了！"米歇儿说。斯基笑了，露出一嘴黄牙。

"伙计，我听过很多这种废话，不过你的算是非常好了。有些家伙，他们说话和干别的事没什么区别，总是因为想词或是类似的事情磕磕巴巴，你甚至想告诉他们：'听着，随便说些废话，让我的日子好过点儿，然后咱们就收工。'而你正是这么办的。那句'小说可以拯救我们'真胡扯，不过这让编辑们的日子好过起来了。"

"好的，"米歇儿看了看表，"我们需要联络其他同事，两个小时内回来拍摄。"她拍了拍我的膝盖，"你会很棒的。"

等她走开后，斯基一边收拾摄影机一边说："听着，还有一件，她不会告诉你——汀丝莉没有读过你的书。不是打击你，她什么书都不读。所以不要谈论书里面发生的细节让她难堪。我看过有人这么办，最后拖累了整个工作进度，而她则火冒三丈。你只要说那些关于小说的废话就成，还有让她的头发出现在镜头里。"

并没有时间让我可以把事情细细想一遍，因为化妆师和发型师在厨房打扮我。我能透过帘子看到汀丝莉，她比我想象中的更瘦小。然后他们开始检查灯光，安排我在大门边站好。透过门缝，我能看到摄影机的光正在接近。

"速度！"我听到斯基说，然后脚步声在门口的台阶上乱成一片。

"好了吗？我们好了吗？"我听到汀丝莉问。

"好了，你继续。门铃在右边。"我听到米歇儿说。

门铃响了。根据剧本，我在"第一个镜头"里打开了门。

以当时的距离，我在灯光下能够清楚看到汀丝莉脸上化妆的痕迹，她一点儿都不像瓷娃娃，整张脸看起来无比巨大，扭曲不堪，仿佛戴着一个太平洋西北部的海达人在举行仪式时会戴的面具。

她身后还有一小队人：一个举着吊杆麦克风的家伙、一个拿着长方形塑料板负责打光的孩子，以及在后面拿着提词板的米歇儿。

而在我正前方，几乎与我合为一体的，是斯基，他的眼睛藏在摄影机后头，嘴变形地大张着。

你无法想象这样的场景，一切都让你丧失理智。来不及思考，时间的潮汐就把你冲到了别处。

这就是为什么最初我感觉自己只是在走过场。我过去握了握汀丝莉的手。她问我的问题，我根本就不记得，也不知道自己回答了些什么。所有的话全是无意识地脱口而出，我根本来不及组织结构、嵌入逻辑。不过说废话一直都是我的默认说话模式，而且那至少是很有说服力的废话。

总之，起初就是如此。汀丝莉和我被拍摄沿着车道行走。我唯一记得的声音是脚下的碎石在吱嘎作响。

但是第二场，我们已经排练过的那一场，我应该坐在制糖室的桌子前，对着电脑，假装在写作——与《未解之谜》[1]编剧风格类似的写作状态。排练的时候，我一切都做得挺好。

---

1 《未解之谜》：美国电视节目，记录各种奇异或超自然现象。——编者注

但当我们正式拍摄的时候，我坐在那里，斯基蹲在我旁边，拍着我紧皱的眉毛——那一刻，我知道自己没办法撑下去了。书展，帕梅拉·麦克劳克林用手指在酒巾上给我描述的谋杀案，米勒·韦斯特利的带两个游泳池的房子，蒙大拿的观众，玛丽安，被冻死的火警瞭望员，《草叶集》，婚礼，波莉触摸我脸颊的手，玛格丽特正从楼上的窗户中往下望，这一切全都是——我肯定——全都是地基上的裂缝。突然之间，我就坐在了桌子前，假装在写作。我感觉自己体内的那栋建筑崩塌了。

有人问过我是不是疯了，还是汀丝莉做了什么让我抓狂，又或者我只是碰巧那天心情不好，但完全不是这样。我只是突然间感到了一种想要放弃的疲倦的平静。

起初没有人注意到这些。斯基拍完了他想要的镜头。汀丝莉和其他人都走了出去。米歇儿带我走进树林，让我站在我们早先选好的一棵树旁。我们已经让伊芙琳姨妈在周围布置了制糖用的管道。大家都觉得这是个很好的隐喻。我站在那里等待，他们在调试光线，汀丝莉在补妆。

然后摄影机开始工作。

"速度！"

"好，拍汀丝莉。"

她靠近了一些，让她的头发出现在镜头中。我能够感觉到，就在我的肩膀上方，斯基正从他那黄色牙齿的缝隙中吐着气。

"皮特，文字是不是如同这些树的汁液一样，从你体内流出？"

"嗯？"

"创作小说是一蹴而就的事情，还是需要字斟句酌？"

我起初什么也没有说。汀丝莉又问了一次。

"你写作的时候，有没有感觉文字，如同枫树汁一样在体内涌动？"

我看着汀丝莉，也许她真的很想知道写作是不是像枫树汁从体内流出一样，也许她不想，但这不重要，不管怎么样，我决定不再撒谎。

"不。"

我放松下来，肌肉和姿势全放松了，一种彻底的解脱感将我征服。

"是这样，我想写一本会畅销的书。而且知道吗，我还做了一点儿研究，我读了一本普利斯顿·布鲁克斯的书，是那本关于一个患癌症的孩子和一个走遍了爱尔兰的家伙的书，我决定，好的，没问题，如果他们想要这个，很好，我就为他们'创造'：感伤的行文，再加上，你也知道，誓言啊，缥缈的歌声，遗失的爱，所有那些东西。

"就这样，我是说，我决定要写一本，你知道，那种最赤裸、最煽情的书。是的，我觉得一切都很容易。如果我遇到了麻烦，知道吗，我就放进去一个垂死的法国人，或是一个把孩子装在购物袋里随身携带的外来移民，就是这类东西，甚至是路边一只奄奄一息的狗。一旦你下定决心，就很容易编出那些废话。

"所以，是的，我猜文字就如同枫树汁在体内涌动。我不是詹姆斯·乔伊斯，不需要字斟句酌。人们想要什么，我就给他们什么。如果他们想要这种废话，很好，给他们就是。你明白了吗?总之，那就是一大堆废话。所以，是的，是如同枫树汁，随你怎么说。"

我知道自己到底说了些什么，唯一的原因是一个星期后我在电视上看到了。

19

汀丝莉·霍尼格：那是挑战吗？我是说写小说。

皮特·塔斯洛：挑战？实际上不是。我是说，实际上敲出所有文字的过程如同痔疮发作般疼痛难受。不管怎样，你必须让它们具备意义，这很讽刺。但是重要之处在于找出读者们想要些什么。这很容易，你只要去看看畅销书排行榜，就知道那些呆子喜欢什么了。他们喜欢"二战"、灾难、遗失的爱。要将这些元素凑成故事并不难。实际上，这如同瓮中捉鳖。

汀丝莉·霍尼格：瓮中捉鳖？

皮特·塔斯洛：嗯，我是说，其实也没有那么容易。毕竟我总得把一切都写下来。

汀丝莉·霍尼格：所以实际的写作过程是最有挑战性的部分。

皮特·塔斯洛：嗯……是。就坐在这里写出来。

汀丝莉·霍尼格：你怎么让自己坚持坐下去呢？

皮特·塔斯洛：呜，嗯，其实，我在想我能赚到钱，还有地位。

汀丝莉·霍尼格：嗯。

皮特·塔斯洛：我希望当时有人能告诉我写书能挣到的钱原来那么少。

汀丝莉·霍尼格：（轻声笑）……

汀丝莉·霍尼格：你觉得什么是你文学写作的缪斯？

皮特·塔斯洛：普利斯顿·布鲁克斯。你知道那家伙吗？对，你采访过他。是的——我是说那家伙是一个显而易见的骗子，他的书低劣到了一种愚蠢的地步。读那家伙的书，看着他的人，我突然发现，对，我也能弄出这种东西来。我猜其中并没有灵感缪斯。但是，你明白吗，他实在是太糟了，所以我觉得，如果那个家伙能够做到，我也能。

汀丝莉·霍尼格：（指着枫树林）这边的乡村非常美丽。你有没有把这个地方写进你的小说里？

皮特·塔斯洛：没有。我是说……

汀丝莉·霍尼格：树，小溪……

皮特·塔斯洛：没有。我是说，我本可以的。但我发现，佛蒙特人实在太少了，不会有多少人买书。这儿的景致，有点儿复杂，你懂吗？四处都是石头和乱七八糟的东西。相比之下，平原、田野，描写起来要容易得多。你只需要说，比如，"一片葱翠，连绵无边"，人们就明白了。这样做更划算一些。

事情如何同滚雪球一般越闹越大，是一个有意思的谜题。网络传播？文化论战？去问一个比我强的社会学家吧，不仅因为我没有办法做到客观公正，还因为我是在当地的联邦快递金考快印店的公用电脑上了解整件事情的发展的。

　　为了在联邦快递金考快印店的公用电脑上阅读那些博客评论，*Slate*、《沙龙杂志》[1] 和权威周刊杂志上的文章，甚至还有《霍芬顿邮报》（一个倒霉的家伙在上面发表了一个观点），我必须把我的信用卡放在小机器里，得到一个金考授权码（鬼知道它到底叫什么），然后坐在一张毫无舒适度可言的椅子里，看着我的钱以每分钟 25 美分的速度流走，同时寻找关于我是有罪还是只是被误解的文字辩论。

1　*Slate* 和《沙龙杂志》都是美国知名的电子杂志。

我之所以无法使用我的电脑，是因为几个警察在《新闻报道》播出的那天早晨来到了我的公寓。

当时我并不在家。那天早晨我实在太紧张了，很早就醒了过来，然后出去吃煎饼。他们只得和霍巴特交涉。那些特工晃了一下搜查许可证，然后向他解释我是正在调查中的强·斯特吉斯案的相关人物。他们没收了我的电脑，将它带走了。

我回去的时候，霍巴特仍处于慌乱中。他试着向我解释的时候数次被自己的口水呛住。但是我让他闭嘴，告诉他冷静。他不认识斯特吉斯，所以他对整件事情的震惊程度远比我要大。

如果警察没收了你的电脑只是一周里排位第二糟糕的事情，那么那周无疑是非常糟糕的一周。但是我没有多余的精力来应对可能落在身上的犯罪指控，因为我将要成为一场激烈的流行文化论战中心。

回想起来这合情合理：一个年轻作家上了电视，无意中流露出对文学的嘲讽。这当然是一件大事。它之所以没有引发更大的轰动，只是因为我的名气还不够大，但这已让当时的我惊讶不已。

如同所有的论战一样，这件事情的发展有清晰的阶段。

1. 导火索

我的访问在《新闻报道》中播出了。汀丝莉是这样介绍我的：

"《龙卷风之灰俱乐部》，这本畅销小说围绕一个祖母、一个不可思议的亡命之徒、一段失落已久的爱情展开，触动了全国读者的心。它是一个充满温柔和美妙行文的故事。"

目前一切正常。

"但是这本书的作者，一个叫皮特·塔斯洛的年轻人，对写作的一些见解……却迥异于传统。我在佛蒙特州他家人的枫糖农场采访了他，他谈及了真实与虚构……还有他的文学竞争对手。"

如果你在 Youtube 上的"热门播映"中看过那期节目，你应该知道接下来的内容：我抨击普利斯顿·布鲁克斯的开场，汀丝莉领首的镜头，以及一串我胡扯各式各样理论的剪接镜头。

我第一次看那个片段的时候，主要的不满在于审美方面：我的声音听起来比我以为的要透着更多不耐烦，我的裤子看起来比实际短很多。

霍巴特和我一起看。

"你觉得怎么样？"

"你真了不起，绝对的，"他的声音听起来很紧张，这让我相信我真的非常了不起，"不过，关于那些警察……"

"霍巴特，说实话，不用担心，全是我那个蠢老板。一切都会好的。我刚接受了汀丝莉·霍尼格的访问呀！"

"是，是，这真……真令人难以置信。"他说。

然后我的电话响了。是我妈妈，如同所有母亲一样，她为我彻底而天真地骄傲。挂断电话的时候我猜测世界上的其他人也都会有这种反应吧。

如果电视节目仍是一锤子买卖多好，它播出的时候你看到了，或是永久错过，这都不重要，最终信号会消失在遥远的星系，不可回转，然后一切就结束了。

2. 爆发

回溯整件事情就如同探寻某些恐怖的热带疾病的发源地：你能找到早期病例，传染路径，病情严重的区域，但是最初的源头却不见了。

不过事情差不多就如以下这样：某些文学博客族看到了我的访问。这些人的阁楼里堆满了卷边的《爱默生文选》和《罗兰·巴特自述》。他们用鲍威尔书店赠送的 T 恤衫抹净双手，开始评论我对汀丝莉说的话。

不知为何，一段采访的剪辑片段被上传到了 Youtube，让博客一族们有了链接对象。这些自以为是的秃鹫全都坐在自己脏兮兮的桌子边，加入了"塔斯洛论战"。

最让他们困惑的是我刺耳的坦白，我竟赤裸裸地承认了我认为写作是一场骗术。

但是，随后，一些其他的博主开始认为也许我说的一切都只是讽刺挖苦。然后论战开始了。

论战的主题实际上有以下一些：小说到底意味着什么？我到底说了些什么？我到底有什么深意？这重要吗？很快，人们便迷失在自己铸造的后现代迷宫之中，而我简单的坦诚突然之间也成了一个谜。

3. 回响

下一次出现论战的时候，注意这个阶段。这是所有阶段中最容易辨识的：足够多的人围绕某些事情争论不休、争相发言，而自以为是的新闻媒体人员却认为他们最好先袖手旁观。

第二天早晨事态就发展到了这一阶段，当时我还在睡觉。上午 9:00 的时候，我听到电话响，拿起来一看是戴维·波尔，我以为他是要恭喜我，便按断了，但是他继续拨来。我心想，老兄，我知道，你认为我很了不起。直到下午 2:00，我才听到了他关于"损失控制策略"的留言。

等我去金考上网时，"塔斯洛论战"已经持续了足够长的时间，并且已然分出了明显的派别和阵营。

对于我的访问持不同意见的派别

● "塔斯洛是彻头彻尾的杂种"派：洋洋洒洒 2000 字的文章《悲怆的谬种》摘要如下——在昨晚《新闻报道》的访问中，作家皮特·塔斯洛揭开了出版的真相。塔斯洛的言论表明他就是一头典型的蛇鲨，随随便便地操纵读者的信任，如同迪克·切尼[1] 操纵战前情报人员一般。塔斯洛，如同之前一个节目单元中的恋童癖患者一般，冷冷地描述着他可悲的伎俩，而那位指甲美

---

1 迪克·切尼：曾担任美国副总统。

丽（？）的女主持人竟愉快地点头赞同。这是我们有多堕落的最新标志。

- "一切都是汀丝莉的错"派：这一派突然出现在"好死不如读书"网站的留言板上——我们终于等到一个说出了一直以来我们是如何"思考"畅销小说的人，当他准备掀开多年来畅销作者们遮遮掩掩的外衣时，汀丝莉却开始问他怎么做枫糖浆。不过这一派并没有让我脱离困境。实际上，他们的潜台词包含一种阴谋论的思维，暗示上电视的之所以是我，而不是，比方说，爱丽丝·门罗，是因为大家知道我不会为了取悦忠实的电视观众而说些"太有智慧"的话。

- "塔斯洛是一个后现代的顽童"派：这番言论由"书女"梅格·比尔斯特发表在 *Slate* 上。"皮特·塔斯洛昨晚在 ABC 电视新闻杂志《新闻报道》中的访问已经成为一个真正的传奇。批评家们都跳起来指责塔斯洛所谓的'愤世嫉俗'。

  "他们都错了。真的。塔斯洛的坦诚——关于他的写作方式、他对读者的轻视、对同行作家们的态度——着实令人震惊，不过却正中要害。塔斯洛就是文学世界长久以来等待的人：一个天才的文学顽童。那些荒唐可笑的问题需要的就是他这种回复：用微妙的笑话去刺破飘浮在青年作者周围的由宣传造就的光怪陆离的虚幻泡沫。塔斯洛完全就是流行小说界的波拉特。"

  她虽然以"很遗憾，塔斯洛作为作家没有他作为访问对象那么有趣"来结尾，可依然很棒。

不幸的是，第一派似乎赢了，于是论战的第四阶段上演了。

4. 媒体介入

一个记者喝着咖啡吃着百吉饼在网上闲逛，然后发现一个故事，决定追踪报道，最后搞到某个关键人物的手机号，整个过程大约需要 7 个小时。因为我是在下午 4:00 前后接到的第一拨电话。

那时我已经回到家中，渐渐冷静下来，我接通电话，对方是一个自称供职于"福克斯新闻台"的女记者。这是第一通电话，他们应该得到嘉奖。这个记者也足够机灵，从表面上看是站在我这一边的。

"整件事情很疯狂，是吧？所有作者都在攻击你，你感觉如何？"她说"作者"一词的语气就如同一个 15 岁的孩子说"父母"一词时的语气。

我本能地采用了"波森氏秘籍"。

"嗯……（咳嗽）……你知道……（大声呼吸，音调提升到一个接近抽泣的高度，然后放低，仿佛我正在鼓足勇气面对一切）……在我谈这个之前……我想我应该回家待一阵儿。"

但这一招对于记者来说并没有像对教授们那么管用。她坚持追问我，于是我便咕哝了一声"抱歉"，挂断了电话。

在一系列未知号码来电之后，我接到了戴维·波尔的电话。

"老兄，情况很不好，很糟糕。我一直接到电话——就像我这儿沉了一艘潜水艇似的！损失控制，老兄，损失控制。"

"真的吗？我的意思是那不过是个访问。"

"老兄，他们一直在说什么律师！你明白吗？律师！他们想逼你道歉。"

"道什么歉？我说的都是真话。"

"这是自上而下的官僚压力，对此我没办法控制，这超乎我的能力——我们现在是一部战壕里的战友。他们不停地打电话。你也许得向奥普拉道歉。"

"我对她干过什么呀？"

"她只是——你应该道歉的人。"

为什么人们如此愤怒？仅仅因为我在一次电视访谈中讲了实话？因为我写了一篇狗屎小说，然后向汀丝莉·霍尼格承认了一切，这跟他们又有什么关系？

嫉妒是造成这一切的重要原因。那些想要成为作家的，在私人想象空间里幻想自己向汀丝莉·霍尼格发表真正的、有深意的、文学化宣言的人，看到我得到了这样的机会，却搞糟了，于是出离愤怒。

如果这一切是一场标准的论战，那么我们就应该进入第五阶段：道歉。然后是第六阶段，也就是最后一个阶段：论题关闭。到这时自以为是的人就会出面，总结说整件事向我们揭示了当今的道德状况。

但是有一种方式却能使论战复杂化：让它偏离发展轨道，进入更不可预测的领域。动力在于：有人开始从中牟利。

第二天早晨，我又去了金考，我一时兴起浏览了另一个不同的网站，那个唯一重要的网站——亚马逊。然后我就离开了。

几天前，《龙卷风之灰俱乐部》的销售排名已经到了 16 000 上下，但是现在，排名突然攀升到了第 63 位。

波尔再次打来电话，但是我再也没有听到"损失控制"，他向我谈起"趁火打劫策略"。

到了下午，再也没有"道歉"的议论，他们开始发表"声明"。

人们并没有停止对我的攻击。我回到金考，读到了乔什·霍尔特·克瑞狄私人博客上的一篇文章，他说："皮特·塔斯洛也许写了点儿东西，但是他不是一个作家。对于写作，对于写作的意义，对于写作需要的精神，他一无所知。"

那天晚上，NPR（美国国家公共电台）就整件事情做了一期专题报道。他们应该是我拒绝的来电方之一，但他们设法找到了普利斯顿·布鲁克斯本人对此的一段评论："我很少看电视。我不认识塔斯洛。我怀疑他是个年轻人，而且和大多数年轻人一样，不经思考，信口开河。这可以原谅。但是写作是一种修行，我们作家对待彼此应该如同僧侣之间一样相互尊重。听起来这个人对我并不友善，但一个虔诚的作家对待任何人都不能用这样的方式。"

当然！我不敢相信，我竟然没有很快想到这一点，我给自己引来了一个文学宿敌。

我会重新回到畅销榜单。"长期聘用"的事有了保证！而且必然是个很棒的地方！有哪个大学不想聘请一位真诚而有争议的文学人物呢？还有女人！女人们都会爱上我，就像她们全都会向连环杀手求婚！我已经被人误解了！而且我双手滴血未沾！

波尔和律师团还有蒿雀的宣传人员肯定也意识到了这一点。

"老兄，我们制订了回应方案。第一步：利用马耳他读书节。这个读书节虽然并不算什么大事件，不过普利斯顿·布鲁克斯会去。你和他，共同出席一个研讨会，回答问题，交换意见，激烈交战。"

"普利斯顿·布鲁克斯？"

"他本人。只有你们两个。坦白说，你知我知，我们现在要干什么呢？就是要推波助澜，让它愈演愈烈。当然那东西本身，我不懂，你不懂，露西——露西，你懂吗？"

她加入了通话："不懂。"

"没有人懂。但它能推动图书销售。推动图书销售就是好事。继续下去。另外，说实话，我们拟了道歉信，也拟了声明，但是我们还要继续说下去。你只要尽情地口出狂言就成。"

"去马耳他然后胡说八道。"

"没错——不对，等等，是马尔法，马尔法，在得克萨斯州，是一个小镇。"

马尔法，得克萨斯州，我看了看地图，找到了那里，在得克萨斯州西部。我和普利斯顿·布鲁克斯，一场西部传统式的文学对决。

20

放着鸡蛋的盘子嗒嗒作响地滑过厨房料理台，玻璃杯中的冰块唱出小调，咖啡如小瀑布一般冲入杯中。"早上好，爱达！""看那场比赛了吗？""查尔斯，别玩那个！"各种各样的声音交织成一首日常生活的交响曲。一个小餐馆。美国。平凡的早晨。一家叫"阿尔"的店，距离一片墓地不过一英里远，沿着"射手大街"的林荫路走一英里就能到。天幕之上照耀着一切的，是一轮月亮，人类刚刚成功登陆的月亮。

在其中一张桌子旁围坐着几个女人，看样子刚从教堂回来，全部身着盛装。

也许，如果女服务员花点儿时间猜一下，她就能猜出来这些是什么人，又从哪里来。一场葬礼。一面国旗。20年间不断的葬礼。拥抱。沾满血污的破损信件。私人娱乐。半夜来电。女服务员总是能猜出来的。

而如果她去猜了，就不会说任何话。可她放下盘子的时候却说："请慢用，女士们！"

米拉看着她的早餐，注视着在煎肉边缘下流动的金色蛋黄。

盘子边缘有一片苹果。米拉看着，拿叉子叉着它在盘子里舞蹈，这和另一片东西很像，一片位于亚洲边缘的，有着丛林和沙滩的土地。

"吃一点儿吧，"海伦娜靠了过来，"吃一点儿吧，米拉，你必须要吃。"

"我会的，"米拉说，"我会的。"

"我喜欢这个地方，"内莉说，"这是个安静的好地方。"她的语气中充满感激之情，那感激如涟漪般扩散到她的全身，从她帽子下的眉毛到头顶，再到被光线映成了红褐色的皮肤。

"食物是一种慰藉。"露丝说，以那种说"你感觉怎么样""什么东西最真实"的语气说出来。"食物是一种慰藉，"她说，"应该为此感谢上帝。要是活着只为此就好了。"

米拉抬头看着她们。"也要为了朋友，"她说，"也要为了朋友。"

她们全都回望她，面面相觑。

她们看着这位新近丧夫的寡妇，一言未发，没有必要。

米拉又看着她的盘子，看着流动的蛋黄，看着煎肉，还有苹果片。那薄薄的苹果片和她从未见过的那片土地如此相似。那片她丈夫倒向的，充满了悲伤和勇气的土地。那片她丈夫最后身归的土地。

那片叫"越南"的土地。

摘自《寡妇们的早餐》| 作者：普利斯顿·布鲁克斯
2008 年出版，企鹅出版社版权所有，重印需经授权

"炸玉米辣椒奶酪香脆巨无霸"是一种覆盖着厚厚一层辣椒粉并点缀着炸玉米的奶酪汉堡。那是一大块牛肉的下脚料，原始而油腻，距离真正的牛肉还差好些工艺。法国人经常拿美国人的食物开玩笑，而美国人喜欢拿得克萨斯的食物开玩笑。

　　下午4:30，在马尔法的DQ[1]，我点了这个。我用手抓着整个东西，非天然的、橘黄色的油顺着我的手指往下淌。

　　这是战士的食物，是军粮，是欠揍的食物。

　　马尔法是一个有意思的地方。为了来这里，你得先飞到埃尔帕索——最初，你会觉得那儿毫无乐趣，阴郁沉闷，如同一个被人丢弃的废纸盒。但是，当你隔河眺望墨西哥的华雷斯城，只需瞥上

1　DQ：冰雪皇后冷饮店，也售卖其他快餐食品。——编者注

一眼，就足够让你产生在埃尔帕索市政领导的墓园中种下玫瑰以表谢意的念头。

然后，你往南开三个钟头，穿越得克萨斯州西部。在空旷的荒野之中，你会经过一些有意思的东西：沟渠、深谷、平顶山和孤丘，生锈的牧场大门和屋顶坍塌的房子，边沿长着鼠尾草的水塘，沿着山脊移动的影子，如月球表面般斑驳的景观。全都是西部的玩意儿。

你也许还能看到一辆18轮的卡车，保险杠上挂着一块写有"上帝创造得克萨斯州，是为了给卡车司机一些事情做"字迹的牌子。如果这句话不涉及神学，会显得更聪明一些。

顺着那条路南下，两侧都是干燥而空旷的牧场，你会遇到边境巡逻车，那优美的绿白相间的条纹能够让你暂时忘记工作中的所有不安和复杂的政治地理学。

然后，你才会看到马尔法，它如同胜利之光一般浮现。我觉得用"久经风霜"一词形容这里很合适。这里带有一种荒芜的气质，仿佛小镇即将经历世界末日，如同电影中一座人们还未意识到其中有僵尸的小镇。

荒废的假日旅馆招牌褪色得如此完美，带着复古的优雅，你甚至会怀疑这里是否是某个赶时髦的人为了相册封面图片而特意创造出来的。宽阔的街道上有一座大水塔，塔身印有大写印刷字体的"马尔法"。空荡荡的广场边有一座宏伟的政府办公楼。每隔几个钟头，就会有一列货运火车嘎嗒嘎嗒地驶入镇中，汽笛奏响高八度的孤寂。

马尔法之所以出名，是因为每到夜晚，就会有神秘的光芒舞动在天穹之上。后来人们发现那不过是汽车灯光的反射，但是每个人都依然相信那是神迹投射于此。

而这个地方也渐渐成了一片艺术绿洲。"二战"期间，这里有一个古老的骑兵营被用来关押德军战俘，后来它被一个概念派艺术家买了下来，建成了一个叫柴那提基地的艺术博物馆。这个艺术家是那种会在墙上用德语写下原始符号的人。这家博物馆吸引了一些高冷的欧洲人，以及《纽约时报》的专栏作家。而附近破败的临街店面全在以惊人的速度升级为极简抽象派画廊。马尔法身为一个艺术绿洲，拥有两大支柱：一家很好的书店和一家公共电台。关于小镇的起源，有一个真实美丽的传说，当然也可能是编造的文学故事：马尔法由 19 世纪 80 年代一位铁路富商的妻子命名，那时的铁路富商们和他们的妻子一时兴起，热衷于填画地图。那位妻子刚刚读完出版不久的《卡拉马佐夫兄弟》，于是就用其中的一个人物来命名地图上这个特殊的圆点。

我从来没有读过《卡拉马佐夫兄弟》，但我听懂了故事的含义，一位铁路富商的妻子在 19 世纪 80 年代读些什么书，可以成为她们是否具有深刻价值观的证据。今天，铁路富商的妻子们可能都在读普利斯顿·布鲁克斯。但重点在于，这是一个与文学盛会完美契合的小镇。

更重要的是，它也将是我的完美舞台。

在马尔法，满脸皱纹的牧场主与自我流放的知识分子共处。得克萨斯的牧民们——世界上废话最少的人——也与因为厌倦了流行文化而搬到沙漠里的小众青年们，找到了共同语言。

这两个群体都会同意我对普利斯顿·布鲁克斯的评价。牧民们看到狗屎就能认出来，而知识分子们会欣赏我写出一本狗屎畅销书所使用的后现代特技。

我在 DQ 吃饭，因为 DQ 提供的是人民的食物。在我确实混乱不堪的逻辑里，我坚信我将成为人民的偶像。

当我开始一个小说家的职业生涯时，我的野心很简单：学会这个戏法，赚钱，吸引女人，然后退出。我想过要追赶普利斯顿，但是过去几个月以来的怪异变化和奇怪旅行，加上过去一个星期里电光火石的论战，已经赋予了我一个新的更重大的角色。无论如何，我做过的一切开始具有某些重大意义——人们依然在挖掘意义的本体。但是一切都非常明白：我不再是一个普通作家了。

明天，我将毁掉普利斯顿。

我会揭露他的本来面目。他想凭借虚伪的乡土性、格子衬衫、银胡须再次蒙骗读者，如同以往的很多次一样。但是我将出现。我将用他自己写的废话来对付他，而他会坐在那里，浑身颤抖，孤立无助。那必定棒极了。

为了准备充分，我买了一本《寡妇们的早餐》，一边吃饭一边翻。正如我预料的那般荒谬：葬礼上勇敢的孩子，温柔的女性友谊，雪花飘落在骄傲的眉毛上，"穿越岁月的透明思念……号兵吹奏的柔和旋律回荡在墓地上空……一只久经风霜的手掌在她的肩膀上舞蹈……记忆倏而溜走，如同雪花飘落在向阳的山坡上"。

我感觉一切就绪。

现在，我不想与 DQ 产生法律纠纷。所以在此我想强调，下面的事并不存在直接必然的因果关系。事情的起因可能是我在旅行途中，或者那天吃了其他什么东西。我并不想给 DQ 以及它的连锁分店带来任何麻烦。柜台后面的女孩戴着干净的塑料手套，我知道他们遵守了基础的卫生规范。

但事实是，吃完巨无霸汉堡后大约一个小时，我开始感到不舒服。

回到雷鸟旅馆，我在床上翻来覆去折腾了一阵子，然后躺在小牛皮地毯上，竭力按摩我绞痛的胃部肌肉，想让它平静下来。我还在肚子上放一块湿布，但并无效果。

镇上还有一些来参加读书节的人，我怀疑其中有记者。我原本计划晚上去和他们聊聊夏纳啤酒或露辛达·威廉姆斯[1]之类的任何阶层都会感兴趣的话题，赢得一些支持。

但是现在显然已经没有希望了。我索性吃了几片奈奎尔让自己睡了过去。

我被他的声音吵醒大约是在上午 10:00。虽然声音很模糊，听不清说的是什么，可根据语调我能听出来就是他。他肯定在外面黑色石头铺成的停车场边的篝火旁。他唐突的笑声隔着夜空飘来，我能想象出他的样子，他必然穿着一件毛衣，抱着胳膊，向围在他身边大半圈的奉承仰慕者传播格言警句。

---

1 露辛达·威廉姆斯：美国乡村音乐女歌手。

普利斯顿·布鲁克斯，隔着门，就在几码之外。尽管我又睡着了，但是扰人的梦却始终纠缠着我，时而清晰时而幻灭：普利斯顿开着一辆坦克轧过一座狗屋；渺小的我迷失在他的胡须中，就如同一个远足者迷失在丛林中；普利斯顿前额上长出的嘴不停地吃着巨无霸。这些令人不安的画面使我次日清晨虚弱不堪。

但是我并不是在给自己找借口。

格斗场地

在马尔法图书公司，架子都靠墙摆着，中间的空地放置着几排折叠椅。最前面放着一张简单的木质桌子，上面有两个话筒，两个玻璃杯，一壶水。

观众

我到的时候他们已经落座了。各类人都有。有脸色苍白胳膊细瘦的人；也有肩宽膀大，一看就经常举麻袋的女人；还有真正的得克萨斯人和自我流放的精英。另外还有组合，前排有一个健壮的长者，是那种可能会写诗但依然会以自己能装修房屋为傲的人。他靠向大腿粗壮的女伴，说："这应该会很有意思。"还有几个人正在敲着笔记本电脑。

为了让自己平静下来，我扫视了一下观众席，选中了我的目标。她有着稀疏的金色头发，穿一件黄褐色裙子，在早上穿成这样有点儿过于讲究了，不过我很喜欢。她很年轻，脸上却浮现出一种半退休状态的人才有的表情，仿佛错综复杂的激情爱恋故事已经令她疲惫不堪。她带着一种性感的疲倦喝着塑料瓶中的水。

赛前

我到的时候，普利斯顿还没有出现。我心中暗骂自己来得太早了。我首先出现，优势就都到了他那一边。

会议主持人泰德是当地电台的主持人，他一下子就认出了我。他比我年轻些，看上去吃了很多他自己知道不应该吃的垃圾食品。他走过来和我握手，感谢我光临。

"我真的认为这将会是一场很有意义的讨论会。"他说。然后他突然激动起来说："请你畅所欲言，我也是这么告诉普利斯顿的，我不会介入，我们会看到讨论将带我们走向何方。"

他将我引到桌子边，安排我落座，我看到房间后面架设了一台摄影机。

"我肯定你不会介意——我们会录像，在社区电视台播放。"

对手到达

普利斯顿·布鲁克斯知道该怎么走进一个房间。

他在门口站了足有一分钟，一动不动。

然后他开始缓缓地扫视，如同一只鳄鱼。

这当然是一种表演，毋庸置疑。他在等着人们看到他。过了几秒之后，人们确实看到他了。

观众席中的一个人跳了起来——简直跳出了他的座位——然后指着舞台。普利斯顿·布鲁克斯点头表示感谢，仿佛那个给他指明舞台位置的人帮了他一个大忙。

普利斯顿·布鲁克斯走上台。我努力让自己表现得轻松自如。电台那家伙对他说了一些事情，观众席太嘈杂，我没办法听清他们的对话。

普利斯顿的出现与落座，看起来既骇人又愚蠢。他用手抓住椅子，仿佛抓着一条他竭力与之搏斗的毒蛇，然后才放低身子坐下。

我心底有一部分的自己想靠过去向他解释所有事情：我是怎么出现在这里的，他的样子比电视上更虚弱瘦小，他呼吸的时候我能够看到他的肩膀在颤抖，我觉得自己几乎能闻到他散发皮革和苹果味道的呼吸。

由于不知道该做什么，我给自己倒了杯水。普利斯顿从自己的衬衫口袋里拿出一本皮革封面的笔记本，开始做记录。他在记录的内容下加了着重线，反复画了三次。然后他抱起胳膊，盯着前方。我也生搬硬套。我正好对着摄影机，真希望它不存在。

紧张让剩下来的预备时间一闪而过。我瞥了一眼"黄褐色裙子"，发现她回看了我。突然间，泰德开始介绍我们。他并没有把这设定成决斗比赛，只是说我们是两个"持有如此迥异观念的作家"，感谢我们二人能够光临。

开战

泰德转向了我："皮特，我们从你开始。你在最近的一场电视访问里，发表了一些关于普利斯顿·布鲁克斯的很有趣但确实存在争议的言论——你们有些人可能已经看过那场访问。所以，请容许我问你这个问题：你觉得他的小说和你的有什么不同？"

如果你没看过这场对谈的录像，去看看，我肯定它依然存在。

在录像上，我的回答听起来非常自信，扯得有些漫无边际了，左手也挥动得太频繁，而我的声音，诡异地仿佛高了八度，但是基本上，我说了我打算说的东西：

我说我非常敬佩布鲁克斯先生——我这么称呼他是想突显他就像是一个无聊的老师。显然，我说，他写了那么多畅销作品，你必须赞扬和认可他。

然后我说，他很擅长自己正在做的事情。他在写作流行小说方面绝对是个天才，你们知道，就是那些"超越巅峰"的书，妇女老人这类人真的喜欢这种书。

他真的很伟大，尤其在遣词造句方面，他让每一个句子读起来都辉煌壮丽。他是个天才，真的，善于编织各种能让读者感动流泪的情节。我将他比作那些写感谢卡和清洁剂广告的人，他们真的是哄骗他人的天才。

因此，谁能指责他呢？我不能。人们想要的就是那些东西，而他正好擅长此道。

我说，他真的激励了我，他的全部，他的特色。我说我研究过他，是真的研究过之后才试着写了《龙卷风之灰俱乐部》。

但我说，很明显，他的书有一点儿荒诞。我是说，妖精？患癌症的爸爸？卡特琳娜飓风？还有葬礼？拜托，水满则溢了。

此刻我看着我的目标，那个穿黄褐色裙子的女人，她看起来笑了一下。所以，我可能有点儿得意忘形了。

你能在录像上找到这一刻，我微笑着回望她。

我决定停止正面评价。所以我说，总而言之，普利斯顿值得因为"他做的事情"得到"一定的尊敬"，但终究，他是一个天才的顶尖骗术大师。

录像的音频质量并没有好到你可以听清这句话引发的反应，但是我说这话的时候，你依然可以感觉到房间里的空气都散光了，你甚至能够感觉到人群几乎开始退缩。

然后他们又一个个地向前探身，因为他们意识到普利斯顿准备向我开火。泰德混乱地摸索话筒，却没来得及向普利斯顿提出一个问题。

有一件很诡异的事情：现在回想起来，我当时靠在椅子上，喝着水，任"骗术大师"一词在空中飘荡，我有点儿不知道我是否真的相信自己所讲的一切了。

当然我认为自己相信。但是我真的相信吗？还是我被自我欺骗的幌子蒙蔽，却怯懦到没有看透真相的勇气？

如果你那时把我拉出来，给我吃点儿吐真剂，我是否还会说出同样的话来呢?

坦白说，我不知道。我不记得了。

普利斯顿还击

他咳嗽了一下。他享用着他的时间。他依然抱着胳膊。

"直到一个星期之前——"他说。他说的这句话，还有之后说的一切，都非常精准，非常清晰，如同一位资深的拉丁语教师。但是他并不是对着观众说的。他直接看着我，只对我一个人说，并用搓纸般的声音切割着空气。

"一个星期之前，我从没听说过你，皮特·塔斯洛，我既没听说过你，也没有看过你的书。

"然后一些朋友跟我谈起了你，他们说你写了一本书，接着上了电视，搞出一些噱头。

"所以我看了你的电视节目。我女儿放给我看的。她似乎觉得整件事非常有意思，一个年轻人拿一个老讨厌鬼开玩笑。

"说实话，我愿意做一个好人，愿意给人们找找乐子。可是，我一点儿都不喜欢这个玩笑。对我来说，皮特·塔斯洛，似乎就是一个四处晃悠着说关于写作的蠢话的年轻人，而实际上，你对此一窍不通。"

他的话语，至少那些声音，仿佛抓住了我。作为反抗，我对着观众露出了一个刻意的笑容。

没有人回应我。

"你认为我是骗术大师。你认为我和为了卖掉臭烘烘的香皂而写作的强生公司的文案写手没什么两样。我觉得这是一种羞辱,真正的羞辱,但是对此我并不意外。"

这时,普利斯顿的视线第一次从我身上移开,他盯着自己的鞋看了一阵,然后又看着观众,他知道如何拖延时间。泰德当然没有什么动作。

"你知道吗,我女儿告诉我,现在有一种叫'心醉神迷'的药。想象一下,心醉神迷,这正是我欣赏谢南多厄河谷日出时的感觉,或是注视着乔尔乔纳[1]的《暴风雨》时的感觉。那种我当初看着自己的年轻新娘的感觉,现在人们竟要从药里面得到。"

他停了一下。我觉得机不可失,所以靠向话筒,说了我的第一个笑话。

"我真看不出来这些与讨论的主题有什么关联。"我说。

没有人笑。

普利斯顿让这段不笑的时间停留了更长一阵。

"我会告诉你的,"他说,"我会告诉你它们之间的关联所在。"

"我觉得你和很多年轻人一样。这没什么大不了,我也曾经年轻愚蠢过。

"不过,也许你年轻,你愚蠢,也许你从未经历过任何磨难,也许你从未汗流浃背过,或是从未注视过另一个角落里的颓废生命,又或是从未体察过医院走廊里一个父亲眼中的焦虑。

---

1 乔尔乔纳:意大利画家,对 16 世纪的威尼斯画派有着深远影响。

"也许你从未设身处地去感受过冰冷的脚趾，从未把你的手放在妻子的冰冷脚趾上，她死了，孤独一人死去，在你赶到之前。而现在你抚摸着轮床上的金属，抚摸着她的脚趾，只感受到彻骨的寒意。

"也许你从未听过那种声音 —— 咔咔咔，嘣 —— 咔咔咔，嘣 —— 他们朝盖着国旗的棺材上空开枪时就是这种声音。

"也许你从未见过路易斯安那的一个老人，他坐在补着沥青的房顶上，哭着，一个成人就坐在那里哭着，他一生经历了数不清的磨难，所有一切都写在他脸上，但他只是那样哭，像一个为自己那被淹死的狗而哭泣的孩子。

"也许你从未感受过孩子的手掌紧紧握着你小手指和无名指时的感觉，仿佛她想从你身体中再握出一些东西来，也许就是爱。

"也许你从未在一个能听到钻井平台的轰鸣、人们如同孤岛上的动物一样彼此深切相依的小镇中生活过。

"也许你从未感受过焦虑，那种彻底混乱的焦虑：当账单来的时候，你坐在餐桌边，不敢打开信封；你那该死的车已经坏掉，你知道你得坐上三个半小时的大巴，监狱的大巴，令人羞耻的大巴，去探视你被关押的儿子，只是为了坐在那里，看他对你撒谎，骗你说牢里'还不赖'，但是你从他的眼睛中能看出来，牢里的每一天都是一种残忍的慢性谋杀，但除了捶墙捶得双手淌血之外你无计可施。"

他吸了一口气。

"也许你从未坐在一个酒吧里，喝下四杯威士忌，你的整个生活都没有着落，而你却坐在那里，泪如泉涌，想要写下一个真正的句子，写在餐巾上！"

他说这部分时声音渐强，说完之后，他跌回椅子中，眼睛湿润。他等了一阵儿，仿佛是在重新给情绪装填愤怒。

"而这一切我都经历过，至少是类似的事情。我全都感受过，倾听过。我的读者们也是。可你却认为我是一个骗术大师。"

他摊开了胳膊，把它们放在桌子上，手心朝上。

"实际上，我并不意外。我伤心，但不意外。你们这一代人就是这样。"然后他转向观众，笑了。

"你们会原谅我这么说——你们这一代人。我知道我听起来就像一个坐在公交车上吃金枪鱼三明治的老人。可是管他呢，我就是个老人。也许不是在公交车上，也许不是吃金枪鱼三明治。"

他让观众笑了一阵儿，然后又看向我。

"我了解你这样的聪明年轻人，除了自己的聪明，你们什么都不相信。你们总是从所有事情中寻找谎言。你们已经习惯了谎言，因为伴随你们成长的是谎言机器——电视，所以你们才四处寻找骗子，并以此为乐。一旦发现一个，你们就会抓住他，把他的脸按在烂泥里，然后站在一旁欢呼雀跃。

"可真相是，你们被骗了。你们一切都得到得太容易了，没有经历过任何磨难，靠买来或是借来的祭品，就轻易取得了一切。"

我不知道自己此时在想些什么，但是我靠上前去插入了我的第二个笑话。我很羞愧说出此事，但是一切都被记录在录像上，所以我不得不说。

"我们这一代有过自己的磨难,"我说,"比方说技术泡沫?"

没有人笑。

过了足有 8 秒钟之后,普利斯顿微微笑了。

"笑话。好吧,年轻人应该讲笑话。"

我想也许他会就此放过我了,但是他没有,反而指着我。

"也许你觉得任何真诚的事情都应该是个笑话,但是你错了,大错特错。也许你觉得我对待事情太严肃了,但是你也错了。

"你写了你的那本小书,《龙卷风之灰俱乐部》,就像讲了一个笑话。但是,上帝啊,书可不是笑话。书是用来拯救生命的。为了书我们可以献上生命。因此,在拿它们开玩笑之前你最好三思。

"你在纸上写下了一些你知道是谎言的东西,以及你知道的糟粕之物。

"这是最严重的犯罪。这是亵渎读者的罪行,是亵渎文学的罪行,是亵渎每一个拥有真心、头脑和激情之人的罪行。

"你写了你的那本书,讲了一个笑话,愚弄了大家,吸引了一些小女孩,赚了一笔钱。你就像一个调皮的男孩,为了得到一些笑声而滑稽地模仿别人。

"好吧,让我来告诉你我为什么写我那些书吧。

"1653 年,英格兰四分五裂,很多像你这样的年轻人四处乱跑,袭击教堂,摧毁圣坛,笑,扔烂泥。

"但是那一年,在一个叫斯坦顿哈罗德的地方,一个人建起了一座教堂。教堂里面有一块纪念碑,我见过,上面写着这样的字——"

普利斯顿闭上眼睛开始宣读。如果你没有看过那期录像，而你又想知道他的声音听起来是什么样子的，那么请你用虔诚的传教士声音缓慢而认真地阅读下面这段文字。

"在 1653 年，当举国所有神圣的东西遭到破坏和亵渎的时候，罗伯特·雪雷爵士建起了这座教堂，以一己之力在最坏的时代做出了最好的事情，在灾难中播下了希望的种子。"

"在最坏的时代，做最好的事情，"普利斯顿说，"在灾难中播下希望的种子。这就是我写作的初衷，年轻人。"

"我的努力能否令人满意？我的书是否足够好？足够真诚？是否说出了在愚蠢的战争中失去丈夫的寡妇的心声？或是一个看着自己的教室被洪水淹没的老师的心声？没有，当然没有。

"但是每一天，我都坐在我的打字机旁边。每一天，我都带着最真诚的心去尝试。你能吗？"

他在这里停了下来。

我的第三个笑话："嗯，不能，我不用打字机。"

没有人笑。

普利斯顿用鼻子深深吸了一口气。

"我带着真诚的心去尝试，因为我是一个作家，而那正是一个作家应该做的，也是一个人应该做的：去尝试捕捉我们称之为世界的东西，我们称之为生活的快乐与悲伤的东西。因此我才写作，先生。

"如果你认为我的所有作品都是一种把戏，或是蠢话 —— 我还是换个你能理解的说法吧，如果你认为我是个依然相信真诚、爱、美丽、荣耀、骄傲、悲伤与欣喜这种废话的傻老头，那么你对极了，我就是。"

好吧。如果能有几秒钟，泰德插几句话，或是有一段休息时间，我会想到如何回答的，我会反击的。我打赌自己可以讲出第四个笑话，而且还是一个好笑话。

我还能把观众赢回来。我知道。

但是没有时间了。

在我能思考之前，在我行动之前，在我能想出合适的表情并让它在脸上流露出来之前，我听到了。

起初从房间后排凭空出现，然后零落的声音开始蔓延扩张，汇合到一起，越来越强。

起初我并没有不相信。但我还是绞尽脑汁想了关键的好几秒，才意识到那是什么。其实是我的身体首先辨识出来的，因为突然间我浑身湿透。

人群爆发出了雷鸣般的、兴奋的、痴迷的掌声。

我看着那些像闪电一样令我目眩的脸孔，不知怎么，透过他们，我找到了"黄褐色裙子"，她正以最快的速度和最大的力气鼓着掌。

他们都是站在他那边的。所有人，牧民，知识分子，全都是。

那时有些想法突然涌上我的心头：也许普利斯顿·布鲁克斯并没有什么问题。喜欢他的人也没有问题。也许有问题的人是我。

我突然感到了一阵剧烈的胃绞痛。

这并不是 DQ 引起的。

21

　　"你记得我们去的那个古老的长老会教堂吗？"祖母说，"在客西马尼花山上的那一个，就在他们说是村子的山谷上头。"

　　"是，"赛拉斯说，"我记得。我在杜鹃花丛中玩耍，假装那是一个山洞，一个海盗的山洞，而我正在埋财宝。"

　　"对，"祖母笑着说，"对，你记得我们为什么去那儿吗？"

　　"为了葬礼。"赛拉斯说他记得。

他记得那些苍老而悲伤的手抚摸他头顶时的感觉，他记得人们在座位和走廊相遇时伤感地点头致意的场景，他记得倾倒在悼宴的早餐煎饼上的枫糖浆的味道。

"为了我表姐的葬礼。"他说。

"没错，"祖母说，"可怜的女孩，葬身火海，大火灾。她躺在棺材里头的模样，我都不忍心去想。她的脸蛋那么漂亮。《奇异恩典》听起来再也不同了，自从她走了之后就不同了。"

"但唱诗班还是唱了。"赛拉斯说。

"他们是唱了，"祖母说，"是唱了。但是你记得你对我说的话吗，就在他们唱完的时候？"

"我说它让我心头一颤。"赛拉斯说。

"没错，没错。它让你心头一颤。那么，赛拉斯，你记得你说完这句话后我对你说了些什么吗？"

"你说——记忆涌上心头，"赛拉斯不禁发抖，"你说，你就是如此了解到事情真假的，你说你就是如此，知道了某些事情是真的，当它让你心潮起伏时，你就知道它是真的。"

摘自《龙卷风之灰俱乐部》| 作者：皮特·塔斯洛

联邦检察官办公室的波士顿分部有一件很有意思的事情，就是他们提供的咖啡非常好。伊芙琳姨妈陪着我，她的味觉非常好，但看起来似乎对此漠不关心。

　　他们让我们坐在一间小休息室里的蓝色毛绒椅子里，这让整件事情并不太严肃。他们甚至还提供杂志，只是都很无聊，《麻省律师》之类的。等了大约 15 分钟之后，我想拿一本来看看，但是伊芙琳姨妈对着我摇了摇头，因为当检察官进来时，漫不经心地看《麻省律师》明显不会对我有什么帮助。不过咖啡确实足够好了。

　　对我来说幸运的是，伊芙琳姨妈又回来整治人了。为了我们这次问询，她穿上了一件看不出年代的灰色羊绒律师套装，白色领子上的褶边丝毫没有令她柔软——她简直像个东德的刑讯者。

　　你也许会好奇联邦正义的齿轮是如何运转的，竟然让我的姨妈穿着套装特地从佛蒙特赶来。但是即便到了现在，也没有人向我解释清楚所有细节，不过伊芙琳姨妈打了几个电话，了解到情势确实严峻到了需要穿上套装的地步。

我们是怎么收场的

一个住在切姆斯福德的生活协助机构里的意大利老年妇女，有一天收到了一份邮件，里面是一包关于一个叫阿庇亚古道互助基金公司的资料。

她过去听说过互助基金，而这份资料援引了很多听起来很睿智的古罗马警句，这温暖了她的心，令她陡生信心。

所以，她给他们寄去了自己全部的钱，不过并不多。阿庇亚古道把它们全部拿去投资了一家盐水虾公司，整个过程并没有遵循必要的常规程序，或提供书面文件。最后那笔钱一去不复返。

这种不幸本应该由这个可怜的女人独自承担，哪知她的儿子碰巧是麻省的一个州议员，同时担任运输委员会的主席。

所以，这位主席给总检察官打了电话，而令他极端愤慨的是，他了解到用这种特殊的方式诈骗老人并不算真正犯罪，至少不是州级罪行。然后他给州长打电话，不负责任地用高速公路管理基金的项目分成威胁州长，于是州长给联邦检察官办公室打了电话。

这一串电话引起的后果就是州警追查到了强·斯特吉斯，他们的行动声势浩大，逼得强·斯特吉斯搬去了加曼群岛，不过他并没有太多时间整理行李。

所以，警察们发现了一些工资存根，这引导他们发现了我的电脑，里面正好有切姆斯福德那位老女人收到信件的原始文档。那封信被发给了 20 万居住在护理之家的老人，这无疑是我最被广泛阅读的作品。

说实话，经历了在得克萨斯发生的一切，我对所有的事情都麻木了。我甚至不记得自己曾拥有激情。

也许我的某个部分是欣喜的，那种当你得到你应受惩罚时的欣喜。

也许正因如此，咖啡才显得那么美味。

最后检察官来了，带我们进去。她一点儿威胁性都没有，绝不超过 30 岁，自称卡罗琳。她把我们带到一个非常温和的会议室里。那里有另外一个检察官，迈克，他高高壮壮，是那种健身过度的壮，而不是要把人脑袋敲掉的壮。

那儿还有一个录音机。伊芙琳姨妈拿出了她自己的录音机，放在旁边。"我相信没人会反对吧？"这看起来是在威胁迈克和卡罗琳，但是他们并没有表示反对。

然后迈克、卡罗琳和伊芙琳姨妈之间进行了一轮围绕法律事务的谈判。我被明确地告知置身事外，所以我就照办了。如果《法律与秩序》试图包含所有这些预备工作，那每集都得拍 9 个钟头。

然后迈克获准同我讲话。

"塔斯洛先生，我们并不想把事情闹大。我可以很明确地告诉你，我们的目的是起诉斯特吉斯，并不想针对你或是马斯鲍摩先生。"

"马斯鲍摩先生？"

"霍巴特·马斯鲍摩，他是你的室友，不是吗？"

"是，霍巴特，他和这件事没有丝毫关系。"

卡罗琳打开一份文件，递给迈克。

"2008年6月5日，我们的特工拜访林德赛大街1815号5单元，执行对你电脑的查收任务时，马斯鲍摩先生主动告诉他们，他曾经擅自提供给你一种还在试验阶段的药物，瑞乌提卡。那时，特工建议他保留自己的法定权利，但是他拒绝了。"

迈克抬头："据描述，他当时'非常愤怒苦恼'。"

"该死的霍巴特！"

伊芙琳姨妈并没有退让。"我想要说明这是一条新信息，但我们来这里是为了讨论邮件诈骗案件的……"

"对，"卡罗琳说，"我们并不是食品药物管理局，瑞乌提卡不在我们的工作范围之内。你也了解我们受到的压力，我们只想快点了结，好去追捕斯特吉斯。"

然后是又一轮法律讨论。说实话，如果《法律与秩序》哪怕稍微真实一点儿，肯定都会无聊到让人撞墙。

最终的讨论结果是我需要回答几个问题：我是否认识强·斯特吉斯？我是否受雇于阿庇亚古道基金公司？我是否为阿庇亚古道基金写了那些文案？诸如此类。只有一个问题让我大吃一惊。

"你认识田中星吗？"

"等等——你说谁？"

"田中星。他是斯特吉斯的合伙人。"

"是不是一个要去沃顿上学的日本人？"

"我们有他的一个地址，宾州费城北 34 街 65 号 6 单元。"

"天哪！"

"你认识他吗？"

"不……我是说，不，我没见过他。我替他写了商学院的入学申请。"

又一轮讨论。卡罗琳递给伊芙琳姨妈一份文件，她读了读，然后我签了字。

这一切的结果是我被判在家服监禁 6 个月，但是——感谢伊芙琳姨妈——我不必戴什么手铐脚镣。

我服本宅监禁的房子实际上是一个小公寓。搬离霍巴特似乎是个明智的决定。

所以我在里维尔海滩买了一间一居室公寓。不管怎样，我终于看到了大西洋的海景。但是如果你曾经来过里维尔海滩，就会知道，这里与《纽约时报》封底房屋广告中的景象大相径庭。这里是那种已经过时的旅游城镇，一个世纪前明信片上的美景再也无从寻找。沙滩上，肥胖笨拙的海鸥在避孕套和刮开的彩票之中漫步，塑料袋则在木头长椅的裂缝中摇摆。顺着道路往下走有赛狗场，以及一个叫"乐园"的居住区，这无疑是全世界名字最讽刺的地方，它只是买不起去印度赌场的公交车票的堕落之徒的避难所。

不过，我还是买下了我的一居室公寓，预先付款，现金，因为《龙卷风之灰俱乐部》还在畅销。

"任何宣传都是好的宣传"，而对我的宣传有很多。普利斯顿对我长篇大论的攻击在《新空气》节目中重播，我还得知——不过我并没有看——那个老浑蛋上了《查理·罗斯秀》。当我涉嫌罪案的事情公布之后，仿佛又出现了一个新的狂潮。每个人似乎都回到了我的身边。而我似乎成了新闻评论员们讨论我这一代人的无聊与道德败坏时的必提人物。

互联网上的一切也都进展顺利。由于彻底的厌倦和疲惫，我不再搜索自己，因为有人揭露我抄袭了几段《冰与泪之心》。这件事情暴出之后，他们不得不以编辑不严谨为理由开除了戴维·波尔，这之后他又遭遇了什么我不得而知。但露西接替了他的职位，还在一个派对上勾搭了乔什·霍尔特·克瑞狄。

《名利场》上的文章登出之后，我版税支票上的数字更大了。我无法因为他们做了这期专栏而责怪他们——年轻的文学奇才原来是互助基金的文案写手和剽窃者，这绝对是一个吸引人的故事。当然我也没有因为他们选择由谁来写这个故事而兴奋。显然，我不是一个道德专家，但是如果帕梅拉·麦克劳克林对我展开"深入调查"的话，她至少会想起我们在 W 酒店的一夜情。

但是，不管怎样，这些都能促进书的持续销售。事情并不算糟糕，真的。我整天无所事事地坐着看电视。凯丽烧烤店在我 2000 英尺禁足令的范围之内，所以我吃了它们家的很多蛤蜊。

伊芙琳姨妈依然非常信任我。实际上，她还为我申请了"教育例外"，如果我想为了"正当受教目的"离开家，只要给卡罗琳发份申请就可以。

我只这么做了一次，是去拜访我的母校。

格兰比学院花费了巨额的资金，敲锣打鼓地从牛津挖来了这位名为迈克尔·明茨的英语文学教授。

你也许在福克斯新闻频道上见过这个人，他们常常邀请他上节目。他留着长长的头发，总是围着一条围巾，人长得确实很帅。他提出的伟大理论——令他受到关注的理论——是自由市场批判论。

总的来说，他不相信任何"文学价值"之类的东西。根据他的说法，评判一本书，或是任何一件艺术作品的方式，就是看它有多流行。他说："其他的任何所谓方法，都不过是精英主义。"

他到格兰比的时候，给我发来了一封非常友好的信，说他对我的"市场眼光"非常钦佩，想邀请我和他共进午餐。

我与迈克尔·明茨共进午餐

出于念旧，我和他约在"存储器"见面。我们都点了"丰肉套餐"，他的吃相非常具有英式狂野风范。

他告诉我他现在教"英语10B"，这堂课我过去也上过。我问他们现在是否读到了《米德尔马契》。

"哦，没有，"他说，"它已经被完全拿掉了。我们现在读《佩内洛普·斯穆特日记》，了不起的书，在18世纪70年代它的销量是《米德尔马契》的三倍。内容是一个仆人对她变态女主人的描述，有点儿像是那个时代的《穿普拉达的女魔头》。"

他把三明治放在一边，两手交握。"我问学生们：为什么？为什么这本书如此流行？它触及了什么？因为民众才是图书的鉴定者；不是学者，不是评论家，是民众。"

说到这里他情绪激昂，开始了关于学院派有多愚蠢的长篇大论。

"为什么我们要相信那些自诩为精英的人一时兴起的想法？"他说，"100年前，那些饱学的教授就用拉丁语韵文和种族研究来刁难我们。我认为要抛开理论。让我们看看什么是可以量化的？什么是可以计算的？什么是民众喜欢的？根本不存在'不受重视'的小说家这种说法。书的成本不高，售价不贵，这是一个几乎完美的自由市场，很有效率，自给自足，自我调控。"

他围绕这个论点又说了一阵儿。

"但是这个理念，学者们就是不能理解。你去纽黑文的那个疯子收容所[1]给哈罗德·布鲁姆[2]讲讲试试。你知道吗？在格兰比学院中，有一桩骇人听闻的事：他们编排了一首歌来消遣我。为什么？因为我身价昂贵！绝对是这样！我很擅长自己所做的一切，而且这就是一个自由市场！这也是我来美国的根本原因。我可不是为了自由，明白吗？但是学者们就是不习惯在那样一个自由市场中竞争。"

"而你，我觉得，理解了这一点。"事实证明，他邀请我来这里的目的，是想让我把手稿捐给格兰比学院。"我们要修建一个新的档案馆，确定文学研究的未来方向是市场动机、长尾效应和利润收益。"

1　此处指耶鲁大学。

2　哈罗德·布鲁姆：当代美国著名文学教授、文学批评家。

然后他开始谈梅尔维尔："想想梅尔维尔，他为什么写作？为了钱！只会是这一个目的！钱！"

"但是从所获收入上说，《白鲸》难道不是一个失败案例吗？"

"当然，所以我的课上不读这本书。"他说，"我们读《泰比》[1]，那个时代的畅销巨著，里面都是食人族。你看，小说是平民的文学，但是现在它就好像歌剧一样，需要依靠基金会和富有的赞助人才能存活下去。它不能自力更生，如果没有古根海姆奖[2]和麦克阿瑟奖[3]，托马斯·品钦[4]就得去给《犯罪现场》当编剧，而科马克·麦卡锡不过是个 21 点扑克游戏的发牌仔。"

明茨依然在继续，似乎情绪被完全调动起来了："但是故事并没有死去！拜托！给我讲个故事！每个人都在祈求！看看那些八卦小报——写小甜甜，哈泽尔·霍利斯之类的——他们是在讲故事！

"而现在你要做的，毋庸置疑，是写一部回忆录。要和我们时代最流行的风格完全大相径庭。没有既成著作可以与之比较，让小说成为炮灰。"

所以，我决定要做那件事，我决定写一部回忆录。

我决定让它尽可能真实。我会原原本本讲出一切，尽可能娴熟

1　《泰比》：梅尔维尔在 19 世纪 40 年代创作的作品。

2　古根海姆奖：美国国会议员西蒙·古根海姆在 1925 年设立的由古根海姆基金会颁发的奖项，每年为世界各地的杰出学者、艺术工作者、艺术家提供奖金以支持他们继续在各自的领域的发展和探索，每年都有上百人获得该奖金的赞助。

3　麦克阿瑟奖：该奖创立于 1981 年，奖金颁发给各个领域内具有非凡创造性的杰出人士。奖金额为 50 万美元，获奖者可以自由支配奖金。

4　托马斯·品钦：美国后现代小说家，代表作有《万有引力之虹》。

而有效率地下笔，剔除其中我过去习惯用谎言填充的部分。为了讲述我的故事，我必须加入一些废话作为事例，但是我将清楚地标示出界线。

就是这样去写。我甚至尝试装进去一个谋杀故事。

向那些境况不佳的人道歉，不过我和他们所有人一样潦倒。

迈克尔·明茨说得没错——人们确实想看回忆录。如果我告诉你我能依靠这东西得到多少预付金，你肯定会愤怒得朝我吐口水。

本宅监禁结束之后，我在斯里的店里写完了大部分章节。那时我常开着车沿 93 号公路而下，去和斯里聊一会儿天。我们会聊《捉鬼敢死队》，他告诉我那个穿爱国者夹克的老人已经去世了。然后我点上一盘煎鱼，开始打字。

在写这部作品期间，我只读了两本书。

第一本书是我某一天在"停看买"[1]里看到的，书名叫《血染的狂野激情》。封面上是一对胸部丰满、浑身染血的抢眼姐妹花，赛妮娅和尤斯塔西娅，分别拥抱着船长和弗门汀·阿德诺克。这本书是否比同类型的书好，我不敢肯定，只是里面有些很精致的句子，比如："就在那里，在那破旧的茅屋外，在草叉与煤灰堆之间，靠在裂开的橡木板上，塞妮娅女士第一次发现她的女性之花绽放开来，第一次感受到身为女人的疼痛，第一次发现这是一种感人的奴

1　停看买：美国的连锁超市，英文名为 Stop&Shop。

役——而这全来自一个男孩肌肉坚实的胳膊。"

而最重要的是，这本书的作者是我的前同事爱丽丝·德怀尔，我在这里特别推荐它，以补偿我曾经对她做过的孩子气恶作剧。

我读的第二本书，是露西很久之前送我的比尔·拉铁摩尔的《北京》。

《北京》中有两个主要人物，一个是30万年前穿越一条河谷的采猎者，另一个是在中国工作的美国考古学家查尔斯·诺顿，他在1937年发现了一枚头盖骨化石。这是个关于北京人化石的故事。

我听说过北京人，在过去某节历史课上。但是当我读完《北京》时，我感觉我必须把这本书扔到房间另一边，让它远远地离开我，仿佛它含有放射性物质。

这本书的力量就是如此强大。我只能说出它有多好，这恐怕是它施在我身上的特殊诅咒。

故事的主线是那个最后变成化石的无名男人的故事，但完全不是《爱拉与洞熊族》[1]那样的东西——书的语言有一种令人难以置信但能引起共鸣的力量，仿佛是在让人阅读自己的梦境。小说也讲了诺顿的故事，他在几十万年之后，日本侵华之前挖出了化石。这是两个小故事，但是不知怎么，它们撞击在一起就临摹出了整个人类经验的横截面。

它是一本关于寻找与迷失的书，讲的是一个关于人类联结以及如何纠缠在一起奋斗、协力拼搏、在地球上寻找一条生路的故

---

1 《爱拉与洞熊族》：美国作家琼·奥尔的小说，讲述石器时代人类孤儿被蛮荒部落"洞熊族"养大的故事。——编者注

事。书里有些场景，甚至一些句子，对我来说，比自己的记忆还真实——如同一个男人在自己身上感受到了孩子喉咙里的一团火。诺顿胳膊上淌下了一滴水，将手上的尘土转变成了泥。这是关于恐惧与征服的故事，讲述你必须去安身立命，哪怕我们处于一个被完美理念折磨的纷乱世界。书里有很多简单的短句和场景——它写到日军侵华，来的却是一辆破旧的卡车，于是一个骨瘦如柴的军官就要时刻隐藏自己的糟糕感觉。它写到了一只老虎，但它只存在于只言片语中，老虎最终被杀死，皮肉暴晒在阳光之下，被小鸟和苍蝇啄食，内脏化为尘埃。你能体会到拇指按压岩石的感觉。你能感受到那种压力，那种我们每个人都肩负着的重量。你能感受到那种孤注一掷的心情，让你能继续挖掘，挖穿泥土，仿佛地球之外有东西存在。

你会迷失在语言中，但这并不是因为它太厚重。它一点儿也不。而最重要的是——我坐在"乐园"的酒吧里想了整整一天——我们投掷给彼此的残忍从一开始是如此细微，最后却往往变得巨大。这本书讲述了我们到底是怎样的生物，我们又是如何变成这样的。不知怎的，这些只存在于文字中的虚构人物，对于如何生活了解得比我还多。而生活的唯一方式就是让自己迷失在生活中。

我甚至无法恰当地描述出来。我也不会费力气在这里引用其中的文字。自己去找来看吧。

我希望自己也写出了像它那样好的东西。